暗夜鬼譚

夜《や》叉《しゃ》姫《ひめ》恋《こい》変《へん》化《げ》

瀬川貴次

集英社文庫

目次

CONTENTS

夜《や》叉《しゃ》姫《ひめ》恋《こい》変化《へんげ》

ANYAKITAN

本文デザイン／ AFTERGLOW
イラストレーション／ Minoru

暗夜鬼譚

ANYAKITAN

夜《や》叉《しゃ》姫《ひめ》恋《こい》変《へん》化《げ》

夜《や》叉《しや》姫《ひめ》恋《こい》変《へん》化《げ》

第一章　朱華幻影

広沢《ひろさわ》の遍照寺《へんしょうじ》の狭い一室に、一条《いちじょう》はひとり座っている。

とても静かだった。針の落ちる音も聞こえそうなほど。

その静寂の中、すっと背すじをのばした一条の姿には、不思議な気品が満ちていた。

やや伏し目がちなため、憂《うれ》いをおびたように見える顔も、どんな姫君もかなわぬほど美しい。

しかし、彼は元服もすませた十六歳の少年であり、陰陽師《おんみようじ》となるべく修行中の陰陽生《おんみようしよう》であった。

陰陽師とは、いわば占いの専門家。星の運行から吉凶を判断するなど、特にこの時代――平安時代には、ひとびとの生活に広く影響を及ぼしていた。

一条を包む独特な雰囲気は、やはりその職能ゆえだったのかもしれない。長いまつげが落とす影さえ、神秘的だ。

何をするでもなく、彼がただじっと待っていると、やっと部屋の襖障子《ふすましようじ》が開き、この寺の僧正《そうじょう》が現れた。

一条は深々と頭を下げる。

「お忙しいところを申し訳ありませぬ……」

「いやいや、こちらもお待たせしてしまったな」

僧正は一条の前に座ると、手にしていた文箱《ふばこ》を差し出した。一条は恭《うやうや》しくそれを受け取り、中を確かめてうなずく。

文箱の中身は、数冊の経本《きようほん》だった。どれも希少本で、寺にとっては大切な財産のひとつである。

一条は無表情のまま、神妙な口上を述べた。

「このような大事な物をお借りしておきながら、持ち帰るのを忘れるとは……。師匠の無礼、わたくしからも重ねてお詫《わ》びいたします」

「賀茂《かも》の権博士《ごんのはかせ》どのほど器量も技量も申し分のないおかたなら、これくらい愛嬌《あいきよう》があったほうがよいよ」

僧正が冗談めかしても、一条は少しも表情を変えない。それでも、僧正が気分を害した様子はなかった。その証拠に、彼は温かみのある笑みを口もとに浮かべている。

唐突に、外の簀子縁《すのこえん》（外に張り出した廊）を走る足音が聞こえてきた。ひどく急いでいる様子と、それを窘《たしな》める誰か複数の小さな声が部屋の中にも伝わってくる。いままで、しんとしていただけに、余計騒がしく聞こえる。

　僧正がこらえきれぬようにぷっと噴き出した。

「噂《うわさ》に名高い陰陽師どのが来ていると知って、さっきから若い者どもが浮き足立っていてな。陰陽の術についての話が聞きたくて、うずうずしているらしい」

「噂に名高い？　わたくしが？」

　そらとぼける一条に、僧正は、

「この夏、神泉苑《しんせんえん》での雨乞《あまご》いに賀茂の権博士どのの助手を務められたはず。すぐには効果はなかったが、数日後に雨が降って、さすがは希代の陰陽師よと……」

「それは師匠の噂でありましょう」

「それといっしょに、そなたの噂も耳にしたのだよ。幼い頃より素質があったのを、権博士どのの父君に見こまれて、賀茂の家に引き取られたと。その能力は常人とは思えぬほどで、実はキツネが生んだ子なのだという話までもちあがっていたよ」

　一条は応えず、視線を僧正から御簾《みす》のむこうに転じた。そのまま、外に集《つど》っている者たちの気配をうかがう。

　ひそひそとささやかれる声が、ここまで聞こえてくる。こちらに寄せる関心の熱さは、そのまま熱気となって御簾を焦がしそうだ。

　一条は軽くまばたきしてから、僧正に向き直った。

「師匠が訪ねたときも、あの者たちはこんなふうでしたか」

「ああ。権博士どのはうまくお逃げなさったが、一条どのはどうされる？」

その意地の悪い言葉に、初めて一条の表情が動いた。薄紅色の唇が、瞬間、ぐいと歪《ゆが》んだのである。

が、それもすぐに元に戻る。一条は何事もなかったような顔で文箱を手にとった。

「これ以上、長居をしては僧正さまのご迷惑。では、わたくしはこれで退散するといたしましょう」

さらっ……と直衣《のうし》の衣《きぬ》ずれの音をさせて立ちあがると、一条は部屋を出た。僧正が見送ってくれているのは背中に感じていたが、振り返りはしなかった。

が、簀子縁をいくらも歩かぬうちに、背後から声がかかる。

「もし、陰陽師どの」

一条は立ち止まり、肩越しにちらりと後ろを振り向いた。

僧正ではない。若い僧侶《そうりょ》たちが数人と、元服間近の稚児《ちご》、それに、たまたま居合わせたと思《おぼ》しき公達《きんだち》も交じっている。好奇心を抑えかねて部屋の様子をうかがっていた者たちに間違いあるまい。

彼らはみな一様に、驚いていた。一条を呼び止めたものの、そのあまりの美しさに、次に言うべき声を失っている。

「わたくしは陰陽師ではありません。まだ、修行中の身です」

一条のその言葉で、僧侶たちはハッとわれに返った。

「いや、ご謙遜《けんそん》。お噂はかねがね聞いておりますよ」

中のひとりがそう言うと他の者も、追従するように、

「この夏、賀茂の権博士どのとごいっしょに雨乞いをされ、見事に雨を降らせたお話も聞きました」

「覆いをした箱の中身を言い当てるなど、陰陽の術を使えば簡単なことだとか」

「どのような修行を積まれたら、そのような神通力を得られるのでしょうか」

と、矢継ぎ早に言葉を重ねる。一条が口をはさむ間もない。

そして、とうとう、彼らがいちばん尋ねたかっただろう質問が飛び出した。

「陰陽師は式神《しきがみ》という鬼神を手足のごとく使われるそうですね。その式神で、ひとをたちどころに殺すこともおできになれますか」

一条は少し困ったように微笑《ほほえ》んだ。彼の笑みのあでやかさに、僧侶たちは息を呑《の》む。

一条は一拍おき、間の効果を高めてから言った。

「この道の奥義に関することをぶしつけにお尋ねなさるのですね。わたくしの師匠にも、そうお訊《き》きになったのですか？」

半分なじるようで、半分からかうような口調だった。それを好感触ととったか、僧侶

たちは素直に応えた。

「はい。ところが、権博士どのは全然教えてくださらなくて」

「それどころか、怖い目でわれらをご覧になるので、とてもそれ以上はお尋ねできなかったのですよ」

一条は納得したようにうなずいて、師匠とは逆に快く質問に応じた。

「やはり、ひとなどはそう簡単に殺せるものでもありませんよ。しかし、まあ、わたくしの師匠でしたら、少し力を入れさえすれば、ひとでも必ず殺せましょうね」

ほうっ、と小さなどよめきが僧侶たちの間に起こった。

「なるほど、賀茂の権博士ならばおできになれますか。確かに、弱冠二十歳《はたち》とお若いにもかかわらず、かなりの才覚を持たれたかただとか」

「では、失礼ながら、お弟子のあなたならどうですか？」

「そうですね……」

一条の琥珀色《こはくいろ》の瞳が、そのとき、いたずらっぽく輝いた。

「わたくしごときでも、虫などなら、ほんのちょっとしたことで必ず殺せますね」

「では、ひとつ拝見させてください」

「殺してみせろとおっしゃるのですか？　あいにくと生き返らせる方法は知りませんから、たとえ虫とはいえ、そんな無益な殺生《せっしょう》をしては重い罪になりましょう」

　一条はここで気の進まない素ぶりを見せたが、それは相手の好奇心を一層あおっただけだった。

「そこをぜひとも、お願いいたします」

「そうですとも。あそこのあれを陰陽の術で殺してみせてください」

　僧侶のひとりが庭の一角を指差した。その方向を見て、一条は微《かす》かに眉をひそめる。

「あれを、ですか……」

　苔《こけ》むした庭石の上に、ヒキガエルが一匹、鎮座していた。いまはもう季節は秋だが、長すぎた夏の名残であろうか。

「ぜひとも、あれを」

　僧侶たちは熱心に催促する。

　ヒキガエルはおのれを待ち受ける運命を感じたのか、ふと、こちらを向いた。喉を膨らませたり、すぼめたりしながら、じっと見ている。

　一条を。

　一条も氷のような冷ややかなまなざしでヒキガエルをみつめ返した。

　彼は僧侶たちのしつこい懇願に、「いやだ」とも「わかった」とも言わなかった。黙って、簀子縁の端に進んでかがみこみ、庭の草の葉をひとつ摘みとったのである。

　切り口からこぼれた草の汁が、彼のたおやかな指先を濡《ぬ》らした。

僧侶たちは期待に満ちたまなざしで、一条の一挙一動を見守っている。

おのれに向けられる注視をまるで気にとめず、摘みとった葉にむかって、一条は何事かを小声でささやいた。そして、ふっと息を吹きかける。

ひらりと、草の葉が宙に舞いあがる。風に乗って、それは庭へと流れていった。

庭石のあたりで、草の葉は唐突に力なく落ちた。真下にいたヒキガエルに葉が触れたその瞬間――びしゃっとヒキガエルが潰れた。庭石の周辺に、赤い臓腑《ぞうふ》が飛び散る。

僧侶たちは皆、ひっと声をあげた。ぜひにもとせがんだくせに、尻餅《しりもち》をつき、袖で顔を隠すなどして惨状から目を背け、がたがたと震える。彼らは初めて、自分たちがどういった相手と語らっていたのかを知ったのだ。

顔色も変えず、無残な死骸をじっと見ていたのは、一条だけだった。そして、彼だけが感じていた。これから起こるであろう、何かを。

それは予感だった。散らばったヒキガエルの臓腑よりも赤く生臭い、不吉な予感……。が、彼はそれを口に出しはしなかった。出したところで理解されることはなかったろう。代わりに、

「お見苦しいものをお目にかけてしまいましたね。未熟者ゆえ、どうかご容赦を」

なんでもないことのように涼しげに言うと、一条は静かにその場から歩き出した。彼をひきとめ、もっと術を披露してくれるよう頼む僧侶など、もはや寺には誰ひとりとし

ていなかった。

一条が僧侶たちをからかっていたのと同じ頃、平安京の西に広がる嵯峨野《さがの》を、一台の牛車《ぎっしゃ》が進んでいた。

牛車の横には、馬に乗った少年がぴたりとつきそっている。立烏帽子《たてえぼし》をかぶり、赤みの濃い香染《こうぞめ》（黄褐色）の狩衣《かりぎぬ》を身にまとった彼は、御所の警備役の近衛《このえ》から、蔵人《くろうど》に昇進して間もない大江夏樹《おおえのなつき》であった。

まだ、今年元服したばかりの十五歳で、父親は周防国《すおうのくに》（現在の山口県東部）の国司《こくし》。貴族としては中流で、帝《みかど》のそば近くに仕える蔵人に任命されたのは、破格の出世と言えた。

もっとも、それだけに責任も重く、忙しさは並ではない。今日の休みも激務のすえに、やっと勝ち得たものだ。

せっかくの休みだから、好きに使いたかった。が、久しぶりに邸《やしき》でごろごろできる――そう思ってのんびりと昼寝をしていた夏樹を、容赦なく叩《たた》き起こしたのは乳母《めのと》の桂《かつら》だった。

「まあ。いい若いかたが、まるで年寄りのようですわね。実は、嵯峨野にいる妹が具合が悪いらしいので、訪ねてみようかと思っていたところですのよ。夏樹さまもお暇ならごいっしょされませんか？　もちろん、お暇そうですから、ごいっしょされますわよね？」

と、こちらの意見を聞くふりをしながら、無理やり外へひっぱりだしてくれたのである。

久しぶりに会う妹に、養い子の自慢をしたかったのだろう。その証拠に、いざ行ってみると妹はいたって元気そうで、桂は彼女を相手にずっとしゃべり通しだった。

「母上を早くに亡くされ、父上は周防国にお残りになられて、夏樹さまのお世話はわたくしひとりに任されておりましょう？　正直なところ、不安でしたけれど、このように立派な公達になられて。やはり、お血筋でしょうかねえ。母上は北野《きたの》の大臣《おとど》のお孫でしたから。このたびは蔵人にまで出世され、主上《おかみ》の覚えもめでたく、御所の女房たちの間でも噂の的だとか……。乳母として、鼻がたこうございましてよ」

手放しの褒めようで、御簾越しに聞いていた夏樹のほうが恥ずかしかった。

蔵人になれたのは確かに出世だが、自分自身の実力ではなく、いろいろあってタナボタ式に手に入ったにすぎない。北野の大臣の血筋といっても傍系にすぎないし、父親といっしょに周防国に下って四年も田舎《いなか》暮らしをしていたため、都ぶりなどすっかり忘れてしまった。

（噂になっているといったって、単に珍しがられているだけで……）

そう思っているのは実際のところ、本人だけだった。

少年らしい凜々《りり》しさと脆《もろ》さが共存して、容姿はまったく申し分ない。桂の言うとおり、血のなせる業《わざ》か、さわやかな気品も最初からその身に備わっている。

少し純情すぎるところも、遊び好きな貴族の男どもを見慣れている女房たちにとっては、かわいらしいと好評だ。

位はまだ六位《ろくい》。けして高くはなく、下から数えたほうが早いくらいだが、この若さで蔵人に抜擢《ばってき》されれば将来有望と言ってもいいだろう。

そのようなわけでネタは尽きず、桂の自慢話はなかなか終わらなかった。妹もさぞや呆《あき》れていただろう。

結局、帰るころにはすっかり陽《ひ》が暮れてしまっていた。洛中《らくちゅう》の邸に着くのは、きっと夜だ。都も最近、何かと物騒なので、夏樹はなるべく早く帰りつくよう、道を急いだ。

そんな折、牛車の物見の窓を開けて外を眺めていた桂が、突然、夏樹に声をかけた。

「あの、少し車を停《と》めていただけますか？」

夏樹はすぐに、従者に牛を立ち止まらせるよう命じた。それから、馬を降り、

「どうかしたのかい？」

と尋ねる。牛車の揺れが、老いた身にこたえるのではないかと密《ひそ》かに心配していたと

ころだった。

が、桂はいたって元気で、顔色もよかった。どうも、久しぶりの外出でまだはしゃいでいるようだ。

「あそこの赤いものはなんでしょうか？」

と、広がる野原を扇で差す。

「ああ……壱師《いちし》の花（ヒガンバナ）が咲いているね」

「壱師の花でしたか。まるで秋の野が燃えているようですわ」

桂はかなり目を悪くしているため、遠くの花がぼやけて、火のように見えるらしい。

あまり道草はしたくなかったが、せっかくの上機嫌に水をさすのもためらわれた。

「いくつか摘んできてやろうか」

「まあ、よろしいんですか？」

「うん。ちょっと待っていて」

道をはずれ、野に入ると、見た目より高く草が茂っていた。それを踏み分け、少しでもきれいな花を摘もうと奥へ進む。

一本二本程度では桂も満足するまい。そう思って、何本も摘んだ。いつしか夢中になって。夏樹も花の美しさに魅せられていたのかもしれない。邸の庭に植えるのもいいかもしれないと、一本、根から掘り起こす。

さすがに疲れてきたので手をとめ、あたりを見廻《みまわ》すと、満々と水をたたえた広沢池が野原のむこうで光っていた。池の対岸の山の、木々の合間には遍照寺の大門や僧堂の屋根が並んでいる。

空は夕日の色に染まり、野には飛び火のようにぽつぽつと咲いた壱師の花。秋の訪れを感じさせる美しい光景だ。だがその光景に、夏樹は漠然とした不安を覚えた。

桂が壱師の花を火のようだと譬《たと》えたせいだろうか。燃える野というのは、どうも不穏な印象がつきまとう。

(美しいことは美しいのだけど……)

急に湧き起こった不吉な予感めいたものを追い出そうと、夏樹は頭を強く振った。そのとき急に、背後から若い女の声が聞こえてきた。

「摘むのは構いませんが、気をつけないと。壱師の花の根には毒があるそうですよ」

近くには誰もいないものと思っていただけに、夏樹は驚いて振り返る。

そこにいたのは、見知らぬ十六、七の少女だった。両手いっぱいに、壱師の花をかかえ、夏樹をまっすぐにみつめている。

かと思うと、彼女は一転、顔を伏せた。

「ごめんなさい。つい……」

「あ、いいえ」

夏樹は掘り起こした壱師の花をパッと手から離した。

「根に毒があるとは知りませんでした。教えてくださってありがとうございます」

「いいえ。わたくしこそ余計な真似《まね》を……」

「余計だなんて全然。危うく乳母に毒を盛るところでしたよ」

「まあ」

少女は顔を上げ、くすくすと笑った。

夕日の赤、壱師の花の朱、少女の来ている蘇芳《すおう》（紫がかった赤）の袿《うちぎ》が、夏樹の目に鮮烈に映った。

何より衝撃的だったのは、彼女の美しさだ。華やかな顔立ちでいながら、落ち着いた物腰。その優雅さは、絵巻物から抜け出したかぐや姫のよう。どこか寂しげな風情《ふぜい》が、まさしく、月を見上げて憂いに沈むかぐや姫を連想させた。

どういう素性の者なのか、供もつけずにこんなところにひとりでいるなど、深窓の姫君ならばあり得ない。かといって、それほど低い身分の者にも見えない。

こういう場合、さては狐狸妖怪《こりようかい》の類《たぐ》いかと疑うのが普通だろう。おりしも、〈誰そ彼《たそがれ》時《どき》〉――あるいは、〈彼《か》は誰時《たれどき》〉とも呼ばれる時刻。昼と夜が、この世とあの世が混じり合うときだ。

だが、夏樹はそのようなことは思いつきもせず、ただ目を丸くして少女をみつめていた。

　何か話さないと、と思ったが、悲しいかな、こういう場面で彼が気のきいた台詞《せりふ》を言えた例《ためし》など一度もなかった。もちろん、今度もそうだ。

　それでも、なんとかしないと、少女がすぐにも去ってしまいそうな気がして、

「壱師の花が……お好きなんですね」

　必死になって言《こと》の葉《は》を絞り出した。少女は浅くうなずき、

「形が面白いですし、色もきれいなので」

　それに対してどう言葉を返すべきか、夏樹はまた迷ってしまった。顔を見るまでは普通に話せたくせにと、自分で自分が情けなくなる。

　このまま会話を続け、流れに乗ったところで、さりげなく彼女の名前や素性を聞き出さないと、この場限りの出逢《であ》いで終わってしまいかねない。そうとわかっているのに、焦れば焦るほど頭の中はぐしゃぐしゃになる。

「でも、毒があるんでしょう？　おそろしくはないのですか」

　またもや必死に絞り出した問いに、少女は幻のごとく微かに笑った。

「おそろしいもののほうが、より美しいとは思いません？」

　少女は少しためらってから、思い切ったように数歩進み出てきて、夏樹との距離を縮めた。相手が装束に焚《た》きしめている香の薫《かお》りを感じ取って、夏樹はたちまち赤面する。

おそらく、彼のそんな初々《うい》しさが好印象をいだかせたのだろう、

「半分差しあげますわ。わたくしも摘みすぎてしまって」

そう言って、少女は壱師の花をひと束差し出した。こういう場合、断るよりも受け取ったほうがいいのは明らかだろう。

「あ……ありがとう……」

礼を言い、そこからさらに会話を発展させていければ上出来だ。だが――

花を受け取ったとき、互いの指先が触れ合った。冷たい指だった。それだけで、夏樹はすっかり舞いあがってしまった。会話を発展させるどころではない。

少女は軽く会釈すると、夏樹に背を向けた。静かに立ち去ろうとする。ここで何か言わないと、彼女は自分のことなど、ただのゆきずりとばかりに忘れてしまうだろう。

「あ、あの……！」

聞こえなかったのか、彼女は振り返りもしない。

夏樹もそれ以上の言葉が出せない。秋の野に消えていく後ろ姿を見送ることしかできない。

「あ……」

茂る草の彼方《かなた》に少女の姿が小さくなる。完全に見えなくなってしまうと、夏樹はがっくりと肩を落として、震える吐息を洩《も》らした。

突然で、短いけれども印象的な出逢い。まるで夢を見ていたような心地がする。あんな相手に逢えるなんて——それとも、本当に夢幻だったのだろうか。

夏樹は腕の中に咲く壱師の花をぎゅっと抱きしめた。細い花弁がゆらゆらと揺れる。牛車で待っている桂のことも忘れて、夏樹は壱師の花に顔をうずめ、かの女《ひと》の漂わせていた香りを偲《しの》んだ。

両手いっぱいの花だけが、これが夢でないことの確かな証《あか》しだった。


内裏《だいり》の夜——

夏樹は、酒器を捧《ささ》げ持って清涼殿《せいりょうでん》の掃き清められた簀子縁を歩いていた。

清涼殿は帝が生活している殿舎《でんしゃ》だ。御所の中心でもあれば、華美の限りが尽くされている。軒下には釣灯籠《つりどうろう》が数え切れないほど掛けられ、昼間のごとく明るい。

あちこちの部屋の御簾の下から、女官《にょかん》たちの色とりどりの衣装が覗《のぞ》く。こうして裾や袖を御簾から少し出すのが、出《いだ》し衣《ぎぬ》といって、貴族の女たちが顔を見せずに自らの存在を示す手段となっていた。

衣装はどれも、萩《はぎ》・桔梗《ききょう》・女郎花《おみなえし》といった、秋の草花に模した色合いだ。その華やかさは、まさに絢爛《けんらん》たる王朝絵巻そのもの。

そのただ中を姿勢正しく歩む夏樹の姿は、美しい光景にさらに新たな華を添えていた。頭上に戴《いただ》くのは、黒い垂纓《すいえい》の冠《かんむり》。身につけた袍《ほう》は蔵人を表す青色だ。この職につきたくてもつけない者にとって、憧れの色でもある。さらに、灯籠の明かりのせいで赤みが差し、青色が紫に見える。古来から高雅な色とされる紫は、思いのほか彼に似合っていた。

が……落ち着いた見かけとは裏腹に、本人はがちがちに緊張していた。

(ここで転びでもしたら一生の恥。末代までの笑い者だ)

そう気負って、足の爪の先まで神経を張り詰めさせていたのだ。

こんな緊張感を、夏樹は蔵人になってから、ほぼ毎日体験していた。六位の蔵人の仕事は、帝の御膳の給仕など雑事一般。簡単なようだが、のべつまくなし業務はある。積み重ねられていく重責は想像以上のものがあった。

まして、蔵人に任命される者は、父親や兄弟などがかつてこの職にある場合がほとんどである。世襲に近いといってもよかった。夏樹のような受領《ずりょう》の息子が蔵人になるなど、特例中の特例だ。

だからこそ、ここで失態を演じれば、自分だけでなく父の周防守《すおうのかみ》の出世にまで影響するだろう。

慎重に、慎重に。かつ努力しているとは外からわからぬよう、自然にこなしていかなければ。

苦労のすえ、夏樹はようやく長い簀子縁を渡り終え、帝のいます部屋の前にたどり着いた。

「御酒《ごしゅ》をお持ちしました」

声をかけ、中にいる上位の蔵人に酒器を渡す。夏樹はそのまま簀子縁にとどまり、部屋には入らない。

帝の話し相手は、すでに頭《とう》の中将《ちゅうじょう》（蔵人頭《くろうどのとう》と左近《さこんの》中将を兼任している）や五位《ごい》の蔵人たちが務めているからだ。夏樹は、また酒がきれて酒殿《さかどの》に取りに行くまで、簀子縁で控えていればいい。

帝のそばに行けなくていじけるどころか、夏樹は内心ホッとしていた。このまま目立たないでいることこそ、彼の望みなのだ。しゃしゃり出る気はさらさらない。

本来なら、六位の身分では内裏の殿舎にあがることも許されない。蔵人だからこそ、こうしてここにいることができるのである。このうえ、帝のそばで話し相手をするなど、とてもとても……。

「今宵《こよい》は月が美しいな」

ほろ酔い加減の帝の声が御簾のむこうから聞こえる。

「少し雲がかかっている様子が、趣深うございますな」

と応えたのは頭の中将だ。

「庭の萩も美しい。管絃《かんげん》の遊びにふさわしい宵だと思わないか」

「では、わたくしが琵琶《びわ》を弾きましょう。ちょうど、笛の名手がここにおりますし、和《わ》琴《ごん》の上手も」

「それはいい。ぜひにも聞かせてもらおう」

簀子縁にいた夏樹も、耳をそばだて、少しばかり御簾に近づいた。

実際に聞いたことはまだないが、頭の中将の琵琶の腕前は名人と呼べる域に到達しているという。そこへ五位の蔵人たちの笛や琴が加われば、さらにすばらしいものとなるだろう。それをこんな間近で聞けるとは、なんという幸運か。

夏樹が期待に胸を膨らませていると、思いもよらぬ事態が起こった。

「そうだ。新蔵人《しんくろうど》も箏《そう》の琴を弾いてくれないか？」

帝のお声だ。その内容を理解するのに、夏樹はかなりの時間を要した。

新蔵人とは、六位の蔵人の中でも新参者を差す呼称。つまりは、夏樹のことなのである。

「わ……わたくしの、箏の琴、ですか？」

まさかまさかと思いつつ確認すると、帝はあっさり肯定してくれた。

「ああ。弘徽殿《こきでん》の伊勢《いせ》から聞いているよ。幼い頃から琴を習ったけれど、いとこのほうが上達が早かったのだそうだね」

伊勢は、弘徽殿の女御《にょうご》に宮仕えにあがっている、いとこの深雪《みゆき》の女房名だ。

「わがいとこが……そのようなことを……」

背中に冷や汗がどっと噴き出したかと思うと、掌《てのひら》には脂汗がじっとりにじんできた。顔は、熱湯に放りこまれたかのように真っ赤だ。

(深雪のやつめ……!)

名人たちに交じって拙《つたな》い琴を弾くなど、絶対に避けなくては。実際、才能があると褒められたのは子供のときの話で、もう何年も琴には触っていない。

なんとか辞退しようと夏樹は焦るが、うまい言い訳がなかなか出てこない。そこを必死に努力して、蚊の鳴くような声で訴える。

「わたくしごときの琴では……その、お耳汚しかと……」

が、誰も聞いてはいなかった。その間にも、琵琶や琴が持ちこまれ、合奏の用意が着々となされていく。

「さあ、そんなところにいないで、こちらへ」

帝からそう促されては、強硬に断ることもできまい。夏樹はふらふらと立って、廂《ひさし》の間に上がった。

そこにはすでに合奏の用意が整っていた。酔いでうっすら顔を赤くした若い帝は、盃《さかずき》を片手に上機嫌でにこにこ笑っている。頭の中将も、五位の蔵人たちも、夏樹を励ますように温かく微笑みかけている。

夏樹は以前、近衛に所属していたが、そこでは同僚たちからこんなふうに微笑みかけられた例《ためし》はなかった。あそこで向けられたものは、妬みと嘲笑《ちょうしょう》、理不尽な憎しみ。そんなものに慣らされていただけに、蔵人所《くろうどどころ》の結束の堅さと、新参者の自分をすんなり加えてくれた柔軟さは、驚き以外の何物でもなかった。

優しい同僚たちにまで恥をかかせてはならない――

夏樹はがちがちに緊張しながら、箏の琴の前にすわった。音を確かめるふりをして、絃《げん》を軽く爪弾《つまび》く。そうしながら、指先にかつての感覚が蘇《よみがえ》るのを願った。

「では、秋の夜にふさわしい曲を」

そう言って、頭の中将が曲のさわりをかき鳴らした。雅《みやび》やかな音がかろやかに響く。それを耳にして、夏樹はほんの少しだけ安堵《あんど》した。

(この曲なら、弾ける……)

笛と和琴が、琵琶に続いて奏でられる。遅れてはならじと、夏樹も箏の琴を弾く。楽器を持たぬ他の蔵人は、その歌声で参加した。

更衣《ころもがへ》せむや

さきむだちや

催馬楽《さいばら》の『更衣』だ。

最初は、間違わずに弾くのが精いっぱいだった。きっと、拙く聞こえただろうに、誰も咎《とが》めも冷笑もしない。初めて御前で琴を弾くということで、大目に見てくれているのだろう。

続けていくうちに、やがて指が自然に動くようになってきた。ここまで来ればなんとか最後までやれるはず。琵琶の響き、笛の音、和琴の調べに合わせるゆとりも、やっと生じる。

我《わ》が衣《きぬ》は　野原篠原《のはらしのはら》
萩《はぎ》の花摺《はなずり》や
さきむだちや

――衣替えしましょう。わたしの衣は野原や篠原に生えている萩の花を摺《す》りつけた衣ですよ。

さきむだちや、とは「さあ、公達や」との呼びかけを原義とする囃《はや》し言葉である。

秋の月夜の澄みきった空気に、楽の調べと歌声は、美しく響き渡る。これには帝も大満足の様子だった。

「月の美しさと楽のすばらしさに、ついつい酒を過ごしてしまった。名残は惜しいが、今宵はこれで休むとしよう」

帝のその言葉に、座はおひらきとなる。速やかに現れた女官たちが楽器を片づけ、帝を寝所へとお連れする。

夏樹も静かに退出していったが、今夜もまた大した失敗もなくやり過ごせたという安堵感で、気を失いそうなほどだった。足もとも、雲を踏んでいるかのようにおぼつかない。

その肩を、頭の中将がぽんと叩いた。思わず悲鳴をあげそうになったが、声はなんとか呑み下して外には出さないよう努力する。

頭の中将は夏樹の動揺に気づかなかった様子だった。いかにも育ちのよさそうな品のいい笑みを浮かべ、

「よかったな。危なげなく弾きこなしていたぞ」

「そ……そうでしょうか……」

琵琶の名手に褒められて、夏樹はまたまたぼうっとなる。

「とても、そんなふうには思えなかったのですが……」

「いや、そんなことはない。今度はぜひとも、わが家で弾いてもらいたいな」

半分お世辞だとしても、頭の中将の家に招待されたのは事実だ。あまりのことに、夏樹は顔を真っ赤に染める。

夏樹のそんな緊張ぶりが、他の蔵人たちには初々しさと映ったらしい。皆、穏やかな笑みとともに、好ましげにこちらを見ている。それがますます、夏樹を舞いあがらせた。このまま天まで昇りそうだ。

頭の中将はくすくす笑いながら、

「顔が赤いよ。われらは蔵人所に戻っているから、しばらく外の風にあたって熱を冷ますといい」

言葉通り、夏樹をその場に残し、頭の中将はさっさと行ってしまう。蔵人たちも、そのあとに続く。

中のひとりふたりはなぜか手を振ってくれた。夏樹が愛想よく手を振り返すと、彼らはとても嬉《うれ》しそうな顔をした。

どうして、みんながこんなに親切なのか、夏樹は本当のところが理解できていなかった。不慣れな様子がまたかわいらしいなどと、誰もわざわざ本人に教えたりはしないからだったが。

（まあ……、いいか……）

理由はわからないまでも、彼らの気遣いをありがたく受けて、夏樹はそのあたりをぶらぶらと歩くことにした。

適度に冷たい風は、ほてった頰に心地よかった。空を見上げると、雲のかかった月。またたく星々。

地上では萩が花を咲かせ、気の早い枝はもう散りゆこうとしている。その花陰から、微かに聞こえるのは虫の声だ。確かに、こんな夜はすぐ寝てしまうのももったいない。

「萩が花散るらむ……小野《をの》の露霜《つゆしも》にぬれてをゆかむ、さ夜《よ》はふくとも……」

古歌がふと口をついて出る。萩の野を露に濡れてでも行こう、彼女の家に着く頃はたとえ深夜になっていようとも、という意味である。

蔵人になったからには和歌なども勉強しなくてはと、桂に勧められ、努力したおかげで、何首かは口ずさめるようになった。が、何気なく口にした歌に触発されて、夏樹の表情は暗くなる。

——訪ねに行こうにも、彼女の家がどこにあるか知らなかったからだ。

壱師の花の野で出逢った娘のことが、夏樹の脳裏に思い浮かんだ。彼女の姿や声ははっきりと覚えている。だが、それだけではどうしようもないのだ。

せめて、名前だけでも訊けばよかったのに。それすらできなかった自分の要領の悪さが、つくづく嫌になる。

どうにかして、もう一度めぐり逢えないものか。赤い花の咲く野にたたずんでいた、あの美しいひとに――

夏樹がもの思いに沈んでいると、背後でガサッと萩が揺れた。

「おや、これは新蔵人の君」

この太い声は……。

夏樹は身の震えを抑えつつ、振り返った。

「右近中将《うこんのちゅうじょう》さま……」

巻纓《けんえい》の冠と両耳の上を飾る緌《おいかけ》は、武官の標《しるし》だ。強《こわ》そうな黒髭《くろひげ》をたくわえたそのひと、右近中将は、夏樹の前の上司だった。

夏樹は、自然にこわばっていく顔を見せまいと深く頭を下げた。

「ご無沙汰しております……」

「うむ。どうかな、新しい仕事には慣れたかね」

「はあ……わたくしのような未熟者には荷の重いお役目ですが、頭の中将さまをはじめ、皆さまよくしてくださいますのでどうにか……」

「それはよかった。そなたのことは父君の周防守からも頼まれているので、どうだろうかと常に案じておったのだよ」

言葉とは裏腹に、右近中将はつまらなさげに鼻を鳴らした。実のところ、蔵人所に夏樹を奪われたのが、気に入らないのだ。彼は見目よい少年が大好きという趣味の持ち主であった。

最初、夏樹はそういうことを一切知らなかった。右近中将がなにかとよくしてくれるのも、父親が気前よく彼に賄賂《わいろ》を贈ったからだと解釈していた。

が——ある夜、右近中将にいきなり唇を吸われた瞬間、おのれの解釈が間違っていたことに気づいた。さらに、近衛の同僚たちの風あたりがきつかったのも、嫉妬のためだったと判明した。

夏樹も熊のように大柄で髭もじゃの右近中将に押し倒されたくはなかった。もともと出世欲も薄いため、身体《からだ》を差し出してまで上司に媚《こ》びようという気は起こらない。が、相手のほうが権力もあるし、機会も山ほどある。いつまでも拒みきれるものではない。

弱りきっていたところへ、急に蔵人への昇進が決まり、かくして夏樹は右近中将の魔の手から逃れることができたのである。

それがまさか、こんなところで出くわすとは。しかも、なぜまた、ひとりでいるときに限って……。

夏樹はじりじりと後退しながら逃げ道を探した。

「では、わたくしはこれで……」

「まあ、待ちなさい」

身を翻《ひるがえ》して駆け出そうとするより先に、右近中将の分厚い手が肩に置かれる。酒臭い息が頬にかかる。

(まずい、酔ってる!)

右近中将があまり理性の利くたちではないのは、過去の事例からも証明済みだ。まして酒が入っていれば、ここが御所の庭であることも忘れて狼藉《ろうぜき》に及ぼうとするだろう。

(だ、誰か……!!)

泣きそうになりながら、夏樹は必死で助けを呼んだ。声には出さず、心の中で。歯がガチガチ鳴って言葉にならないし、身分が上の相手にそうあからさまに嫌がっているところも見せられない。

「おや、寒いのかな?」

右近中将はにこにこしながら顔を近づけてくる。温めてくれる気かもしれないが、きっとそれだけでは済むまい。

絶体絶命のそのとき、救いの神の声がした。

「や、これは右近中将さま、ここにおられましたか」

右近中将は大袈裟《おおげさ》なほど驚き、夏樹を突き飛ばすようにして離れた。夏樹は数歩よろめいたが、倒れぬように踏ん張って救い主を見上げた。

「弘季《ひろすえ》どの……」

夏樹と懇意にしている、壮年の滝口《たきぐち》の武士（内裏の警固《けいご》の武士）がそこにいた。

「お探ししておりましたよ。すぐにも右近の陣にお戻りくだされ」

弘季が重々しい口調で述べると、何かよほどの事態が生じたかのように響いた。

右近中将もそれを感じたのだろう、さっと表情をひきしめ、「わかった」と短く応えて、足速に右近の陣へ向かう。

遠ざかるその広い背中を見ながら、夏樹は大きなため息をついた。

「助かった……」

「新蔵人どのには感謝してもらおうかな」

「あ、じゃあ、もしや」

「探していたとは真っ赤な偽り」

そう言って、弘季は破顔一笑する。いかめしい顔が一気に明るくなって、夏樹も釣られたように笑った。が、すぐにその笑みをひっこめ、

「でも、嘘《うそ》だとわかれば、そっちが困るようなことにならないかな」

「なんの、滝口は蔵人所の武士。近衛とは管轄が違う」

なんの憂いもない顔で、弘季は言いきった。

夏樹は中流とはいえ貴族、弘季は武士。普通ならば、武士が貴族相手にこんなくだけ

た物言いはしない。だが、身分の差や親子ほども違う年の差に関係なく、ふたりは友人関係を築いていた。

彼なら、新蔵人が右近中将に襲われそうになったなどという不名誉な噂は流すまい。その点でも、来てくれたのが弘季でよかったと、夏樹はホッと胸をなでおろした。

「右近中将さまもあんな困った趣味さえなければ、よいおかたなんだが」

「そんなことを言ってるから、つけこまれるのだぞ。だいたい、近衛にいた間、そうと気づかなかったというのが鈍すぎる。今夜にしても、うまく言い訳して、さっさと逃げればいいものを……」

思わぬお小言に対し、

「あ、じゃあ、また！」

夏樹はくるりと背を向けて走り出した。

「そんなふうに逃げるんだぞ、次からはな！」

大声で怒鳴る弘季に、振り返って手を振り、そのまま走り去る。弘季の気持ちはありがたいが、お説教までは聞きたくなかった。なにしろ一度始めると、乳母の桂に匹敵するほど長くなるのだから。

充分離れてから徐々に走る速度を落としていき、やがて、夏樹は立ち止まった。

ふうっと、特大のため息をついて、空を仰ぐ。少し位置を変えたせいか、月は雲を払いのけてまぶしいほどに輝いていた。

こんなに月のきれいな夜は、右近中将はもとより、弘季にも邪魔されず、ひとりきりでいたかった。そして、あの美しい女を心ゆくまで偲んでいたい。それだけが、いまの自分にできることだから……。

しかし、その願いは今夜ばかりは叶《かな》わなかった。

「あら、そこにいらっしゃるのはどなた？」

耳慣れた声に、夏樹はぎょっとしてあたりを見廻す。いつの間にか、彼は弘徽殿の庭先に来ていた。

声をかけてきた相手は、弘徽殿の簀子縁に立っている。萩襲《はぎがさね》（表が蘇芳《すおう》、裏が後世の緑）の唐衣《からぎぬ》を着た女房だ。顔までは暗くてわからないが、声でなんとなく見当がついた。いとこの深雪だ。

「あら、夏樹じゃないの。よそいき用の声出して、損しちゃったわ」

途端に口調が砕ける。やはり間違いない。才気あふれる若女房と評判の伊勢の君も、夏樹の前でだけははねっ返りのいとこの深雪に戻ってしまうのだ。

しかし、またなぜ、こういう風情のある晩に限って邪魔ばかり入るのか。

「何してるのよ、こんな夜ふけに」

「いや、こっちだって来ようと思って来たわけじゃなく……。ただ、気がついたらここにいて……」

「ふうん。ま、いいけど」

深雪はさっと裾さばきして座すと、檜扇《ひおうぎ》をもてあそびながら月を見上げた。

「今夜は寝るのが惜しいほど、いい月じゃない？　せっかくだから、気のきいた和歌でも作ってみてよ」

「そんな、急に言われても……」

既存の歌はいくつか頭に叩きこんだものの、即興で自作できるような域には達していない。口ごもる夏樹を、深雪はここぞとばかり遠慮なく責めたてる。

「だめねえ。殿上人《てんじょうびと》になったからには、さっと歌を詠《よ》むぐらい、嗜《たしな》みのひとつよ。これじゃあ蔵人になれても、その先の出世はいつのことか……」

深雪の嫌味をさえぎって、突然、夏樹が叫んだ。

「そうだ、思い出した。おまえ、箏の琴のこと、帝に話しただろう！」

「あら。じゃあ、さっき聞こえていたのは、やっぱり夏樹の琴だったのね」

夏樹の怒鳴り声にもめげず、深雪はにっこりと微笑んだ。

「よかったじゃない。主上にいい印象を与えられて」

「よくない。危うく恥をかくところだったんだぞ」

「まあ。少しでもいいとこのためになればと思って売りこんでやったのに、そんな言いかたはないんじゃない？」

　傷ついたふりをして、深雪は目を伏せる。もちろん、子供のときから多大な迷惑を蒙《こうむ》ってきた夏樹が、その程度ではぐらかされるはずもない。

「なんとかなったからよかったものの、頼むから余計なことはしないでくれよ。だいたい、蔵人になれたのだって自分の実力じゃないんだから」

「何を情けないことを言ってるのよ。きっかけはなんであれ、そのあとの働きで実力を証明してみせればいい話じゃないの」

「わかってるよ。こうなったからには、きちんと役目を果たすつもりさ。だけど、徒《いたずら》に目立つような真似はしたくないんだ。できれば、野に咲く壱師の花のようにひっそりと……」

「壱師の花？　なに言ってるの？　あんな真っ赤な花、目立たないはずがないじゃない」

　夏樹はあわてて口を押さえた。あまりに壱師の花の彼女のことを想《おも》いすぎたために、ついつい口走ってしまったらしい。

「いや……、間違いだよ。壱師の花じゃなくて萩の花だ、うん」

　萩ならば花は小さい。

「そう。萩ならわかるけれど。でも、やっぱり後ろ向きよね」

いちおう納得した深雪を前にし、夏樹はひそかに冷や汗を流した。

（危ないところだった……）

あの美少女との出逢いは、まだ誰にも知られたくなかった。特に、深雪には絶対に。

たとえ、もう二度と逢えないとしても――と、言いつつ、けして諦めてはいなかったが――それならそれで、美しい思い出にしたかったのだ。

もしも深雪に知られたら、きれいな思い出も土足で踏み荒らされかねない。なにしろ、「田舎で育ったいとこが、都の物慣れた女にからかわれたら気の毒ですものね」と称して、人の恋路の邪魔ばかりしているのだから。

「と、に、か、く」

深雪は一字ずつ区切って発音し、語気を強めた。

「目立ちたくないなんて馬鹿なことは言わないの。運だって実力なんだから、これを皮切りにどんどん出世して、どんどん貯《たくわ》えて、桂の老後の世話をしてちょうだいよ」

「桂はおまえの乳母でもあるんだぞ」

「でも、桂だってわたしより夏樹を頼りにしてるんだから、その気持ちに応えてやるのは当然でしょ？」

反論しかけて、夏樹は口を閉じた。言葉で深雪に勝てるはずがない。子供のときからずっとそうだったではないか。こんな風流な夜に弘徽殿の庭先に迷いこんだ自分自身を恨むしかないのだ。

「わかった、わかった、わかりましたよ」

両手を挙げて、夏樹はさっさと降参した。

「わかったならいいのよ」

「でもな、帝にあれこれ宣伝するのはやめてくれよ。恥をかくのはこっちなんだから」

「まあね。箏の琴以外にこれっていう売りもないし」

口の減らない、いとこだった。弘徽殿の女御や同僚の女房たちですら、深雪のこういう一面は知らない。帝や他の貴族たちは、もちろんそうだ。若い貴族の間で人気の的になっているそうだが、彼らも実情を知れば、裸足《はだし》で逃げ出してしまうだろう。

「それはそうと、桂は元気にしてる？」

「ああ。この間、嵯峨野の妹の具合が悪いって聞いて、見舞いに行ったんだ。いっしょにお供したけど、妹も病気には見えなかったし、桂もずっとおしゃべりし続けてたよ。おかげで帰りが遅くなっちゃって……」

それを聞いて、深雪が眉をひそめた。

「何事もなかった？」

「なんにも」

「なら、いいんだけど。近頃、物騒な噂をよく聞くから、あんまり夜ふけに出歩かないでよ」

「ああ、なんだか、凶悪な夜盗《やとう》がうろついてるんだってな。あんまり詳しいことは知らないけど」

「あら、聞いたことないの？　俤丸《おもかげまる》の噂を」

檜扇の陰で、深雪の目がきらりと輝いた。噂話に疎《うと》い夏樹にあれこれ教えるのが、彼女はことのほか好きなのだ。今夜もさっそく噂話を披露する。

「なんでもね、押し入った家の者を、老若男女問わず殺しまくって、そのあと『俤』の一文字だけを残していくそうなのよ。それで、ついたあだ名が俤丸なの」

「なんだよ、それ。物盗《ものと》りか？」

「ところが、盗みはしてないのよね。だから、手口の残虐さからしても、相手に恨みがあったんじゃないかって話なんだけど。そういえば、襲われた邸は左京大夫《さきょうのだいぶ》とか、前《さきの》讃岐介《さぬきのすけ》とか、前《さき》の戦乱の貢献者ばかりなのよ」

「戦功をあげて、出世もして羽振りもよくなったから狙われたんじゃないのか？」

「そんなとこかもしれないけどね。そうだわ、夏樹。いっそ、その俤丸を捕まえてみない？　そうしたら、さすがってことになって、一気に主上のお覚えもよくなるわよ」

夏樹はあきれ返って、口をへの字に曲げた。

「あのな、そういう役目は検非違使《けびいし》の仕事なの」

「言ってみただけじゃないのよ」

深雪は拗《す》ねて、つんと横を向いた。が、すぐに機嫌を直し、

「そうそう、あのね……」

と、別の噂話にとりかかる。猫の目のようにくるくる気分が変わる様子は、見ていて飽きなかった。

闊達《かったつ》ないとこを相手に話していると、こちらの気分も晴れてくる。近衛で同僚たちから無視されていたときもそうだったし、蔵人になって、慣れない仕事に神経をすり減らしているいまもそうだ。

してみると、深雪のような存在があればこそ、自分は息抜きもできて、どうにかこうにか御所に勤めていられるのだなと夏樹は思った。

もちろん、滝口の武士の弘季や、蔵人所の先輩たちもそうだ。さらに欠かせないのは、陰陽寮の一条だろう。

半年ほど前、ひょんなことで知り合いになった、ひとつ年上の陰陽生。最近は、新しい仕事に忙殺されてなかなか逢えないでいるが、どうしているだろうか。

(明日あたり、家を訪ねてみようか。どうせ、お隣なんだし)

あれこれ考えていると、深雪が突然鋭い口調で、

「ちょっと、夏樹、聞いてるの?」

「あ、ごめん。悪いけど、もうそろそろ戻らないと……」

実際、思いのほか長く、深雪の話を聞いていたのだ。いいかげん、蔵人所に戻らないと、皆が心配するだろう。

「そう？　ま、仕方ないわね。今度、ゆっくり、いらっしゃいよ」

引き止めようとするかと思えば、深雪はあっさりそう言ってくれた。

「ああ、それじゃあ」

と、夏樹は足早にその場から立ち去る。

背後で深雪が何かつぶやいたようだったが、その声が彼の耳に届くことはけしてなかった。


走り去るいとこの後ろ姿を見送りながら、深雪は小さくつぶやいた。

「本当に、がんばって出世してよ。桂だけじゃなく、わたしの将来だって、あなたの双肩にかかってるんですからね」

それから、ぽっと赤くなる。深雪はあわてて両頰を押さえた。

「あら、いやだ。わたしったら」

――いとこと結婚して、乳母の桂ともども、ひとつ屋根の下で幸せに暮らす自分を想像し、急に恥ずかしくなったのだ。

（でも……）

いまはまだ鈍い夏樹も、いずれは御所での生活によって磨かれ、素敵な公達に成長するだろう。そうすれば、きっとこちらの気持ちに自然と気づくはずだ。

その瞬間から、昨日までのいとこが、ふいに運命の恋人に変わる――に違いない。

（あまりに近すぎて、気づかなかった愛ってやつよね）

瞳を潤ませて、深雪はしばし空想にふけった。が、ふっとわれに返って、いまいましげに舌を鳴らす。

「いったい、何年先のことかしら」

それを思うと、じれったくて仕方ない。

競合相手はこのところ急に増えてきた。「いとこどのに渡してちょうだい」と、やたらと女房たちから文《ふみ》を託されるのだ。

もちろん、深雪がそれをすんなり夏樹に渡すはずがない。文はすべて握り潰し、女房には「ごめんなさい。ちゃんと渡したのだけど、いとこはこういうことに不慣れだから、返事は期待しないでね」と言うようにしていた。

そのうえで夏樹には、「都の女は怖いんだから、なんでも鵜呑《うの》みにして信じちゃだめよ」と吹きこむ。

（ああ、わたしったら、なんて健気《けなげ》……）

ふうっと吐息を洩らしてから、深雪は殿舎の中へと入った。

月に魅《ひ》かれて外に出ていたものの、夜風にあたりすぎて、身体はかなり冷たい。早く自分の局《つぼね》に戻って、さっさと眠ることにしようと、先を急ぐ。

大概の女房たちはそれぞれの局にひっこんで眠っていた。が、局のいくつかからは、まだ明かりが洩れている。

秋の夜長を、気のおけない相手とおしゃべりをしてすごしているのだろうか。微かな話し声が、外の虫の音に混じって聞こえていた。

その中のひとつが、深雪の足をとめさせた。

「……おもかげ……」

思わず、ぴくんと眉が動く。これはきっと、いま巷《ちまた》で噂の夜盗、俤丸のことを話しているに違いない。もしかしたら、新しい情報が入ったのかも——

好奇心旺盛な深雪がこのまま通り過ぎるなど、できるはずもない。すぐにも話に加わりたくて、うずうずしているのだ。

（でも、どの局から聞こえてきたのかしら）

再度聞こえてこないかと、深雪は耳を澄ました。が、話し声はおろか、なんの物音も聞こえない。

じりじりしながら、深雪は声の感じから相手を推理しようとした。

(なんだか、聞いたおぼえのない声だったけど……)

弘徽殿の女御に仕える同僚たちの声を、他の者と聞き間違えるはずもない。深雪はしばらく考えてから、新参女房の局を覗いてみることにした。

局に明かりはついていた。

(確か、女房名は常陸《ひたち》の君《きみ》――)

こほんと咳《せき》ばらいをしてから、深雪は声をかけた。

「ごめんなさい、常陸の君。まだ、起きていらして？」

中から返答があった。

「ええ……」

か細い声だ。これだけではまだ、先ほど耳にした声の主《ぬし》と同一人物かどうか、判断がつかない。

「少しよろしいかしら」

返事を待たずに深雪は局に入らせてもらった。

常陸の君は、すぐに寝るつもりでいたのだろう、単《ひとえ》の上に濃い赤の袿だけを重ねた姿で、灯台のそばにすわっていた。

常陸の君は、つい最近、新しく弘徽殿に入ってきた女房だ。まだ御所に慣れていないらしく、いつも恥ずかしそうに小さくなっている。

彼女とは深雪もまだじっくり話をしたことがないから、声もよくおぼえていない。ということは、さっきの声の主だという可能性も高い。

(にしても……)

深雪はそもそもの目的を忘れ、常陸の君にみとれてしまった。

(いつも隅にいらっしゃるから、はっきり見たことはなかったけど、なんてきれいなひとなのかしら)

亡くなった前常陸介《さきのひたちのすけ》の娘だとは聞いていた。ずっと田舎で育ったが、このまま埋もれさせるには惜しい器量だから、ぜひとも都にやって貴婦人ぶりを身につけさせたいという親の遺言に従い、宮仕えにあがったらしい。

が、深雪の目には、もう十二分に品のある貴婦人ぶりを身につけているように見えた。白い頬に黒髪がぱらりとかかっている様子など、さながら、物語の中に出てくるやんごとなき姫君のようだ。

(うちの女御さまとくらべても、ひけをとらないんじゃないかしら)

いつもは弘徽殿の女御を無条件に首位に据える深雪も、ついそこまで思ってしまった。

「あの……伊勢の君?」

常陸の君が不思議そうに首を傾《かし》げる。

「あ、あら、ごめんなさいね」

深雪はどぎまぎしながら、檜扇の陰で照れ笑いを浮かべた。

「なんだか話し声が聞こえたように思ったのだけど、こちらの局じゃなかったみたいだわ」

「ええ、わたくしもずっとひとりでしたし」

「そうよねえ、おほほほ……」

笑って誤魔化しながら、この声ではないと判定を下す。あれはもっと低くて張りのある声だった……と思う。自分に自信を持っていて、才覚もあって、気の強い感じの――だが、そういう女房が弘徽殿にいただろうか？

深雪も自信がなくなってきていた。確かに聞いたように感じたのだが、該当者がいない以上、単なる空耳だったのかもしれない。それに『おもかげ』と聞いただけで、さては夜盗の噂かと思ったのも勇み足すぎたようだ。

「ごめんなさいね、本当に。わたしの勘違いだったようだわ」

深雪は急いで常陸の君の局から退出した。

きっと変に思われただろう。だが、うまい言い訳が思いつかなかったのだから仕方がない。

明日、もう一度謝ればいいだろうと自分に言い聞かせ、深雪は長い簀子縁を逃げるようにひた走っていった。

　そのころ、右近の陣では近衛たちが、ざわざわと落ち着きなく集《つど》っていた。

　そこへ右近中将が駆けこむ。滝口の武士の弘季は、口からでまかせで近衛が探しているると教えたのだが、いまやそれが現実となっていた。

「何があったんだ」

　肩で息をしながら右近中将が尋ねると、近衛将監《このえのじょう》のひとりが、おどおどと進み出た。

「徽安門《きあんもん》の北の蘭林坊《らんりんぼう》あたりで、怪しい人影を見たとの報告があり、舎人《とねり》が数人向かったのですが、まだ帰らないのです」

　蘭林坊は内裏の北の、儀式の際に使う用具を納める場所である。そのため、盗賊の標的とされることもままあった。

　おそらくは、その怪しい人影も御物《ぎょぶつ》を狙った盗人に違いない。

「なぜ、おまえたちもすぐに向かわぬか」

　右近中将がいらだたしげに怒鳴ると、近衛たちは皆、亀のように首をすくめた。ちらちらとお互いの顔を見ては、どう返答するべきか迷っているようだ。

「光行《みつゆき》！」

右近中将が名を呼ぶと、右近将監《うこんのじょう》のひとり、光行はびくっと身体を震わせた。

「なぜ、蘭林坊へ向かわん？」

「は、はあ……」

光行は言葉を濁したが、やがて、咎められるのを覚悟で正直に心中を告白した。

「近頃、都には俤丸と呼ばれる夜盗が徘徊《はいかい》していると聞きます。これがかなり腕がたつ盗賊で、いままでに何人もの武士や貴族があえなく斬り殺されたとか……」

「それで？　必ず殺されるとでも思って、駆けつけるのが遅れたか？」

さすがに光行も応えられない。だが、そういうことなのだと、目で訴える。

頭に血の昇った右近中将は、さらに大声を出して、配下の者たちを叱りつけた。

「主上の近辺をお守りする近衛がなんというていたらく！　すぐに、この中将が行く。来ようと思う者だけついてくるがよい」

言うが早いか、右近中将は内裏の北に向かって走り出していた。困った趣味の持ち主ではあったが、職務だけはきちんと果たす男なのだ。

光行たちも上司の姿に勇気づけられ、すぐさまそのあとに続いた。後宮《こうきゅう》を抜け、徽安門を出て、蘭林坊へ。目的地に近づくにつれ、右近中将も速度を落とし、用心しながら進んでいく。

先に出ていた近衛の舎人たちとは、すぐに合流できた。坊の入り口でひとつに固まっておびえていたからである。

「どうした、報告しろ」

右近中将に気づくと、舎人たちは露骨に安堵の表情になった。どうやら、それ以上踏みこめず、かといって陣にも戻れずに右往左往していたらしい。

「中将さま、あれを……」

舎人のひとりが暗闇の彼方を指し示す。右近中将は目をすがめて、そのあたりを探った。

最初は、そこに立つ人影が、輪郭だけおぼろに見える程度だった。たぶん、男だ。その粗末な身なりからして、やはり盗賊と思われた。

相手はたったひとり。なのに、なぜ舎人たちはやつをひっ捕らえないのか。右近中将はそれが理解できずにいらだった。

が、雲のむこうから月が顔を出してあたりが明るくなるとともに、理由が判明した。

相手は普通の人間ではなかったのだ。

松の古木に寄りかかるようにして、男は立っていた。身に着けているのは、汚れた水干《すいかん》とくたびれた烏帽子。不精髭の目立つ、冴《さ》えない男だ。

その男の、普通でない点はただひとつ——左の眼球が飛び出して、首のあたりにまで垂れ下がっていたのである。なのに血は流さず、痛みに苦しむ様子もない。

「うっ……！」

右近中将は思わず声をあげた。それが合図だったかのように、男の身体がぶるぶると震え出す。

震えがぴたりととまったその刹那《せつな》、突然、男の水干が裂けて、両方の脇腹から蜘蛛《くも》の脚のようなものが四本ずつ飛び出した。計八本の脚はどれも男の血で濡れ、蠢《うごめ》くたびに月光を反射させてぬらぬらと光った。

「物《もの》の怪《け》だ！」

舎人が叫ぶ。言われるまでもなく、これはヒトにあらざるもの——物の怪だ。

だが、変化はまだ続いていた。左の眼球がとうとう地に落ち、右の眼球も外に出ようとせりあがる。代わってふたつの眼窩《がんか》から出現したのは、海老《えび》の触角にも似た赤い感覚器だった。

あまりのことに、右近中将は呆然《ぼうぜん》と立ちつくしていた。が、さすがは武将、すぐさまわれに返り、力強い声で命を下した。

「矢を射かけよ！」

逃げ出しかけていた近衛たちも、その声に踏みとどまり、弓矢を手にとった。たちまち、幾本もの矢が異形《いぎょう》の男に降り注ぐ。

が、矢が達する寸前、軽く膝を曲げたかと思うや、男は驚くべき身軽さで天高く跳びあがった。

次の瞬間、男の姿は殿舎の屋根の上に。その並はずれた跳躍力に、近衛たちはあっけにとられる。

男は近衛たちを愚弄するようにニヤリと笑うと、さっと身を翻して夜の闇に消えた。足音も何も聞こえなかったが、男が走り去っていくのを、その場の誰もが感じていた。助かった、という感慨とともに。

しかし、右近中将だけは大きな声で怒鳴りちらした。

「何をぼうっとしている!?　あの物の怪を探しに行け！」

わっと近衛たちが散る。そして、すぐまた戻ってくる。

「どこにも見当たりません！」

「逃げられました！」

近衛たちは、口々にそう報告する。皆、物の怪と渡り合って命を落とすのをおそれているのだ。それが露骨にわかるために、右近中将の怒りはたちまち頂点に達した。

「いいから探せ!!」

一喝されて、近衛たちはまた四方へ散っていく。物の怪を探しに行くというよりは、不機嫌な上司から少しでも離れようとしているかのようだ。

そんな部下たちの情けない姿を、右近中将は憎々しげに睨《にら》みつけていた。

が、暗闇にひとり残されると、自分自身の胸中にも冷たい恐怖が忍び寄ってくるのがありありと感じられた。

ふと見れば、男が寄りかかっていた松の根もとに、鮮血が点々と散っている。おそらく、脇腹から異形の脚が飛び出したときにこぼれた血だろう。血は赤くても、ひととはとても思えない。

右近中将は濃い眉をひそめて、つぶやいた。

「いったい、あれは……なんだったんだ？」

自分の声が震えているのが気に入らなかったが、それは彼自身にもどうにもならないことだった。

第二章　野分《のわき》の風

洛中《らくちゅう》の正親町小路《おおぎまちこうじ》にほど近い邸《やしき》——それが、父から預かった夏樹の家だった。

その邸の簀子縁《すのこえん》を、乳母《めのと》の桂がしずしずと歩いている。手にした高坏《たかつき》には、この季節の果実が山盛りになっていた。

「夏樹さま、梨《なし》などお召しあがりになりますか？」

そう言いながら、彼女は夏樹の部屋に入った。が、人の気配がまったくないことにすぐに気づいて、その場に立ちつくす。

目が悪いので、部屋の様子ははっきりとはわかりかねた。しかし、ついさっきまでここに彼女の養い子がいたのは確かだ。

表門から出かけたのなら、それと気づくはずだし、おそらく、屋内の他の場所にいるのだろう。あるいは……。

「まさか、また、お隣に行かれたのではないでしょうね」

断定は避けていたが、そうだと確信している口ぶりだった。

桂は庭の方を向くと、築地塀《ついじべい》のむこうにぼやけて見える隣家をキッと睨《にら》みつけた。眉が逆立って、穏やかな笑みの似合う顔が急に怖くなる。

「まったく、陰陽師《おんみようじ》などに関わったところで、なにひとつよいことはないと申しあげていますのに……」

不満げにつぶやくと、桂は肩をいからせて部屋を出ていった。

いつもより乱暴な桂の足音が遠ざかってから――夏樹は簀子縁の下から庭へ、のそのそと這《は》い出した。

「危ない、危ない」

烏帽子《えぼし》に蜘蛛《くも》の巣をくっつけたまま、ふうっとため息をつく。

理由は不明だが、乳母の桂はやたらと陰陽師を目の敵《かたき》にするのである。当然、夏樹が隣の陰陽生《おんみようしよう》、一条と親しくしていることも喜んでいない。

早くに亡くなった母の代わりとなり、大切に育ててくれた乳母をあまり怒らせたくはない。ましてや、怒りのあまり血圧が一気に上がって、ポックリいかれでもしたら、悔やんでも悔やみきれない。

かといって、隣との付き合いを断つ気もさらさらなかった。まして、今日は一条に逢わねばならない理由もある。

夏樹は桂の目を警戒しつつ、植えこみの陰から陰へ移動していった。境の塀までたどりつけたら、しめたもの。塀の一部が長年の雨風で崩れ、恰好《かっこう》の通路になっているのだ。桂は、早くひとを雇って塀を修繕するよう再三勧めていたが、せっかくの通り道を潰すつもりは夏樹にはなかった。これがあるからこそ、見咎《みとが》められずに隣と行き来ができるのだから。

塀の崩れた箇所を抜けて、無事、夏樹は隣の敷地に侵入していった。

きれいに整理されている夏樹の邸の庭とは違って、こちらは草が勝手気ままに茂っている。建物そのものはこざっぱりとして悪くはないが、その気配りを庭のほうにも向けるといいのに、と夏樹はいつも思ってしまうのだ。

が、これはこれでまた違った風情《ふぜい》もあった。名もない草に交じって桔梗《ききょう》が風に揺れているさまなどは、しみじみと秋が感じられる。夜になれば、虫たちがそここの草むらから美しい音色を聞かせてくれるのだろう。

(まあ、物《もの》の怪《け》邸だった頃とたいして違いはないけど……)

夏樹がまだ子供だった頃から、この邸は物の怪邸と噂《うわさ》されていた。

なんでも、夜中、風もないのに几帳《きちょう》が揺れ、苦しげなうめき声が聞こえてきたり、怪しい火の玉が飛んだりと、さまざまな怪異が起こるらしい。

おかげで、立地条件も最良の格安物件でありながら、長らく買い手がつかぬまま（ついても、すぐに怖《お》じ気《け》づいて邸を手放してしまい）、荒れるに任されていたのだ。

そこへ引っ越してきたのが一条であった。

どうせ、この新しい買い手もすぐに逃げ出してしまうだろうと、誰もが思った。しかし、いまだに、そんな気配はない。さすがは鬼神を操る陰陽師のはしくれ、物の怪もすっかり手なずけてしまったようだ。

夏樹が草を踏み分け進んでいくと、それを察したように邸の御簾《みす》がめくれあがり、中から女童《めのわらわ》が走り出てきた。

肩の下で切り揃《そろ》えられた黒髪と、髪に結んだ赤い飾り紐《ひも》とが、ゆらゆらと揺れている。着ている袿《うちぎ》は基調が赤で、袖や裾にいくほど色は濃くなり、最後には黒に変わっていた。

瞬間、夏樹はその赤い色に、名も知らぬ美女のことを連想した。このところ、何を見ても、彼女のことばかり思ってしまう。が、すぐに頭を振って、その幻想を追いはらう。そうしないと、女童の瞳に心を読まれてしまいそうな気がしたのだ。

女童は簀子縁の勾欄《こうらん》（手すり）に両手でしがみつき、表情ひとつ変えずに夏樹を見ていた。

その瞳は、鮮血にも似た鮮やかな赤。不思議な目をしたこの少女は、一条の使役《しえき》する式神《しきがみ》であった。

夏樹は女童の正体を正しく理解しており、呼び名も知っていた。いまさら怖がることもない。

「水無月《みなづき》、一条はいるかい？」

夏樹の言葉が理解できぬのか、水無月はまばたきもせず、押し黙っていた。もう一度問うべきか迷っていると、水無月の後ろの御簾が再びめくれあがり、この家の主人が顔を出した。

彼――一条は男子の身だしなみである烏帽子をもかぶらず、髪を結いもせず、女のように長く垂らしていた。その乱れ髪が、白磁の肌や薄紅色の唇に、これまた妖《あや》しく映《は》える。

くつろいでいたのだろう、一条は萩重《はぎがさね》（表が紫で裏は薄紫）の狩衣《かりぎぬ》を着崩していた。実は、夏樹も同じ萩重の狩衣を身に着けていたのだが、一条に比べるとどうもぱっとせず、違う色合いの装束にすればよかったとひそかに後悔した。

「いつも、ふいに来るんだな」

少し皮肉っぽく、それでいて楽しそうに一条が言う。

「悪いな」

そう応えながらも、夏樹も悪いとはまったく思っていなかった。だいたい、一条の邸はいつひとがいるのか、外から見ただけではわからないのだ。

蔀戸《しとみど》が開いているから在宅中かと思って近づくと、誰もいなかったり。静かだから留守かと思いつつ、何気なく目をやると、こちらを手招きしている一条の姿が簀子縁にあったり……。

おかげで無駄足を踏んだことが何度もある。まあ、これほど家が近いのだから、いなかったらいないで、引き返せばいいだけの話だが。

「とにかく、上がれよ」

「うん」

一条の勧めに従って、階《きざはし》を昇る。すると、それまでじっとしていた水無月が、突然、奥へ走り出した。

もしかして嫌われているのかな、と夏樹は少し不安になる。

「あのさ、秋にふさわしい式神は使わないのか？　ほら、この夏に見た、長月《ながつき》みたいな……」

「水無月は嫌いか？」

「いや、むしろ、こっちが嫌われてるんじゃないかと思うんだけど」

一条は前髪をうるさそうに掻《か》きあげ、顔をしかめた。

「そんなことはないはずだが」

「そうかなあ」

じゃあ、なんで逃げるんだとは思ったが、夏樹はあえて口には出さなかった。いくら式神でも、あんなかわいい女の子に嫌われるのは悲しい。

「ま、いいけどさ。夏の月の名を持っている式神よりも、いまの季節には合うんじゃないかなと思って」

「長月は気難しいからな。水無月のほうが使いやすいんだ」

その言葉を証明するように、水無月が円座《わろうだ》をひとつ小脇にかかえて、簀子縁のむこうから走ってきた。なるほど、嫌われていたわけではなかったのだと、夏樹もホッとする。

水無月は円座を敷くとまた駆け出していき、今度は栗《くり》や胡桃《くるみ》などを載せた高坏をかかえて戻ってきた。

「そんなに気を遣わなくっても……」

このもてなしに夏樹は恐縮したが、水無月は黙々と働き、さっさと退場していく。自分の仕事はもう済んだと言わんばかりの態度だが、幼い女童の姿でやると、またそれがかわいらしい。

「まあ、せっかく水無月が気をきかせてくれたんだから、ゆっくりしていってくれ」

と一条も言うので、夏樹は遠慮しいしい円座の上に腰かけ、栗を手にとった。

皮を剝《む》きながら、何気なく一条を見る。あまり寝ていないのか、どことなく疲れているようで、その様子がまた妙に艶《つや》っぽかったりする。

醸し出される妖艶《ようえん》さは同性とは思えぬほど。落ち着いた態度も、自分とたいして年も違わぬはずなのに、ずっと大人びて見える。いったい、この差はどこから生じてくるのか。

コツがあるのなら教えてほしいものだ——そう思っても、馬鹿正直に訊《き》けるものではない。実際、夏樹は全然違うことを口にしていた。

「なんだ、また陰陽寮、忙しいのか？」

「まあな」

「例の物の怪騒ぎのせいだろ？」

「どれの？」

「五日前の、右近中将《うこんのちゅうじょう》さまたちが見たっていう……えっ？　どれの？」

一条の言葉をくり返す。まるで、物の怪騒動がいくつもいくつも起こっているような彼の口ぶりに、初めて気がついて。

一条は額に手をあて、ぼんやりと宙をみつめたまま応えた。

「四日前に貞観殿《じょうがんでん》の北で、二日前には梅壺《うめつぼ》の東で目撃されている。どれも違う物の怪だそうだが」

貞観殿も梅壺も、内裏《だいり》の中の建物の名称である。しかも、妃《きさき》の住まいなどに使われる重要な殿舎《でんしゃ》だ。帝《みかど》の居城のそんな奥深くに、たて続けに物の怪が現れたと聞いて、夏樹は衝撃を受けた。

ましてや、自分は蔵人《くろうど》なのに。帝の側近だけに、御所内のことには常に気を配る必要がある。それが、日々の勤めだけで精いっぱいで、何も目に入ってはいなかったのだ。

「そんな……、全然知らなかった……」

「場所が場所だし、三度も続いたんで、しばらく秘密にして様子を見ようということになったんだ。もっとも、そのうち、どこからともなく洩《も》れるんだろうがな、こういう話は」

「主上《おかみ》はご存じなのか……？」

「もちろん。事を内密にと言い出したのも主上らしいしな。しかし、そのうちそっちにも、頭《とう》の中将《ちゆうじよう》あたりから話があるんじゃないか？」

「それまで待てない。頼むから、詳しいこと、聞かせてくれないか」

「いいとも」

口止めされているだろうに、そういう禁忌は一条の中には存在しないらしい。至極あっさりと事のあらましを語ってくれた。

最初は、近衛《このえ》たちが脇腹から蜘蛛の脚を生やした男の物の怪と遭遇した件。その翌日の宵、貞観殿の縫《ぬいの》司《つかさ》の女官《によかん》が、これといった理由もなく北の妻戸《つまど》から外を見たときに、近くの茂みにうずくまる人影を発見したのだという。

近衛たちが物の怪に遭遇した話は、すでに御所の内外に知れ渡っていた。女官も、もしやと思ったそうだが、薄暗闇の中でも相手が女であることがわかったし、装束もけしてみすぼらしいものではなかったので、女房の誰かが気分が悪くなったのかもしれないと思い直し、とにかく声をかけてみることにした。

「もし、どうされたのですか？」

その言葉に女が振り返る。袖で顔半分を隠していたが、目もとはとても美しく、卑しい身分の者とも思えなかった。

もっとよく見ようと女官が身を乗り出したそのとき、相手の女は口もとを隠していた手をゆっくりと下ろした。

露《あら》わにされた顔に驚いて、女官はその場に立ち尽くした。相手の口は横一文字にぱっくりと裂け、そこから白っぽく細長い舌が、胸のあたりまで垂れていたのだ。

次の瞬間、女官は気を失ってしまった。目が醒《さ》めたときには怪しい女の姿はもうなく、その場になんの痕跡も残っていなかった。

三度目は梅壺で。夜、梅壺の女房たちに仕える女童が、東の簀子縁をひとり歩いていたところ、奇妙な物音に気づいて足をとめた。

ざりっざりっ、という音は、何か大きなものが地を這っているようだったという。おびえながらも好奇心を抑えかねて、女童は暗闇の彼方《かなた》、音のする方向をじっとうかがった。

やがて、闇に慣れた目がそのおぞましい姿を捉《とら》える。

地を這っていたのは七、八歳の男の子だった。もとは立派だったろう衣装も、土にまみれて汚れ放題。剥き出しの細い腕は傷だらけで、手の爪も剝《は》げかかっている。

それでも、少年は南に向かって無心に這い進んでいた。時折、動きをとめ、小さな頭を左右に振ってあたりを見廻《みまわ》してはまた這い進む。

そのせかせかした進みかたはもとより、頭の動かしかたにも、人間らしさは微塵《みじん》も感じられなかった。まるで虫か何かのようだ。

女童はひとを呼ぼうとしたが、下手《へた》に動くと少年に気づかれそうな気がして、それもできずにいた。ただ身を堅くして、少年が視界から消え去ってくれるのを待った。

そのとき、雲の隙間から月光が降り注ぎ、あたりを明るく照らし出した。おかげで、女童は見たくもないものを見てしまった。這い進む少年の目を、である。

彼の目は両方とも、大人の握り拳《こぶし》ほども大きく膨れあがっていた。当然、眼窩《がんか》に収まりきれるはずもない。ぷっくりと丸くはみ出た眼球の中で、通常の大きさの黒目が互い違いにせわしなく蠢《うごめ》いている。

女童が気を失ってしまったのは言うまでもない。女房たちに抱き起こされて、正気に返ったときには、貞観殿のときと同様、異様な少年の姿はどこにも見あたらなかった。ただ、今度は確かに、梅壺の東側に何かが地を這い廻った痕跡が残されていた。

話を聞いて、夏樹は難しい顔でうなった。最初は蘭林坊《らんりんぼう》、それから貞観殿、梅壺と、次第に帝のいる清涼殿《せいりょうでん》に怪異が近づいているのに気づいたのだ。

そのことに気づいたのは、夏樹だけではあるまい。だから、騒ぎにならぬよう、事を秘密裡《ひみつり》に片づけようというのだろう。

「おかげで、陰陽寮《おんみようりよう》は大忙しだよ」

と、一条は緊張感のないあくびをする。

「早いところ、怪異の意味を解明し、対応策を考えろと矢の催促。こっちも今夜はまた御所に詰めてなくちゃならないんだ。星の動きを観測し、前兆をいち早くつかんで……」

その仕事をめんどくさがっている様子がありありと見てとれた。邸に戻ってきたのも、実はこっそり陰陽寮を抜け出してきたからではないかと疑いたくなる。

式神を自在に操る彼だからこそ、物の怪の一体や二体、内裏を徘徊《はいかい》しようと構わないではないか、と気楽に考えているのかもしれない。

だが、夏樹はそこまで気楽になれなかった。まだ物の怪たちはひとを襲っておらず、被害者は出ていないが、この先もそうだという保証はない。その被害者が、もし帝だったりしたら……。

「実は頼みがあって来たんだ」

居住まいを正して、夏樹は用件を切り出す。

「だろうと思った。話してみろよ」

「主上が、こっそり物の怪退治をしたいとおっしゃるんだ。しかも、その供をせよと、ぼくに」

一条は黙りこみ、軽くまばたきをした。胡桃を手に取り、口に放りこんで噛《か》み砕きながら、「それで」と先を促す。

「まさか、そんな、何回も違う物の怪が目撃されてるなんて知らなかったから」

「承諾したんだ」

「何度もおとめしたんだぞ」

だが、帝は納得しなかった。王城に侵入する不届きな物の怪を退治するのは、内裏のあるじでもある自分をおいて他にはないと豪語し、ついてこないのならひとりで行くとまで言いきったのである。

まだ若くて無鉄砲な帝だから仕方ないと諦めたのだが、物の怪出現が一度や二度ではないと知っていたら、夏樹も折れたかどうか。

（いや、やっぱり折れただろうな。主上をたったひとりで行かせられるわけがないし。打ち明けてくださったのも、信頼されているからだと思えば……）

強く断れない立場をいいように利用されている気もしないではなかったが、そこは強いて考えないようにして、同行を承知したのである。

話を聞き終わると、一条は失礼なことにぷっと噴き出した。笑いながら、

「それで、おれにどうしろって？」

わかっているだろうに、わざわざ尋ねる。だが、夏樹には他に頼る相手がいなかった。

「物の怪相手だと闘おうにも勝手がわからない。物陰から、そっと様子を見ていてくれないか？」

「いいとも」

「本当か！」

「天文観測を休めるからな」

友人の窮地を救おうといった高潔な動機からではなく、仕事を抜け出す口実にするためだとしても、この際、構わなかった。

とにかくこれで、本当に物の怪が出現しても、そっちは一条に頼んで、自分は帝を守ることができる。夏樹はそう思って、ホッとため息をついた。

「しかし、ひと騒がせな帝だな。おとなしく近衛や滝口《たきぐち》に任せていればいいのに」

「そうなんだけれど、禁中の怪異はわが不徳の致すところとお考えになられて」

「で、自分でなんとかしようと？　阿呆《あほう》だな」

とんでもなく無礼な発言だが、夏樹もそう思わないでもなかったので聞き流すことにした。が、その次の発言はそうもできなかった。

「考えてみれば、こうなる少し前から不穏な気配はあったんだよな」

なんでもないことのように一条が言う。夏樹は愕然《がくぜん》とし、次いで大声で怒鳴った。

「どうして、それをもっと早く言わないんだよ！」

「保憲《やすのり》さま（賀茂《かも》の権博士《ごんのはかせ》）がとっくの昔に奏上してるよ。星の動きからして、近々騒乱が起こりそうだってね。もっとも、ここ最近の夜盗《やとう》騒ぎのことと解釈されたようだけど」

「あの俤丸《おもかげまる》の？」

「ああ。凶悪らしいな。押し入った家の者を、ひとり残らず斬り殺してしまうとか。ま、どうせ、こんなボロい邸は襲うまいが」

「そう、あ、いや、それでも用心は怠らないほうが……。で、不穏な気配って、具体的にはどんなものなんだよ。物の怪の正体を暗示させるようなやつか」

「星の動きを説明して、理解できるのか？」

からかうような口調に、夏樹はむっとする。だが、こういう言いかたをするやつなのだと自分に言い聞かせ、

「素人にもわかるように説明してくれないか」

「無理だな。星を読んだのは保憲さまだから。自分が感じたのは……遍照寺のヒキガエルだな」

　夏樹は目をしばたいた。

「遍照寺って、嵯峨野の？」

「うん。そこの僧侶《そうりょ》どもに術を披露しろとせがまれて、庭にいたヒキガエルを殺してみせたんだが、あのヒキガエル……誰かの式神か何かであったのかもしれない。変な感じだった。なんていうか……」

「ちょっと、ちょっと待った」

　夏樹は頬を赤く染めて、話の腰を折った。

「嵯峨野の遍照寺に、誰か知り合いでもいたのか？」

「いや。保憲さまの忘れ物を取りに行っただけさ。なに、赤くなってるんだ？」

　一条が不審がるほど、夏樹の顔は真っ赤になっていた。いまにも火を噴きそうな色合いである。嵯峨野と聞いただけで、ここに来たもうひとつの理由を思い出し、急に恥ずかしくなったせいだった。

「あの……、あのさ」

　ありったけの勇気を掻き集め、夏樹はもうひとつの用件を切り出す。

「陰陽の術で、逢《あ》いたいひとの行方を知ることなんて、できるのかな？」

　一条は夏樹の顔をまじまじとみつめてから短く応えた。

「できる」

「やってくれ」

「では、相手の生まれ年と名前を」

言葉に詰まって、夏樹は黙りこんだ。

「もったいぶらずに教えてくれないか。それがわからないことには術も行えないんだから」

「教えたくても、教えられないんだ。つまり、その……」

口ごもりつつ、嵯峨野で出逢った美女のことを説明する。彼女がどれほど気品高く、どれほど美しかったかを。熱が入り、だんだん饒舌《じょうぜつ》になる夏樹を、一条はうんざりした顔で制した。

「つまり、どこの誰とも知れない、嵯峨野で偶然出くわした相手に、もう一度逢いたいというわけだ」

「できるか？」

ここまで話したからには、やってもらわなくては。そんな気迫を、この問いにこめる。

応えはあっさり、

「できない」

夏樹はがっくりと肩を落とした。一生懸命考えた末、かのひとに再び逢うには一条の力を借りるしかないという結論に達し、やって来たというのに……。

露骨に気落ちする夏樹に、一条はまったく同情しようとしない。「名前ぐらい、訊いておけばよかったのに」と冷ややかに言うだけだ。

それができたら、どんなによかったか——

こうして第三者に話したからこそ、余計に逢いたさが募る。まぶたの裏にはいまもありありと浮かぶ、燃えるような夕焼け空と、壱師《いちし》の花と、蘇芳色《すおういろ》の袿を着たあのひとが。最後の手段と思っていたものまで潰《つい》えて、悲しみに胸の奥が痛み出す。そうなって初めて、なぜこんなに彼女にこだわるのか、自分でもわかった。

これが恋なのだ。しかも、理由も理屈もない、ひと目惚《めぼ》れ。

過保護な桂や、はねっ返りの深雪《みゆき》を見て育ったせいか、女人に対して過度な期待をいだきはしなかった。だからなのか、恋愛に関しては晩生《おくて》なほうだ。それが突然、変わってしまうとは。

抑えようとする端から湧き出す感情。振りはらうことのできぬ面影。あんな偶然はもう二度とないとわかっていて、なお願わずにはいられない。そのもどかしさ、苦しさ。

(こんな想《おも》いは……初めてだ……)

なのに、これ以上進みようがないとは。

どっぷりと憂《うれ》いに沈んだ夏樹の隣で、一条はわれ関せずとばかりに、盛大な音をたて胡桃を嚙み砕いている。

「まあ、縁がなかったと思ってあきらめろ」

他人事《ひとごと》とばかりに冷淡に言う友人の横顔を、夏樹は恨めしげに睨んだ。

（こいつなら、好かれるばかりで自分から積極的に打って出る必要もないんだろうなあ……）

そう考えると自分がいっそうみじめで、夏樹はしみじみとため息をついた。


その日の夕方から、急に空は曇り、風は強くなっていった。秋にはつきものの野分《のわき》の風（台風）だ。

御所内の弘徽殿《こきでん》でも、女房たちが忙しく立ち廻って夜の準備に勤《いそ》しんでいた。几帳や屏風《びょうぶ》を奥へ片づけ、格子を下ろし、妻戸をしっかり閉めて、嵐に備える。

あるじの弘徽殿の女御《にょうご》は早々と御帳台《みちょうだい》（寝台）に入ってしまったので、女房たちは灯台のまわりに集まって、縫い物をしていた。しばらくは噂話に花が咲く。が、夜が更け、風が激しくなるにつれ、ひとり、またひとりと女房たちは自分の局《つぼね》に下がっていった。こんな気味の悪い夜は、さっさと寝るに限るというわけだろう。

深雪も縫い物の手をとめ、みんなと同じように局に下がろうかと迷った。だが……彼女は他の者と違って、風の音が怖くはなかった。それどころか、もっと聞いていたいほどだった。

確かに、風で妻戸ががたがた揺れるのは恐ろしい。このまま、殿舎がつぶれてしまうのではないかと、不安が募る。それでも、もの哀《かな》しげな風の哭《な》く声には、強く魅《ひ》きつけられるものがあった。

闇に轟《とどろ》き、闇に飲まれて溶けていく響き。きっと数多《あまた》の花や草が散らされ、誰のためでもない散華《さんげ》となって闇に落ちていくのだろう。

こうして風の音に耳を傾けていると、その情景が目の裏に浮かぶ。

それは殿舎の外の光景でもあり、自分の内部の光景でもあった。そのふたつが同調してさらに広がっていく、どこにもない光景だ。

怖いけれども、だからこそ美しくて、魅了されてしまう。深雪は手だけは休みなく動かしつつ、うっとりとその世界にひたっていた。

が、ふとした拍子に、その闇から引き戻される。はっとして顔を上げると、部屋には自分と新参の常陸《ひたち》の君《きみ》しか残っていなかった。

急に恥ずかしくなる。おのれだけの世界にひたっていたことを悟らせまいと、深雪はことさら明るく常陸の君に話しかけた。

「あら……縫い物に夢中になっていたわ。みんなはもう局に下がってしまったの？」

常陸の君はこっくりとうなずいて肯定した。万事がこんな感じで、彼女はいつも隅にいて、目立たぬよう気を配っているらしかった。

中流どころの受領《ずりょう》の娘とはいえ、任国ではお姫さまだ。蝶《ちょう》よ花よと大切に育てられたなら、こういうふうに大勢と顔を合わせて暮らすのが恥ずかしくても無理はない。もしかしたら、彼女も本当は早く局に下がりたかったのに、深雪がいつまでもいるものだから、それができずに居残っていたのだろうか。だとしたら悪いことをしたわと思いながら、深雪は縫い物をきりのいいところで片づけようと手を早めた。

その間も、外では野分の風が吹き荒れている。

「風がすごいこと……この分だと、せっかく咲いた萩や桔梗も散ってしまうわね」

何気なく言葉をかけると、思いのほか強い口調で返事が返ってきた。

「萩はかわいそうだけれど、桔梗は早く散ればいいと思いますわ」

「まあ、桔梗はお嫌い？」

「母の好きだった花でしたから……」

そう言いかけて、常陸の君は恥ずかしそうに目を伏せる。

（これは……、お母さまとうまくいってなかってことかしら）

深雪の中で好奇心の虫がうずうずと動き出した。あまり立ち入ってはいけない話題だと知りながら、つい訊いてしまう。

「お母さまのこと、お嫌いだったの？」

返事は長いことなかった。気まずい沈黙が流れ、深雪がなんとかこの場を取り繕おうと謝りかけたとき、やっと常陸の君は重い口を開いた。

「母は……わたくしを嫌っていましたから。父と同様に」

淡々とした口調。いつもの内気そうな彼女には似合わぬ言葉。

「母は、まるでさらわれるようにして父のもとに来たのです。だから、父を愛せなかったし、その子のわたくしも愛せなかった。わたくしも母を愛せない。愛しかたを学ばなかったから」

風が哭いている。

常陸の君の胸の奥にも同じような闇があって、そこで風が荒れ狂っているのかもしれない。

いや、彼女の抱える闇はもっと暗く、吹く風ももっと激しそうだ。灯台の火が照らす横顔の厳しさが、それを物語っている。

深雪は思わず、常陸の君に近づき、その手を取った。冷たい手だった。その分、深雪の手は温かかったろう。常陸の君はその熱でわれに返ったように、大きくまばたきをした。

「ごめんなさい。辛《つら》い話をさせて」

ふっと、常陸の君の表情がなごむ。

「わたくしこそ。風の音に、いろいろなことを思い出してしまったものですから……お聞き苦しい話をしてしまいましたわ」

「そんなことはなくてよ。あなたのほうが辛かったのでしょう？　嫌なことを無理に話させてしまったのだもの……」

「でも、母はわたくしが子供のときに亡くなりましたし、いまはもうなんとも。それに、腹違いの姉が優しくしてくれましたから。ただ、桔梗だけはいまでも好きになれなくて……」

悲しげな常陸の君は、露を置いた花のようにきれいで、深雪は強く胸を打たれた。涙ぐんでうなずき、常陸の君の手をぎゅっと握りしめる。

「悲しい思い出に繋《つな》がるんですもの、仕方ないわ。でも、もうそれも忘れて。楽しいことを考えましょうよ。ほら、これからのこと。あなたはこんなにきれいで若いんですもの、そのうち御所中の公達《きんだち》から降るように恋文が届くわよ。これこそ、宮仕えの醍醐味《だいごみ》ね。先輩女房として、うまいあしらいかたを教えてあげるわよ」

冗談めかして言うと、常陸の君はやっと笑ってくれた。

「まるで……まるで姉といるようですわ。姉もわたくしが泣いているとよく慰めてくれました」

「あら、あなたのほうがひとつかふたつ、年上でしょう？」

常陸の君がくすくすと笑う。温《ぬく》もりが移ったのか、彼女の手もやっと温かくなる。それを確かめてから、深雪はそっと手を離した。

「さあ、もう寝ましょう。弘徽殿で起きているのは、きっともうわたしたちだけよ」

そう言って道具を片づけ始めたそのとき、突然、妻戸が大きな音をたてて外れた。途端に、外の風が一気に中へ吹きこんでくる。御簾が揺れ、几帳が倒れ、縫いかけの衣が飛ばされてしまう。

深雪はあわてて妻戸を押さえに走った。常陸の君も、ひと呼吸遅れてあとに続く。ふたりして妻戸を押さえるが、逆風にあおられて、なかなか元に戻らない。長い髪が風に躍り、彼女たちの視界を塞ぐ。袿の袖も勢いよくはためいて、作業の邪魔ばかりしていた。

そのとき、常陸の君があっと声をあげた。指差すほうを見ると、縫い物のひとつが風にあおられて高く舞いあがったところだった。そのまま、それは闇の彼方へ消えようとしている。

あれは弘徽殿の女御のために縫っていた袿。薄紫が上品で、袖を通すのが楽しみだと女御が言っていたのを思い出し、深雪の決意は瞬時に固まった。

「あなたはここにいて。わたしが取りに行くから」

「そんな」

「いいから」

深雪はそう言い放つと、裾を持ちあげて地面に降り立った。幸い、雨は降っていない。幼い頃は同い年のいとこを泣かせ、木に登っては蛇を捕まえたこともある。いまさら風や夜をおそれたりはしない。

飛ばされた縫い物を追って走り出すと、常陸の君もついてくるのを背中で感じた。どうやら、思ったより内気な姫君ではなさそうだ。いままでは、ただひと見知りしていただけだったのだろう。

いい友達になれそう。

そう嬉《うれ》しく思いながら、深雪は縫い物を見失わぬよう、風の中を走り続けた。


帝の住む内裏を取り囲んで広がる官庁街を、大内裏という。その一角の陰陽寮では、嵐の夜だというのに、いつまでも明かりの消えぬ一室があった。

灯台に向かい、古文献を熱心に読んでいるのは賀茂の権博士だった。弱冠二十歳《はたち》という若さながら、めきめきと頭角を現しつつある陰陽師である。

なにしろ、まだ修行も始めていない幼い頃に、父・忠行《ただゆき》の召喚した鬼神を見ることができたという天賦《てんぷ》の才の持ち主だ。その秀麗な容貌とあいまって、神泉苑での雨乞《あまご》い合戦など、彼の成し得た奇跡は広く世に伝わっていた。

彼はふとため息をつくと、読んでいた文献を脇にやった。

今夜は風が騒ぎすぎる。ここ最近の怪異のもとを探れと上層部からうるさいほどせっつかれているが、気が散って、それどころではない。

(諦めて、もう寝てしまうのが得策だろうが……)

なぜかそうする気にもなれず、鬢《びん》のほつれを撫《な》でつけ、権博士は数日前に見上げた夜空をまぶたの裏に思い浮かべた。

まさしく、降るような星空だった。欠けた月も、この空にあっては星の林を流れる小舟のように見えた。

流れ落ちた星に至るまで、その輝きのすべてを、彼は眼裏《まなうら》に正確に再現することができる。そして、その度に、人知の及ばぬ美しさ、広大さに圧倒されてしまうのだ。

あの星空に比べれば、ひととはなんと卑少な存在か。そう思うと同時に、自分というものが虚空《こくう》の闇と同化し、無限に広がっていくのを感じる。そして、聞くのだ。凍《い》てついた空間で、星々の輝きが音楽となって響き渡るのを――

そうまで同化できていながら、権博士は宇宙のすべてを完璧には理解できなかった。せいぜいが、個人の生死や事象の予測など、うわっつらしか読みとることができない。

これがひととしての限界ならば、それはそれでよいと思う。なにもかもがわかってしまえば、もはやひとではいられまい。

それでも、なお完璧を望む瞬間がある。数日前、天にあの星をみつけたときがそうだった。

夜空に突然現れた赤い光。あの紅蓮《ぐれん》の色を生命の輝きの色ととるか、流される血の色ととるか。

彼は迷わず後者をとった。あれは戦乱を呼ぶ、禍《まが》つ星だと。

だが、いったい、どういう戦乱が起こるのか。誰が武器を取り、誰の血がどれほど大地に流れるのか。その結果、誰がどのような利を得るのか。

詳しいことは、ときがめぐってこなければわからない。その瞬間まで、彼はひとりで煩悶《はんもん》するしかないのだ――

唐突に、簀子縁にひとの気配がして、賀茂の権博士はハッともの思いから醒めた。

耳をすますが、風の音しか聞こえない。普通なら気のせいかと思うところだ。しかし、ここまで完璧に気配を殺せる者が、陰陽寮にはひとりいる。

「一条か」

声をかけると、妻戸が開いて、一条が顔を出した。かろうじて冠《かんむり》をかぶってはいるものの、髪は乱れ、装束のあちこちに飛んできた木の葉が貼りついている。

「気づかれましたか……。このような嵐の夜ならば、風の音と思われるかもしれないと油断しておりましたよ」

確かに、もう少しで気配を逃すところだった。しかし、そんなことはおくびにも出さず、

「で、どこに行くつもりだったのかな」

「この嵐で、邸のほうが心配になりまして。こっそり様子を見に帰ろうとしていたところです。どうせ、こう外が荒れては、天文を見ることもできませんからね」

かねてから用意していただろう言い訳をよどみなく口にする。

賀茂の権博士は薄く笑った。

「昼過ぎに一度邸に戻っていたように思ったが、あれは気のせいだったか」

一条もあわてず騒がず微笑《ほほえ》み返す。

「きっとそうでしょう。わたくしはずっとここで修行に勤しんでおりましたし」

権博士は四つしか年の違わぬ弟子を愛《いと》おしむように目を細めた。

この少年なら、ひととしての限界も笑って飛び越え、遥《はる》かな高みへ達することができるかもしれない。

初めて出会ったときもそう思った。あのとき、一条はまだ元服も済ませていない幼な子で、なのに、他とは違う輝きをその琥珀色《こはくいろ》の瞳にもう宿していた。

（こんな輝きを持つ瞳は、弟以外では初めてだった）

だが、一条には、あまりにも聡明《そうめい》すぎて、ひととしての限界を越えたまま、ひとではなくなってしまうかもしれないという危惧《きぐ》もあった。それで神になるならまだしも、魔になり果てることもあろう、と。

父、忠行もそれを案じていた。だからこそ、年も近いのだから相談相手にもなるようにと、一番弟子を自分に託してくれたのだ。

しかし、その心配もひとまず置いていていいだろう。いまの彼なら、ひとという存在を仮に越えても、また戻ってくるはずだ。彼をこの世に繋ぎとめる絆《きずな》が、確かに育とうとしているのだから。

新蔵人の夏樹の顔が、権博士の脳裏に浮かぶ。おそらく、一条が陰陽寮を抜け出して行く先は、彼のもとだろう。仲よくしてくれるのはけっこうなことだが、そうも仲睦《なかむつ》まじいと少し意地悪をしてみたくもなった。

「これを読んでいたのだが、風がうるさくて集中できず、困っていたのだよ。悪いが、代わりに読んで要約してくれないか」

そう言って、文献の束を差し出す。

「わたくしの要約など、保憲さまには必要ありますまいに」

「いや、そなたの勉強にもなるはずだよ」

瞬間、いらだちが眉間の皺《しわ》となって現れたが、一条はすぐにそれを消し、おとなしく文献を受け取った。そして、これ以上ないというくらいの速さで、勢いよく文章を読み進めていく。

あっという間に目を通し終わり、一条は口頭で内容を伝えようとした。それを書きとめながら権博士が注文をつける。

「速いぞ、一条」

「おや。二十歳でもう耳が遠くおなりで」

弟子に揶揄《やゆ》され、権博士は怒るでもなく、おもむろに筆を握り直した。

「では、いま一度最初から」

「参りますよ」

「うん、頼む」

一条はひと呼吸置いてから、先ほどの倍の速さで内容を伝え始める。それに対し、権博士も先ほどの倍、いや、三倍以上の速さで筆を動かす。双方とも、明らかに躍起になっている。

弟子だけでなく、その若い師匠も実は存外に大人気《おとなげ》ないところがあったのだった。


野分の風の荒れる夜、夏樹は帝とともに弘徽殿の東側にいた。

帝は緋色《ひいろ》の直衣《のうし》を着、冠はいつものものではなく、武官が着用する巻纓《けんえい》の冠をかぶっている。これで緌《おいかけ》をつければ、完璧に近衛の官人《かんじん》だ。顔を隠せば、もはや誰も帝とは思うまい。

さらに、背には矢をぎっしり詰めた胡簶《やなぐい》、腰には太刀《たち》、手には弓と、完全武装の姿だ。その姿を目にしたとき、夏樹は正直言ってめまいをおぼえた。

（なにも、ここまで凝らなくっても……）

だが、当の帝がいたくご機嫌なので、そうも言えない。

帝が本気なのはよくわかった。自分も心してお守りせねば、と思う。正体もはっきりしていない物の怪に、頭から突っこんでいかれないよう気を配り、そのうえで自分の身も帝の身も守って……。

課題の多さに、またまたまいがしそうになった。夏樹は腰の太刀に手をやり、命綱と思ってそれを握りしめる。

彼の武装は、この太刀一本だけだった。だが、これに勝る武器はない。なにしろ、これは母の形見、そして、曾祖父《そうそふ》の北野《きたの》の大臣《おとど》ゆかりの太刀でもあるのだ。

北野の大臣とは、その昔、讒言《ざんげん》にあって遠く大宰府《だざいふ》に左遷され、かの地で憤死した菅《すが》原道真《わらのみちざね》のことである。かつての持ち主が雷神となったためか、菅公《かんこう》ゆかりのその太刀は雷《いかずち》を招来できた。

夏樹も何度か目撃している。この太刀が稲妻のごとき光を放ち、妖物《ようぶつ》をしりぞける場面を。

母から受け取ったときは、まさかこれほどすごい太刀だとは思わなかった。きっと母も知らなかったのではあるまいか。

近衛の武官であったころならともかく、いまは文官の身。本来なら許しもなく太刀は持ちこめない。悩んだが、結局、こっそりと持ってきてしまった。

他のどの太刀よりも、これがいちばん手になじんでいるのだ。一条に密《ひそ》かに見守ってくれるよう頼んではいたが、正直、この太刀なくしては、帝との約束を守れたかどうかも定かではない。

それほど不気味な夜だった。雲は重く垂れこめ、月を隠して闇をさらに濃く見せる。野分の風は荒々しく、木の枝や草花を掻き乱しては悲鳴じみた音をあげさせる。こんな中では本物の悲鳴をあげたとて、どこにも届きはしないだろう。

「風もどんどん激しくなってまいりましたが……かような夜に、まこと物の怪退治をなさるおつもりですか？」

応えを予想しつつ尋ねると、案の定、帝は大きくうなずいた。

「こんな夜だからこそ、だ。他の蔵人も、近衛も滝口も、みんな嵐に気をとられている。だから、易々《やすやす》と清涼殿を出られたわけであるし、物の怪退治にも邪魔が入らずに済むというもの」

いっそ雨が降ってくれれば、帝も物の怪退治を後日に見送っただろうが、残念ながらそうはならなかった。

夏樹は心の中でため息を連発させながら、さりげなく周囲を見廻した。

（一条は来てくれただろうか……）

思うのはそればかり。しかし、帝に気づかれてはすべてが無駄になる。一条もそれを考慮して、巧妙に身を隠しているに違いない――と、信じるしかなかった。

（まあ、この天気なら天文観測なんてできないものな。当然、来てくれているさ）

声に出さずに夏樹はつぶやいた。何度も、何度も、呪文のように。

そうやって帝とふたり、どれほどの時間、闇の中に立ちつくしていたことだろう。風が強くなるばかりで、物の怪は一向に現れない。

「物の怪は、われらにおそれをなしたのであろうか」

と、つまらなさそうに帝がつぶやく。そうであってくれれば、どれほどいいか。

「貞観殿や梅壺へも廻っていきましょうか？」

「ああ、そうだな、ともに……」

言いかけて、帝はちろりと舌を覗《のぞ》かせた。そうすると、一気に年相応の顔になる。いや、もっと幼いだろうか。確か二十二、三になられたはずだが、少年と呼んでもいい年頃に見えた。

「なんだ、そっちの件も知っていたのだな?」

「お約束する前に聞いていればよかったのにと後悔いたしました。蘭林坊の騒ぎしか存じておりませんでしたので。まさか複数の物の怪がこの御所を跋扈《ばっこ》していると知っていたならば、主上にこのような危うい真似《まね》は……」

ここぞとばかりに、夏樹はくどくどと不平を洩らす。帝は、

「わかった、わかっている、すまなかった」

と、なだめるように手を振った。が、すぐさま、けろりとした顔で、

「しかし、知っておればついてこなかったのだろう? そうとわかっていて教えるはずがないではないか」

と居直る。

夏樹は思わず袖の中で拳を握りしめた。が、それを帝の頭に振りおろしたりはせず、あわてて手をぱっと開く。

いくら二十二、三と若くても、どんなに破天荒な行動に走ろうとも、相手は世に並びなき天子さまなのだ。一瞬たりとはいえ、臣下にあるまじきことを考えてしまうとは、なんという不敬か。

そんな罪悪感が夏樹を責めさいなむ。おかげで、「もう帰りましょう」のひと言が余

計に言えなくなってしまった。

　夏樹の苦悩など知るわけもなく、帝は徹底的に明るい。武術に自信があるのか、畏《おそ》れ多くも馬鹿なのか、不安や恐怖は微塵も感じていないらしい。

「ばれているからには遠慮しなくてもよいな。では、梅壺まで行こう。それで物の怪が出なければ、貞観殿まで足をのばそうな」

「仰せのままに……」

　ただでなくとも引け目を感じていたときに、とても楽しそうに持ちかけられれば、そう応えるしかない。

（これが帝王の器というものだろうか……。それとも、ただのお祭り好きか……）

　帝のこんな性格を、あと幾人が知っているのだろうか。どうも、最初の出会いが特殊だっただけに、この帝は夏樹に対して、らしく振る舞おうなどとは欠片《かけら》も思わないらしい。いまさら、そんなことをしても無駄とばかりに、遠慮なく地をさらけ出してくれる。

　この状況は、どうも、いとこの深雪のそれと似ているような気がする。もしや自分はこういった迷惑な相手とめぐりあう星のもとに生まれたのだろうか……。

　いくら嘆こうと、相手が帝なら受け入れるしか他に手はない。夏樹は自分の運命に関して達観した思いをいだきながら、梅壺を目指して歩き出した。

　が、帝と夏樹が数歩も行かぬうちに、それが目の前に現れた。

一見、なんの変哲もない、薄紫の表着《うわぎ》だった。それがどこからともなく飛んできて、夏樹たちの進路を阻むように、ふわりと前へ舞い降りたのだ。

夏樹はぎょっとしたが、ただの表着と知って、緊張を解いた。風に衣装が飛ばされてきただけのこと。それをこうもビクビクするとは、いささか情けなかった。

帝も同じ気持ちだったようだ。夏樹の背後に隠れようとしていたくせに、

「なんだ、表着か……。こういう夜だと、何もかもが物の怪に見えるな」

と、笑ってごまかそうとする。

暗澹《あんたん》たる思いで、夏樹はその笑顔を眺めていた。この様子からするに、帝の武勇をあまり期待してはいけないようだ。

とにかく進路からどかそうと、夏樹は表着に近寄った。手をのばし、身を屈《かが》め、拾いあげようとする。

指先が布地に触れる寸前、表着は突然丸く膨れあがった。まるで、表着の下に何かがうずくまっているかのように。

夏樹は反射的に後ろへ跳びのき、太刀を抜いた。ほぼ同時に、表着の下からいなかったはずの者が姿を現す。

それは、八歳ぐらいの童だった。狩衣を着ていたのだろうが、袖は両方とも取れて、細い腕があらわになっている。髪もざんばらで、土にまみれ、汚れ放題だ。

だが、そんなことはどうでもいい。本当に異様なのは、その大きく膨れあがった眼球と、三角形に尖《とが》った口、指よりも長くのびた爪だ。

両手を前に振りあげ、せわしなく頭を動かす仕種《しぐさ》は、カマキリに似ていた。これぞ、梅壺で女童が目撃した物の怪に違いない。

女童は、手の爪が根もとから剝げているようだったと言っていたが、それから一気にここまでのびたのか。物の怪は威嚇《いかく》するように、その長く細い爪をちらつかせる。闘う意志は充分にあるようだ。

油断なく太刀を構える夏樹の前に、何を思ったか、帝が飛び出してきた。

「出たか、物の怪！」

帝は嬉々《きき》として叫ぶと、矢を放った。狙いはよかったが、逆風にあおられて届かず、矢は物の怪の手前に落ちる。

物の怪は怒りも露わにシャッと息を吐くと、帝めがけて飛びかかってきた。

「主上！」

夏樹はとっさに帝を突き倒した。

前に一度、そうとは知らず帝を突き飛ばしたことがある。一度やるも二度やるも同じだ。そんな気持ちがあったせいか、思いっきり力をこめてしまい、帝はものの見事に顔面を大地に打ちつけた。

おかげで物の怪の軌跡からは完全に外れた。だが、代わりに、夏樹がその進路に立つことになった。

まっすぐ懐に飛びこんでくる物の怪に対し、夏樹は太刀を振るうこともできない。後ろへ倒れこんで、なんとか攻撃から身をかわす。

無傷ではすまなかった。直衣の前に三本の斜線が走り、そこから血がこぼれ出す。出血の量にもかかわらず、傷は浅かった。が、次もこの程度で済むという保証はない。

夏樹は太刀を構え直した。帝は脳震盪《のうしんとう》でも起こしたのか、倒れたまま、ぴくりとも動かない。物の怪は帝には目もくれず、じっと夏樹を睨みつけている。

動かなければ、物の怪の注意をひくこともないのだろう。貞観殿でも梅壺でも、目撃者が気を失っている間は、危害を蒙《こうむ》らなかった。まことに申し訳ないが、いましばし、帝にはこのままでいていただけるよう、夏樹は願った。

物の怪が跳びかかる準備のためか、腰を低く落とす。夏樹も敵を迎え撃つために足の位置をずらす。

ひときわ強い風が、両者の間を吹き抜けていく。折れた小枝、草の葉、花びらが、視界を埋めつくさんばかりに舞う。

一瞬の隙をついて、物の怪は跳んだ。風を引き裂くようにして、夏樹の頭上へと急降下する。右手の爪を、大きく振りかぶる。

次の瞬間、澄んだ高音が周囲に響いた。夏樹の太刀が、物の怪の爪をしっかりと受け止めたのだ。

が――太刀は爪につかみとられた形になり、押しても引いても動かなくなった。どれほど力をこめようと、まったく効果がない。童に見えても、その握力はやはり物の怪のものなのだ。

しかも、物の怪の体力は限りがないように思えた。夏樹はじりじりと押されていく。歯を食いしばって踏みとどまろうとするが、どうにもできない。

この窮地にあって、頼みの太刀は、一向に光ってくれない。雷光を帯びなくては、ただの太刀と変わらないのだ。ただの太刀でも、この物の怪を殺すことは可能だろうか――と不安になってくる。

こういうときのために一条を呼んだのに、なぜ彼は出てこないのか。物陰に隠れて見守ってくれる約束ではなかったか。

(もしや、来てないのか?)

仮にそうであっても見捨てられたとは思わない。きっと、本人にもどうしようもない理由があって、来られなかったのに違いない。いま、駆けつけようとしている最中かもしれないのだ。いや、きっとそうだ。だが――

(間に合わないのか……!?)

冷や汗がどっと噴き出てくる。掌《てのひら》も汗で濡《ぬ》れて、握った柄《つか》が滑りそうになる。

夏樹の絶望を嗅ぎ取ったのか、物の怪は尖った口を細かく震わせて笑った。これみよがしに空いている左手の爪を動かしてカチカチと鳴らす。

太刀の動きを封じられている以上、左手で襲いかかられては反撃もできない。かといって太刀を捨てれば、武器を失ってしまうことになる。から手で闘うなど、物の怪相手にできるはずがない。

物の怪が左手を高く上げる。爪をかち合わせて鳴らしながら、じっと狙いを定めている。

(太刀を捨てて逃げるんだ――!!)

そうしなければ命がないと頭ではわかっているのに、両手が柄に貼りついて離れない。

いや、放せないのだ。この太刀だけは。母の形見のこれだけは……。

物の怪が動いた。長く細い爪が迫る。

その刹那《せつな》、風の咆哮《ほうこう》をも圧倒して、待ち望んでいた声が響き渡った。

「掛巻《かけまく》モ畏《かしこ》キ天満宮菅原之大神《あめみつのみやすがはらのおほかみ》ノ宇豆《うづ》ノ広前《ひろまへ》ニ忌麻波利浄麻波利《いまはりきよまはり》テ慎《つつし》ミ敬《うやま》ヒ畏《かしこ》ミモ白《まを》ス!」

一条だ。冠は吹き飛ばされたのだろうか、長い髪を風が乱すに任せ、両手を組み合わせてまっすぐに立っている。

この暗闇にもかかわらず、白い頬にさした赤みが、瞳の色までが、くっきりと見てとれた。こういうときだからだろうが、常人ならぬ神々《こうごう》しさがその姿には満ちていた。

(間に合った!!)

夏樹が心の中で快哉《かいさい》を叫ぶと同時に、物の怪は爪を鳴らすのをやめて、おびえるように頭を小刻みに振った。

一条は畳みこむように一気に祝詞《のりと》を唱える。

「……広《ひろ》ク厚《あつ》キ御恩恵《おほめくみ》ヲ仰《あふ》ギ尊《たふと》ミ　奉《たてまつり》テ由貴《ゆき》ノ御酒《みき》御饌《みけ》御幣《みてぐら》ヲ捧《ささげ》テ請祈白《こひのみまを》ス事《こと》ノ由《よし》ヲ平《たひら》ケク安《やすら》ケク所聞食《きこしめし》テ……」

力強い声で次々と生まれていく、不思議な言葉。その独特の旋律に合わせて、太刀に変化が生じだした。ちかっ、ちかっ、と月も星もないのに刃《やいば》が光り始めたのだ。

「夜《よ》ノ守日《まもりひ》ノ守《まもり》ニ護給《まもりたま》ヒ矜給《めぐみたま》ヘト畏《かしこ》ミ畏ミモ白《まを》ス!」

唱え終わったその瞬間、太刀からまばゆい光がほとばしった。

百の稲妻を集めたような、限りなく白く、激しい光。

光線は矢のように夏樹の目を射る。直視など、とてもできない。

目を閉じて顔を背けるが、それでも全身で光の圧力を感じた。その源は、北野の大臣ゆかりの太刀に間違いなかった。

光は一点めがけて渦を巻いていた。その中心で放たれたのは、物の怪の絶叫だった。

――かなりの時間が経《た》ったような気がしたが、そうでもなかったかもしれない。光の残像がうるさくちらついていたが、夏樹は状況を把握しようと無理やり目をこらした。

一条がいる。帝は倒れている。自分はまだ太刀を握りしめている。太刀はもはや光っていない。

足もとには、くの字に身体《からだ》を曲げた物の怪が倒れていた。口はだらしなくあいて、膨れあがった目は虚《うつ》ろに宙を見あげている。死んでいるのだ。

あのまばゆい光を受けて、物の怪は滅んだ。夏樹と帝は助かった。喜んで然《しか》るべきなのに、夏樹はとてもそんな気分にはなれなかった。

物の怪とはいえ、これは人間に似すぎている。しかも子供に。自分の太刀がこれを殺したのだと思うと、どうにもあと味が悪い。

耐えきれずに死骸から目をそむけ、夏樹は太刀を鞘《さや》に収めた。

一条が駆け寄ってくる。彼が第一に尋ねたのは、物の怪のことでも、帝のことでもなかった。

「怪我《けが》は」

「これだけだよ」

胸の爪痕《つめあと》を指差す。

「痛むか？」

「少しは。でも、たいした傷じゃない」

「爪に毒がないようでよかったな」

少々皮肉っぽい口調で一条が切り返す。遅れてきたことへの謝罪はない。夏樹は肩をすくめて苦笑いした。

「それより……よかった、来てくれて。一時はどうなることかと思ったよ」

「こんなに遅れるとは思わなかったんだ。なかなか抜け出せなくて」

「うん。ひやひやはしたけれど、必ず来てくれると信じてたから」

言葉だけではなく、本気でそう思っていたと伝わっただろうか？

一条はそれに関してはもう触れず、太刀のほうに視線を向けた。

「……効果があってよかったな。大臣をまつっている北野神社の祝詞を聞いてきたんだ。これなら、落雷が起こらなくても太刀の力を引き出せるんじゃないかと思って」

「なるほど、それで太刀が反応したのか……」

つぶやきながら、夏樹は親指の爪を噛んで顔をしかめた。

以前にも、何度かこの太刀は光った。その場に一条がいなかったときもあったし、その場合、もちろん祝詞もなかった。あのときは、夏樹自身の恐怖や危機感に反応して、太刀そのものの力が引き出されたのだ。それが今回、発動しなかったということは……。

たぶん、自分は心の奥底で一条に頼りすぎていたのだろう。きっと来てくれると信じてはいたが、その能力をあてにして甘えるのは、彼自身への信頼とは異なる。このままでは、いつか、一条のお荷物になってしまいそうで怖い。

注意しなくては、と夏樹は反省しつつ、また足もとの死骸を見やった。

次の瞬間、彼はあっと声を出した。

変わろうとしていたのだ。物の怪から、ひとに。

鋭い爪は指先から落ち、膨れあがった眼球はゆっくりとしぼんでいく。尖った口も、本来の子供らしい柔らかさを取り戻そうとしていく。

それればかりか、開いた口から、何かが外へ這い出そうとしていた。夏樹はなす術《すべ》もなく、ただ呆然《ぼうぜん》とそれを見つめていた。やがて、姿を現したのは——

「……ヒキガエル……！」

体外に出てきたヒキガエルは、素早く茂みの中に逃げこもうとした。夏樹はあまりのことに動けなかったが、代わって一条がいち早く行動した。躊躇《ちゆうちよ》せず、ヒキガエルを踏み潰したのだ。

赤い臓腑《ぞうふ》が派手に飛び散り、一条の白い頬までよごした。彼は眉ひとつ動かさず、手の甲でそれを乱暴にぬぐう。

踏み潰されたヒキガエルは、ただのカエルの死骸にしか見えなかった。だが、それが体外に出たことにより、子供は完全に物の怪から人間へと変化していた。生き返ることはなかったが……。

装束は破れ、髪は乱れ、顔もすっかりよごれているが、ひとに戻れば、品のある愛らしい童に見えた。手も傷ついてはいたが、荒れてはいない。身につけている狩衣からも、もとは貴族の子息だったのではないかと思われた。

それを裏づけたのは一条だった。童の死体をじっと検分していた彼が、歯切れの悪い口調でつぶやいたのだ。

「御所で見かけたことがある。確か、童殿上《わらわてんじょう》していたはずだ。左京大夫《さきょうのだいぶ》が年老いてからもうけた子で、やたらに溺愛していると聞いていたが……」

「左京大夫？」

つい最近、耳にしたことのある名だと思って、夏樹は記憶を探ってみた。

そうだ、あれは確か、深雪が……。

「盗賊の俤丸に襲われたっていう、あの左京大夫のことか？」

一条は力強くうなずいた。血で汚されてもなおお美しい横顔が、ぴんと張りつめている。

「左京大夫の一家は、確か残らず殺されていたはずだ。いや、いちばん下の息子はさらわれたのだったか……」

「それがなんで物の怪になって、御所に」

ふたりして考えこんでいると、それまでおとなしく倒れていた帝が低くうなった。

「しまった、忘れていた」

臣下にあるまじきことを口走って、夏樹は帝に駆け寄り、その玉体を抱き起こした。

「主上！　主上！」

怒鳴りながら揺さぶると、鼻の頭をすりむいた帝は、うめきながら目をあけた。

「……物の怪は？」

「死にました」

「おお。そなたが倒したのか」

「いえ。ひとりで苦戦しておりましたところに、偶然通りかかった陰陽寮の一条どののお力でなんとか」

手柄を独り占めする気はない。ひそかに警護を頼んだことは伏せ、夏樹は偶然を強調してから、一気に現状説明を続ける。

「不思議なことに、物の怪の口からヒキガエルが這い出してきたあと、物の怪はひとになってしまったのでございます。あのように、左京大夫どのの末のご子息に」

「なんと」

帝は夏樹の肩をつかんで起きあがると、童の死体を食い入るようにみつめた。

「確かに……」

ぶるっと身震いし、帝は苦しげな息とともに言葉を吐き出す。

「左京大夫の邸が夜盗に襲われて、末の子は行方知れずになったと聞いていたが、いったいなぜ、こんなことに……」

理由までは夏樹も説明できない。一条ならできるかもと思って友を振り仰ぐが、彼は何も言わず、何もしない。

吹き荒《すさ》ぶ風の中、ただ影法師のように立ちつくしている。よほど暗い思考をめぐらしているのか、琥珀色の瞳を熾火《おきび》のごとく燻《くゆ》らせて。

そのとき、ふいに深雪の声が聞こえた。

「夏樹？　夏樹なの？」

幻聴ではない。現に、深雪が暗闇からおそるおそる姿を現し、大きな目をさらに見開いて、こちらを不思議そうに見ているではないか。

なぜ、こんな時間にこんなところへ深雪が……。と思った途端、彼女は大声で叫んだ。

「主上まで！」

びくん、と帝の肩が震える。あわてて顔を隠すが、もう遅い。

深雪は、帝の寵愛《ちょうあい》厚い弘徽殿の女御に仕える女房だ。帝と対面する機会などいくらでもある。当然、顔は知っていよう。

遅れて、左京大夫の子息の遺体に気づき、深雪はハッと息を呑《の》んだ。

「なんなの……。いったい、ここで何があったの？」

深雪の声におびえがにじむ。それはそうだろう。嵐の夜に、子供の死体のまわりを男が三人で囲んでいる場面に出くわしてしまったのだから。

そのうちのひとりが、あろうことか時の帝で、いとこがいっしょだったりもするのだ。混乱して当然だ。物の怪退治だと説明したところで、すぐには理解してもらえないだろう。

夏樹自身も信じられずにいる。こんな愛らしい子供が、物の怪だったなど……。

「そっちこそ、なんでまた、こんな夜中にこんなところにいるんだ？」

逆に質問すると、

「風で飛ばされた縫い物を追ってきたただけよ」

と、深雪は簡潔に応えた。

あの薄紫の表着のことだろうと、すぐピンとくる。が、あたりを見廻しても、表着はもうどこにもなかった。また風にあおられて飛んでいったのだろう。

夏樹はそのときになってやっと、深雪の背後にもうひとりいることに気がついた。女房仲間だろうか、深雪にしっかりしがみついて震えているようだ。

「ああ、怖がらないで、常陸の君。大丈夫よ。あちらのかたは主上だから。それに、わたしのいとこの新蔵人の夏樹に、陰陽寮の一条さまよ」

深雪も彼女の存在を思い出し、相手を落ち着かせようと、一生懸命しゃべりかけた。

その甲斐《かい》あって、いまひとりの女房はおそるおそる顔を上げる。

その瞬間、夏樹は彼女しか見えなくなった。優美で、清艶《せいえん》で、どこかはかなげなこの顔は——間違いない、何度も心に描いたものだ。

こんな偶然が二度もあるのだろうか。しかも、よりによって、御所の中で再び逢えるとは。

「嵯峨野の……」

夏樹がつぶやくと、相手もかつて出逢ったことを思い出してくれたようだ。ぱっと顔が明るくなる。

「あのとき、壱師の花をさしあげた……？」

夏樹は真っ赤になって、うなずいた。彼女には言いたいことが山とあったはずなのに、それらは頭からすっかり抜け落ちてしまって、ただただ感激するばかりになる。

深雪の不審そうな視線も、全然気にならない。というか、突然現れた、可憐《かれん》な花の精のような彼女しか視界に映っていなかった。

あの日の蘇芳色とは違う、紅の袿をまとっているせいか、記憶にあるよりもさらにあでやかに美しく見える。その姿に夏樹はすっかり心を奪われていた。

だから、帝が自分と同じ目で彼女にみとれていることに、彼はまったく気がついていなかった。

だが、深雪は別だ。いとこはもとより、帝のほうけた様子に、半分怒って半分困ったような表情になる。

深雪は救いを求めるように、一条のほうを振り向いた。ここにいる三人の男性の中で、常陸の君にみとれていないのは一条だけだったからだ。

しかし、彼も自分自身の考えに囚《とら》われていて、深雪の不安に応えてやることはできなかった。

常陸の君をではなく、彼はただじっと、自分が踏み潰したヒキガエルと、かわいそうな童の死体を見下ろしていたのであった。

同じ夜、都の南の宇治《うじ》にある、とある邸では、嵐に乗じてむごたらしい凶行が行われていた。

それをもたらしたのは、顔を隠した十人ばかりの男たちだった。さながら、凶運を呼びこむ鳥の一群が舞い降りたかのように、男たちは全員黒い衣に身を包み、完全に闇に溶けこんで行動していた。邸に忍びこむことなど、彼らには児戯にも等しい。

家人は早々と寝静まっていたため、ほとんどはいきなり斬りつけられて、わけのわからぬまま絶命した。そのほうがましだったかもしれない。気配に気づいて目が醒めた者は、悲惨な血の海を目撃する羽目になったのだから。

驚きと恐怖のあまり、ありったけの悲鳴をあげても、これだけ風が吹き荒れていては、誰も気づかないし、助けなど来るはずもない。しかも、用意された運命は同じ。ほんの数呼吸の差で、刃が振りおろされ、死者の仲間入りとなるのだ。

男も、女も、老人も、子供も。そこに区別はなく、死神めいた黒衣《こくい》の男たちは黙々と死体を増やしていった。

いくらもたたぬうちに、邸内でまだ生きている者は、黒衣の男たちを除くと、壁際に追い詰められた四、五人だけとなった。

皆、身を寄せ合い、恐怖にがたがたと震えている。突然襲ってきた不運になす術もなく、ひたすら神仏に救いを求めて念仏を唱える。しかし、神仏の助けは一向に訪れない。すべてが無駄だった。彼らのたどる道は、男たちによって用意された道ただひとつなのだ。

おびえる家人たちの前に男たちが迫り、侵入者のひとりがこのとき初めて口をきいた。

「この邸のあるじ、宇治の民部卿《みんぶきょう》どのはどなたかな？」

誰も応えなかった。だが、全員の視線が白髪の老人ひとりに集中する。

男は——どうやら、彼が首領格らしい——重々しくうなずくと、顎をしゃくって他の者たちに合図した。殺戮《さつりく》の合図を。

刃がきらめき、その結果、死体が三、四体ほど増えた。生き残ったのは白髪の老人、民部卿ただひとりとなる。

民部卿は、陸《おか》にあがった魚のようにぱくぱくと口を動かした。

「た……たれか……」

とっくに腰が抜けて、民部卿は動けなくなっていた。それでも、なんとかして逃れようと、壁沿いにずるずると這いずっていく。

その肩を、盗賊たちのひとりが押さえこんだ。民部卿は必死に抵抗したが、ただ両手を力なくバタつかせただけだった。

それでも、はずみで男の覆面に手がかかった。黒い布がぱらりと落ちて、男の顔が露わになる。

民部卿は目を凝らし、自分を押さえつける男の顔を注視した。

初めて見る顔だった。まだ若い——二十代半ばといったところだろうか。わりに整った顔立ちに、惜しいかな、右半分が火傷《やけど》の痕のようなひきつれに覆われていた。

「小太郎《こたろう》、民部卿どのを支えてさしあげろ」

火傷の痕のある男は民部卿の首を押さえつけ、顔を首領のほうに向けさせた。

民部卿はぼろぼろと涙を流していた。もはや抵抗は意味がない。ひとりだけとはいえ、夜盗の顔を見てしまったのだ。万にひとつも、生きて解放されることはあるまい。

逆にそうなると、消える前の灯火にも似た気力が湧いてきて、民部卿はやっと言葉らしい言葉を発することができた。

「……お……おまえが俤丸か……？」

「巷《ちまた》ではそう呼ばれているらしいな」

他人事のようにうそぶくと、首領格の男は自ら覆面を外した。

民部卿は、あっと驚きの声をあげた。想像よりももっと若々しい顔が現れたからだ。せいぜいが十六か、十七だろう。太い眉は猛々《たけだけ》しく、双眸《そうぼう》は険しい光を秘めていながら、表情はなぜか優しい。こんなときだというのに、不思議な魅力を感じずにはいられない若者だった。

「おれの顔におぼえがあってか？」

首を押さえられているので、民部卿は弱々しく顎を左右に振った。

「民部卿どのは、わが父をご存じのはずだ。生前ではなく、死して首だけとなった無惨な姿のときに、対面されているはず」

白い顎鬚《あごひげ》を、汗と涙がいっしょになって流れ落ちる。民部卿は目を血走らせ、食いしばった歯の間から押し出すようなうめき声をあげた。

「……面影が……」

俤丸は満足そうに目を細めた。

「そうか。面影があるか」

下に向けていた刀の切っ先を、俤丸はゆっくりと上げた。血に濡れた刃が、民部卿の左肩に載せられる。

首を押さえつけていた手はもう離れていたが、民部卿はそれすらも知覚できないほど、恐怖の念に捕らえられていた。小刻みに震えながら、かつて敵として闘った男の面影を宿す少年を見上げる。

肩に載せられた刀が、ずっしりと重い。

俤丸は羽毛のように柔らかな口調でささやいた。

「先に冥府《めいふ》へ旅だった家人たちに伝えるといい。平小次郎将門《たいらのこじろうまさかど》が実子、相馬太郎良門《そうまのたろうよしかど》が正当な地位を賊どもから奪い返すために都へ参ったと」

その言葉が終わるや否や、刀は勢いよく水平に動き、民部卿の首を刎《は》ねた。

どっと血しぶきがあがる。夜盗の首領、俤丸は——いや、将門の遺児、太郎良門はその血を全身に浴びて、うっすらと冷たく微笑んだ。血の臭いに、おのれの凶行に酔っているような、そんな笑みだ。

彼の背後から、しわがれた声がかかる。

「全部を殺してはいませんでしょうな」

良門は刀の血をおのれの袖でぬぐってから、振り返った。

「蟇仙《ひきせん》か」

血の海の中に立っていたのは、腰の曲がった老人だった。頭から衣をかぶっているので、顔は見えない。しかし、声とひからびた手でかなりの老齢と判断できた。

「手駒をひとつ、今夜なくしまして。すぐにも足しておきたいと七綾姫《ななあやひめ》さまが仰せになるので、代わってお願いにあがったのでございます。やれ、危うく無駄足になるところでしたな」

「姉上の取り分は残してある」

良門はそう言うと、隣の部屋に踏みこみ、その隅に置かれていた屏風を乱暴におしのけた。

屏風は倒れ、後ろに隠れていた若い男が短い悲鳴をあげてあとずさる。身なりからすると家司《けいし》のひとりだろう。彼がこの邸の最後の生き残りだった。

「お、お助けを……！」

男は伏して命乞いをしたが、良門は一顧だにしない。

「こやつでよいか」

蟇仙はくっくっと喉を震わせた。被衣《かずき》の下から不気味に目を光らせる。

「もちろんでございます。若く活《い》きのよい贄《にえ》、姫さまも喜ばれましょう」

贄と聞いて、若者は咄嗟《とっさ》に逃げ出そうとした。が、黒衣の男たちに行く手を阻まれ、あっけなく捕まってしまう。若者は泣き叫び、必死に抗《あらが》ったが、すべては徒労にすぎなかった。

彼の運命はすでに決まってしまったのだ。もうどうしようもなかった。

良門は哀れな贄には目もくれず、倒れた屏風の上にかがみこむと、血に濡れた指で、そこにひと文字書き記した。

『俤』と。

第三章　鮮血の贄

双六盤《すごろくばん》の前に座って、深雪《みゆき》は眉間に皺《しわ》を寄せ、じっと盤の面を見つめていた。

かといって、駒の動かしかたを思案しているわけではない。彼女の頭を占めているのは、数日前の野分《のわき》の夜の出来事だ。

あの夜――まさか、あんなところに夏樹と帝《みかど》がいるなど、まったく思いがけないことだった。聞けば、最近御所に出没する物《もの》の怪《け》を退治しようとしていたとか。

(主上《おかみ》が御自《おんみずか》ら、そういうことをなさる?)

しかし、あの帝ならやりかねないとも思った。

いまをときめく弘徽殿《こきでん》の女御《にょうご》に仕えているため、深雪にも帝のそば近くに控える機会はしばしばある。そういったときに何度か、帝は好奇心旺盛で、あまり常識というものにこだわらない、おおらかな気質でいらっしゃるのだなと感じたことはあった。

(だけどよ、蔵人《くろうど》がそばにいながら、無謀な行いをお諫《いさ》めできないってのはどうしてよ。へらへらついていくなんて、何を考えてるんだか、夏樹は)

帝王にぜひにもと言われたら、臣下が拒めるはずもない。それはわかっていたし、夏樹が喜んでついていったわけではないと容易に推察できる。彼のことだ、顔ではにっこり笑いながらも、どうしてこうなったのだろうと心の中で嘆いていたに違いない。

それでも、深雪は胸の奥でふつふつと湧きあがる怒りを抑えられなかった。常陸《ひたち》の君《きみ》を見たときの、あのぼうっとなった顔が、どうにも許せなかったのだ。

(そりゃあ、あれだけの美人だもの、みとれるのはわかるわ。主上だって、とっても驚いていらっしゃったみたいだし)

弘徽殿の女御をはじめ、承香殿《しょうきょうでん》の女御、藤壺《ふじつぼ》の女御など、他にも数多くの美しい妃《きさき》たちが後宮《こうきゅう》にはひしめいている。そんな一級の美女たちを見慣れている帝でさえ、ついみとれるような美貌の持ち主なのだ、常陸の君は。

ましてや、とんと色恋沙汰に縁のなかった夏樹には、どれほど衝撃だったろう。

あの場にいた男性で例外と言えば、陰陽寮《おんみょうりょう》の一条だが、

(あのかたは別格よね。常陸の君に負けないくらいお美しいんだもの。あんな友人がいるんだから、夏樹も少しぐらい耐性があってもよさそうなのに……)

ほうっと、ため息をつく。あの野分の夜から、いったい何度洩《も》らした吐息か。

「伊勢、あなたの番よ」

自分の女房名を呼ばれて、深雪はハッとわれに返った。檜扇《ひおうぎ》の陰からこっそり顔を上

げると、双六盤を挟んですわった弘徽殿の女御が鷹揚《おうよう》に微笑《ほほえ》んでいる。

「す、すみません……！」

双六の最中であったことも、すっかり忘れてしまっていたのだ。あわてて盤に目を走らせるが、どうにも駒が動かせない。

完敗だ。くやしいが仕方ない。

「……女御さまはお強うございますわ」

「あなたが心ここにあらずだからよ。どうかしたの、伊勢？」

「いえ、これといって特別なことは……」

そう応えた途端、別の女房が廂《ひさし》の間《ま》から声をかけてきた。

「伊勢の君、おいとこの新蔵人さまがおいでだわよ」

「まあ、いとこどのを待ちわびていたのね」

女御は手を叩《たた》いて嬉《うれ》しそうに言う。どうやら、このひとは深雪の気持ちを見抜いているようだ。しかし、深雪がそれを素直に認めるわけがない。

「ち、違います」

赤くなって声を高くしたが、女御はくすくすと笑うばかりだ。

「照れなくてもいいのよ。遠慮なくいっていらっしゃい、伊勢。双六の相手は小宰相《こさいしょう》に代わってもらうから」

女御の乳母子《めのとご》で、一の女房の小宰相の君がしずしずと進み出る。代わらないわけにはいかなくなって、深雪はしぶしぶ立ちあがった。

御前を退出し、女房たちがたむろしている廂の間を抜けていく。ここは通るだけで御所内の噂《うわさ》を知ることができる場所だった。なにしろ、女房たちがあちこちで入手してきた噂話を、熱心にささやきあっているのだから。

「そうそう、聞いた？　あの嵐の次の朝、舎人《とねり》たちがみつけた死体のこと」

「例の俤 丸《おもかげまる》に襲われた左京 大夫《さきょうのだいぶ》さまのご子息だったんですってね」

「あら、物の怪の仕業《しわざ》だって聞いたけど、盗賊の仕業だったの？」

「物の怪も本当らしいわよ。実はね、口止めされていたらしいのだけど、貞観殿《じょうがんでん》で女官《にょかん》が物の怪を見たっていうのよ」

「あら、近衛《このえ》の官人《かんじん》たちが見た物の怪のことじゃなかったの？」

「それはもう古いわよ。そんなことより、梅壺《うめつぼ》でも女童《めのわらわ》が物の怪を見たっていう話、知らない？」

噂好きの深雪も、彼女たちの話に加わりたかった。そして、自分の知っていることを、ふんぞり返ってしゃべりたかった。

嵐の翌朝、舎人たちが発見した子供の死体は、夏樹たちが退治した物の怪で、死んでからひとに戻ったのだ、と。それが、梅壺で目撃された物の怪の正体なのだ、と。

しかし、物の怪退治の件は口外しないよう、帝からも頼まれている。それに、なぜ盗賊にさらわれた左京大夫の息子が物の怪になったのか、なぜ宮中に現れたのか、まだ誰にもわかっていないのだ。

謎が多くて、すっきりしない。考えれば考えるほど妙な気分になる。死人が物の怪と化すならばともかく、生きながらにして物の怪に、しかもあんないたいけな子供がなるものだろうか。

「まったく、物の怪だの盗賊だのと物騒な世の中になったわねえ」

「そういえば、宇治の民部卿《みんぶきょう》のお邸《やしき》も俤丸に襲われたんですってね。検非違使《けびいし》が昼夜を問わず駆け廻《まわ》っているのに、手がかりひとつ、みつからないそうよ」

深雪の背後で、女房たちの話題は物の怪から盗賊に移っていった。

（やれやれ、みんな、物見高いんだから……）

自分のことは棚に上げて、深雪はぶつぶつつぶやきながら簀子縁《すのこえん》に出た。

夏樹はこちらに背を向けて、勾欄《こうらん》の近くに立っていた。まだ深雪に気がついていない。あたりに誰もいないのを確認してから、深雪はやおら、いとこの頭を檜扇で殴りつける。

「痛《いた》っ！」

夏樹は殴られたところを手で押さえて、ぱっと振り返った。

「何するんだよ」

「あら、ごめんなさい。避《よ》けてくれるものと思っていたから」

ほっほっほっと意地悪く笑ってやる。やはり、気分が晴れないときはいとこをいじるに限る。

夏樹はむっとした顔をしてこちらを睨《にら》みつけたものの、急に憂《うれ》いを帯びた表情になって、決まり悪そうに目をそらした。いつもらしくないその反応に、深雪はふと不安になった。

どうしたのだろう。そんなに強く殴ったつもりはなかったが……。

「夏樹、怒ったの？」

「いきなり殴られれば、怒って当たり前だろうが」

そう言いながらも元気がない。いつものいとこなら、すぐに機嫌を直してくれるはずなのに。

いぶかしがっていると、夏樹は意を決したような顔で深雪を見上げた。頰を赤らめ、ためらいがちに、桔梗《ききょう》の花に結んだ文《ふみ》を差し出す。

深雪の心臓がドクンと跳ねあがった。

（もしや、近すぎて気づかなかった愛に、夏樹ったら気づいちゃったのかしら……。でも、そんな、こんな突然……！）

負けず劣らず赤くなった顔を檜扇で隠し、高まる鼓動を気取《けど》られぬよう胸を押さえつける。それでも、手が震えるのはどうしようもない。

だが、夏樹のほうも、深雪の様子に気づかぬほど緊張しきっていた。

「これを、こっそり常陸の君に……」

そのひと言に、深雪の呼吸が一瞬止まった。一拍おいて、熱い血潮が身体《からだ》を駆けめぐる。頰の赤みはそのままに、眉をきゅっと吊《つ》りあげ、深雪はたちまち鬼女の形相となった。

「常陸の君に渡せって言うの⁉」

その剣幕に、夏樹は驚いて一歩あとずさった。

「冗談じゃないわよ。なんで、わたしがそんな、あんたの恋の橋渡しなんかしなくちゃいけないのよ」

「違う、違うんだ。これは――」

口ごもり、少し間をおいてから圧《お》し殺した声で、夏樹は言った。

「これ、主上からの文なんだ」

しばし、気まずい沈黙が流れた。その間に深雪の怒りはすっと冷めていく。鬼女の形相と入れ代わりに、困惑の表情が浮かんでくる。

「主上から……⁉」

さすがに誰かに聞かれてはまずいと悟り、深雪は夏樹とひそひそとささやき合った。

「ちょっと、それ、どういうわけよ」

「いや……。急にお呼びがかかったんで御前に参上したら、これをこっそり渡してほしいと仰せられて……」

夏樹の返事も歯切れが悪い。おそらく、彼も深雪と同じことを考えているのだろう。桔梗の花と同じ、紫色の薄様紙《うすようし》にしたためられた文。これが恋文でなくてなんだというのか、と。

「そんな、どうするのよ、常陸の君は女御さま付きの女房なのよ。もしも、もしもよ……」

もしも、女御をさしおいて、帝のご寵愛《ちょうあい》をいただくようなことになったら——

夏樹も苦い顔で、心底困ったようにつぶやいた。

「かといって、ぜひにもと頼まれたお文を渡さないわけにもいかないだろうし……」

「本当、困ったわねえ。でも、たぶん駄目だと思うわ」

「どうして、そう思うんだ？」

「だって、よりによって桔梗の花に文を結ぶなんて、絶対、印象悪くなるわよ。常陸の君は桔梗の花がことのほかお嫌いなの。なんでも、仲のよくなかったお母さまのお好きな花だったらしくて、桔梗の花に辛《つら》いことを思い出してしまうみたいね」

「そうだったのか……」

夏樹の顔がぱっと明るくなる。深雪は目ざとくそれをみつけて、眉をひそめた。

怪しい。

やはり、夏樹も常陸の君の美しさに心動かされたのではないか——そんな疑念が湧いてくる。

「そういえば、なんだか常陸の君と知り合いみたいだったけど、どこかで会ったことがあるの？」

「いや、その、知り合いってわけじゃなくて……」

夏樹はさんざんためらったすえに、嵯峨野で偶然彼女と出逢《であ》ったときのことを、真っ赤になって白状した。

「あらまあ、へええ。そんな偶然がねえ」

適当に相槌《あいづち》を打ちつつも、深雪は心の中では大いに嫉妬の炎を燃やしていた。

（まったく、油断も隙もあったものじゃない！）

唯一の救いは、帝が同じ気持ちと知って、夏樹がかなり動揺していることだった。帝のお目にとまるほどの高嶺《たかね》の花なのだと悟り、このまま諦めてくれればいいのだが……。

「わかったわ。とにかく、文は常陸の君に渡しておくわ。女御さまへの手前、お返事はなさらないと思うけど」

「やっぱり、そうだよな」

夏樹があんまり嬉しそうなので、つい嫌味を言ってやる。

「でも、主上のご寵愛を賜《たまわ》るなんて、女としては最高の名誉よねえ。宮家や大臣家の姫君を抑えて、受領《ずりょう》の娘が……なんて、本当に夢のようだもの」

思い切り恨みがましい視線を向けられたが、深雪は無視して、文を袖に隠した。

「じゃあね」

話は終わったとばかりに、深雪はしずしずと裳裾《もすそ》を引いて殿舎《でんしゃ》にひっこんだ。

夏樹から充分に離れてから——彼女は急にどすどすと足音を高く響かせる。

「馬鹿、馬鹿、馬鹿……」

食いしばった歯の間から小声で悪態をつく。黙っていると涙が出そうだった。

この文が、夏樹本人から自分宛てに送られたものだったら、どんなによかったろうかと思う。思うだけ余計に悲しくなるのだが——

「しっかりしなくちゃ」

と、自分で自分に言い聞かせる。

「そうそう、うまくいくもんですか。常陸の君にこっぴどくふられるかもしれないんだから」

しかし、常陸の君が帝と相思相愛になられても、これまた困るのだ。自分の女房と帝の寵を争うなど、そんなみっともないことになれば、女御がどれほど傷つくか。そんな事態だけは絶対に避けなくてはならない。

（常陸の君にはそこのところもようっく言い含めておかなくちゃ）

だが、あまり説教くさいことを言って、反感を持たれても厄介だ。うまく説得するには、どういうふうに切り出すべきかと頭を悩ませつつ、深雪は常陸の君の局《つぼね》に向かった。

廂の間には姿がなかったので、おそらく自分の局にひっこんでいるはずだった。いつものことではあるが……。

常陸の君はいまだに恥ずかしがって、なかなかみんなと立ち交じろうとしない。女御も心配して、機会があるごとにそばに呼んでいるのだが、それも効果があるようには見えなかった。

帝から文をもらって、ますます萎縮しはすまいかと、深雪もその点が気になった。

（ままよ、出たとこまかせでいこう。なんとかなるものよ）

考えるのに疲れ、なかば捨て鉢になって、常陸の君の局の前に立つ。声をかけようとして、寸前でそれを呑《の》みこむ。話し声が聞こえたからだ。

「……でも、おそろしくて……」

常陸の君の声だ。他にまだ、誰かがいるのだろうか。

深雪がためらっていると、中から常陸の君の誰何《すいか》の声があがった。

「どなた？」

立ち聞きしていたわけでもないのに、なんとなくばつの悪い思いを味わう。深雪はそんな思いを振りはらって、ことさら明るく返事をした。

「伊勢よ。入ってもいいかしら？」

少し間があって、「どうぞ」と許しが出る。深雪はホッとして、御簾《みす》をめくり、局に足を踏み入れた。

誰かと話していたと思ったのに、局の中には常陸の君しかいなかった。ひとが隠れるようなところはありはしない。ただの独り言だったようだ。それにしては、妙な内容だったが……。

常陸の君がじっとみつめているのに気づき、深雪はあわてて文を取り出した。

「突然、ごめんなさいね。実は、これを渡してほしいとあるひとから頼まれて」

文を結んだ桔梗の花を見て、常陸の君の表情が、それとわかるほど強張《こわば》る。

（あ、やっぱり）

予想どおりの反応に、深雪は複雑な心境になった。帝に関心をもたれては困るが、障壁がなくなったと夏樹に喜ばれても困るのだ。

どうしたものかと気を揉《も》んでいると、常陸の君は思いがけず、受け取りをきっぱりと断った。

「困ります。そういうものは、お届けになったかたに返してさしあげてください」

「そうもできないのよ。実は、これ……」

声をひそめて相手の名を告げる。常陸の君は驚き、袖で顔を覆い隠してしまった。

「どうやら、あの嵐の夜に、あなたにご関心を持たれたみたいなの。あのときいっしょだった、わたしのいとこが六位の蔵人でね。それでさっき、いとこが極秘に持ってきてくれたのよ」

夏樹のことを口にして、さりげなく反応をうかがう。が、常陸の君は夏樹に関してはこれといった感情の動きを見せなかった。

「そんな、主上からのお文など、ますます困りますわ。それを受け取っては、甲斐《かい》のないこの身に優しくしてくださる女御さまに、とても顔向けができません」

それを聞いて、深雪はやっと安心できた。帝にも夏樹にも関心はないようだ。それに、こうまで女御のことを思ってくれるなら、あれこれ言う必要もない。

「では、この文はあなたが処分してちょうだい。わたしも誰にもしゃべったりしないから」

「でも……」

「お返事は無理に出さなくてもいいのよ。そのほうが、主上も早くおあきらめになるでしょうし。こんな美人を抛《ほう》っておけないって、お気軽に思われただけなのかもしれないのだから、あなたもあまり深刻にならないで」

文を常陸の君の手に握らせると、深雪はほんの軽い気持ちで、

「ところで、他に好きなかたはいらっしゃらないの？」

と訊《き》いてみた。ところが、その途端、常陸の君は恥じらって下を向いてしまった。

「好き……というわけでもないのかもしれませんけど……」

と口ごもる。

そんなふうに言われると、これは是が非でも聞き出さなくてはという気になってくる。が、あれこれ問い詰めたいのを我慢して、深雪は常陸の君が自分から告白するのを待った。

やがて、彼女は思い切ったように、

「あの夜、あそこにいらっしゃった、いまひとりのおかたは、どなたなのでしょうか」

「あの夜？　あの嵐の夜のことかしら？」

ならば、あそこにいたのは、帝と夏樹と……。

「もしかして、陰陽寮の一条どの？」

それを聞いて、常陸の君の目が潤んだように輝く。

「一条どのと申されるのですね……」

なるほど、と深雪は納得した。あの一条となら、申し分のない美男美女、これ以上の取り合わせもあるまい。それに相手が一条なら、誰も——自分も弘徽殿の女御も——苦

しまずに済むではないか。

「わたし、応援するわ！」

思わず声がはずむ。常陸の君はますます顔を赤らめて、小さく縮こまった。

「そんな……」

「恥ずかしがることはないのよ。あなたとなら、けして見劣りしないもの。確か、彼、まだそういう相手もいないし。うん、いないのだから、安心してちょうだいな。もっと自信を持って」

保証はどこにもないのだが、この際、常陸の君に強気になっていただくためにも、一条どのには恋人がいないということにしておこう、と即断する。しかし、彼女は嬉しがるでもなく、告白したことをひたすら後悔しているようだった。

それも無理はないか、と深雪はしつこく追求するのをやめた。

常陸の君は同性の女房たちと顔を合わせるのもためらうような恥ずかしがり屋なのだ。ここで深追いしては元も子もなくなる。

一条とのことは、徐々に機会を増やしていって、うまく盛りあがるよう、とりはからおう——と、深雪は忙しく策をめぐらした。

（いやはや、一条どのとはね）

彼が相手なら、夏樹も当然、これはかなわぬと身をひくだろう。案外、帝よりも効果が高いかもしれない。

かわいそうに、夏樹はきっと傷つくだろう。あまりに落ちこむようだったら、少しは優しくしてやってもいいだろう。もしかして、それがきっかけで、『近すぎて気づかなかった愛』をわかってくれるかもしれないではないか。

自然と頬がゆるんでくるのをとめられない。これ以上、嬉しそうにして、常陸の君に不審がられることを心配し、深雪はそそくさと立ちあがった。

「とにかく、わたしに任せてくださいね。けして、悪いようにはしないから」

そう言い残し、足どりも軽く、局をあとにする。背後で、常陸の君が表情に暗い翳《かげ》りを落としたことに気がつくはずもない。

深雪が去り、局は奇妙に静まり返ってしまった。そこに、常陸の君のつぶやきが淡々と響く。

「よいかたね、伊勢の君は。でも、もう……、最初から無理……」

文には目もくれず、桔梗の花をぐしゃりと握り潰す。

ゆっくりと指を開くと、紫の花の汁に濡《ぬ》れて、その手はまるで血に染まったかのようだった。

深雪に文を渡したあと、夏樹は蔵人所《くろうどどころ》のある校書殿《きょうしょでん》を目指して、御所の中をぶらぶら歩いていた。

思うのはもちろん、常陸の君のことだ。

彼女が桔梗が嫌いと聞いて、少しは胸のつかえが下りたものの、不安が完全に消えてなくなったわけではない。

深雪が言ったとおり、帝の寵愛を得るのは女として最高の名誉だ。あんな美しい薄様の紙には、きっとうっとりするような恋歌が書き綴《つづ》られているに違いない。常陸の君が心動かされたとしても、なんの不思議もあるまい。

もちろん、そうはなってほしくないが、どうしてそれを止めることができよう……。

そんな悩みが表に出て、苦渋に満ちた顔になっていたのだろう、ふいに、

「なにを怖い顔してるんだ？」

と、横から言われてしまった。

反射的に声のほうを向くと、一条が覗《のぞ》きこむようにしてこちらをうかがっている。夏樹は驚いて、逆方向に跳びのいた。

「び、びっくりするじゃないか」

他人には知られたくないことを考えていただけに、つい責めるような口調になる。一条は肩をすくめ、

「悪い」

とだけ答えた。もちろん、本気でそう思っているわけでないのは明白だ。

振り向けば、校書殿はすぐ目の前。なぜ、こんなところで一条と遭遇したのかと、夏樹は首を傾《かし》げた。

「もしかして、待っていた？」

「ああ。蔵人所でいないと言われて、陰陽寮に戻ろうか迷っていたんだが、待っててよかったな」

夏樹はますます奇妙に思った。いままで、一条が自分から蔵人所へ来たことは一度もなかったのだ。

気にしてはいなかったが、帝の側近の蔵人と、ただの学生《がくしょう》の陰陽生《おんみょうしょう》では、やはり身分に開きがある。本人同士は問題にしていなくても、まわりもそうだとは限らない。一条が蔵人所に来ないのは、その点を配慮してくれているからだった。

御所では他人の目があっても、自宅は隣同士だ。逢おうと思えば、邸でいつでも逢える。しかし、夏樹も最近は邸をあけることが多く、一条も忙しいらしくて、ずっと擦れ違いが続いていたのも事実だ。

「で、いったい、どうしたんだ？」

促されて、一条は懐から細長い紙を一枚、取り出した。

「これをしばらくの間、肌身離さず持っていてほしいんだ」

「お札？」

「うん。できれば、襟の裏にでも縫いつけておいてくれ。そのほうが確実だから」

「なにが確実なんだよ」

「ちょっと、悪い夢を見たんだ」

夢は古くから、吉凶を占う手段として使われてきた。特に悪夢を見たときは、物忌《ものい》みと称して邸にこもり、身を慎んで災難を避けようとする。その程度のことはこの時代、日常茶飯事であった。

夢とはいえ馬鹿にはできないのだ。まして、陰陽生の一条から真面目《まじめ》な顔で言われると、なおさら重々しく聞こえてくる。

「なんだよ、そんなにひどい夢だったのか？」

「いや、それほどでも。もっとひどい夢は山のようにあるし」

なにやら含みのある言葉に、一条が毎夜どんな夢を見るのか、ふと知りたくなった。

だが、どうせろくなものではあるまいと好奇心を抑える。

それに、これ以上ないくらいひどい悪夢で、ぜひとも知らせたかったというのならともかく、それほど焦った様子も見受けられない。一条が言ったとおり、ただちょっと気になって、といった程度か。

夏樹はそう軽く考えて、札を受け取った。ところが一条はさらに、

「ああ、それと、念のため、髪の毛をくれないか」

「おいおい、呪詛《じゅそ》にでも使う気か？」

呪いたい相手の髪の毛を使うのが、呪詛の常套《じょうとう》手段だ。陰陽師でもない夏樹も、それぐらいなら常識として知っている。

「一本でいいから」

一条に望まれると、本当に呪詛に使われそうな気がしてくる。もちろん、そんなことはあり得ないと胸を張って断言できるが。

ただどうしても、夢見が悪かっただの、札を離すなだの言われた直後だけに、いろいろと不吉なことを連想してしまうのだ。

「まあ、いいけど」

こんなことのために、居心地の悪いところでずっと待っていてくれたのだから、無下にしても悪かろう。そう思って、夏樹は垂纓《すいえい》の冠《かんむり》をずらし、髪の毛を一本抜いて一条に渡した。

「じゃあ」

すぐにもその場を離れようとする一条を、夏樹はあわてて呼びとめた。

「ちょっと待てよ。あの、訊いてもいいかな」

立ちどまってはくれたものの、すぐにも逃げられそうで、夏樹は早口に質問した。

「あの物の怪について何かわかったことはないのかい？」

一条は難しそうに眉間に皺を寄せた。教えていいものかどうか、悩んでいるのだろう。しかし、夏樹も物の怪出現の現場にいたひとり。あの童の口から、ヒキガエルが這い出すところも、この目ではっきり見ている。事の真相を知りたがるのは当然だった。

一条もそう思ったのか、ぽつりと、

「いま、保憲《やすのり》さまが夜盗《やとう》の俤丸のことを調べている」

「やっぱり」

左京大夫の邸が俤丸に襲われたときに、その場からあの童がさらわれたのなら、やはり、やつらが童を物の怪に変えたに違いない。となれば、夜盗の中に怪しい術を使う者がいるということになる。かくして、盗賊騒ぎが陰陽寮の管轄にもなってくるわけだ。

一条がわざわざ蔵人所まで足を運んでくれたのも、これから先、超多忙になってますます逢えなくなると予測できたからだろう。

「それじゃあ、長く引き止めちゃいけないな。ありがとう、わざわざ来てくれて」

夏樹が丁寧に礼を述べると、一条はほんの少し口もとをゆるめた。

「ある程度落ち着いたら、また詳しい話を聞かせてくれよ」

と、最後に念を押す。一条はうなずいて、陰陽寮へ戻っていった。

夏樹は友人の背中と、手の中の札を交互に眺めていた。しかし、いくら考えたところで、一条がどんな夢を見たのか、この札にどういう意味があるのか、わかるはずもない。札を懐につっこみ、校書殿へ上がる。詰所を覗くと、どうしたはずみか、蔵人はひとりしかいなかった。

彼――行斉《ゆきなり》とは蔵人の中で夏樹といちばん年が近く、なにかと話しやすい存在である。むこうもそう思っているらしく、先輩としてあれこれと親切に教えてくれていた。

行斉は文机《ふづくえ》の前にすわり、頰杖《ほおづえ》をついて歌集らしきものを読んでいた。が、近寄ると、目が全然文字を追っていないのがすぐわかった。

それもつかの間、紙の上の一点をみつめていた目が、ちらりと夏樹に向けられる。

「弓矢の扱いは得意だったよな」

藪《やぶ》から棒にそう訊かれ、なんと応えていいものか、夏樹は返答に困った。行斉は返事を待たずに、

「以前、近衛にいたときの賭弓《のりゆみ》を見たことがあるよ。矢を一本も外さなかったじゃないか。それに、剣の腕も自信ありそうだった。いつも、いわくありげな飾り太刀《だち》を腰に差してたよな」

よく見ている。その観察眼に舌を巻きながらも、夏樹は遠慮して無難に応えることにした。

「いえ、自慢するほどのものでもありませんよ」

「でも、滝口《たきぐち》の武士と親しくしてるじゃないか。やっぱり、武術の話なんかをしているんだろう？」

何が言いたいのかわからず、夏樹は口をつぐんでしまった。それで、警戒していることが相手にも伝わったらしい。

「いや、こういうことを言い出したのも、折り入って頼みたいことがあるからなんだけど……」

行斉は言いにくそうに、語尾を濁らせる。それでも、言いかけて途中でやめることはせず、違う方向から話を始めた。

「ぼくの祖父が、宇治の民部卿なのは知っているかな？」

知らなかったので、正直に首を横に振る。確か、修理権大夫《しゅりごんのだいぶ》の総領の君（長男）だとは聞いていたが、それ以外のことは初耳だった。

では、行斉は俤丸に殺害された民部卿の血縁なのだ。あんなことになって、さぞ嘆かれたことだろう。

夏樹は弔意を述べたが、返ってきたのは気のない返事だった。どうやら別の悩みごとをかかえているらしい。

「祖父があんなむごい死にかたをしたっていうのに、悲しんでばかりもいられなくなったんだよ」

行斉は苦い口調でぽつぽつと語り始めた。

それによると、民部卿が殺されたと知らせを受けた途端、権大夫は今度は自分の番だとおびえ始めたらしい。それが尋常ではなく、息子として見ていられないほどだという。

「九年前の東国《とうごく》の乱の際、父は祖父とともに乱の平定に加わったんだ。朝敵を屠《ほふ》り、戦功をあげ、それをきっかけに昇進し……なのにいまや、なんでもない物音や犬の遠吠《とおぼ》えにもびくびくする始末さ」

「しかし、なんでまた、次は自分だというふうに思いこまれたんですか？」

「いままで俤丸に襲われた邸って、その東国の乱の貢献者ばかりなんだよ。そう考えると、盗賊の残す『俤』の一文字も、いわくありげだろう？」

「では、乱の残党の仕業と？」

九年前の東国の乱といっても、その頃、夏樹はまだ六歳の子供である。戦《いくさ》に関する記憶など、ほとんどない。

あとから教えられたのは、東国に畏《おそ》れ多くも新皇《しんのう》を名乗る平将門《たいらのまさかど》なる者が現れ、戦乱を起こしたが、朝廷軍に平定されてしまったという、ごくごく簡単なあらまし程度だ。

「俤丸が乱の残党かどうか、確証はない。それでも、盗賊どもが徘徊《はいかい》しているのは事実だから、警固《けいご》を強化して、万一に備えてはいるんだ。もちろん、自分も加わって。しかし、どうしても御所に宿直《とのい》しなければならない夜もあるだろう？　そういうときには、父が余計に不安がるらしくて……」

　なぜ行斉がこんな話をし出したのかが、だんだん読めてきた。案の定、

「どうだろう。ぼくの宿直の折には、代わりに邸の警固を指揮してくれないか」

と、彼は切り出してきた。

　最初は夏樹も渋った。俤丸が怖いわけではない。いまの状況で仕事を増やすのは、いくらなんでも負担が大きすぎるのではないかと危ぶんだのだ。

「自分が宿直する晩だけでいいんだ。そちらにまわす時間を作るために、蔵人としての勤務が楽になるよう、手伝うから」

　とまで言われたが、それでも、全体的な仕事量が増えることには変わりない。

　だが、行斉も諦めず、熱心に夏樹をかき口説く。

「父の名誉にも関わるし、そこらの口の軽い連中には頼めないんだ。うちの家司《けいし》たちは、おとなしい気質の者が多くて、警固の者たちをちゃんとまとめられるかどうかも心配だし。その点、近衛の経験があるきみなら武術の腕もあるし、絶対大丈夫だと思ったんだよ」

　よほど父親が心配なのだろう。早くに母を亡くし、父とは離れて暮らさざるを得ない夏樹には、行斉がうらやましい気もした。

そのせいもあって、彼の熱意に次第にほだされていく形となった。わざと忙しくしたほうが、気もまぎれるかもしれない――という考えも頭に浮かび始める。

この先も、帝は秘密の共有者として、常陸の君への文を自分に届けるよう命じられるだろう。仕方のないこととはいえ、好きな女性に別の男の恋文を届けて楽しいはずがない。ましてや、彼女が帝になびいたら、どうすればいいのか。

ならば、考える暇もないほど忙しくすれば……。

そこまで自分を追いこむのも辛かったが、帝を相手に恋の鞘《さや》あてを演じずにすむには、それしかないように思えてきた。

受けるか否か、迷っているのが伝わったのだろう、行斉はぐいぐい押してくる。夏樹もとうとう、

「ある程度、期限をきってくれるなら……」

と、小さな声でつぶやいた。

「じゃあ、せめてひと月」

たっぷり間をおいてから、夏樹はうなずき返した。それくらいなら、体力面もどうにか持ちこたえられそうな気がした。

「それでは、ひと月、交替で修理権大夫さまのお邸を警固いたしましょう」

「すまない。本当に恩にきる」

行斉に深々と頭を下げられて、夏樹は後ろめたさから下を向いてしまった。彼の頼みを引き受けたのは、同情からではなく、結局は自分自身のためだったから……。


さっそく、その翌日から、修理権大夫の邸の警固が始まった。

これがなかなかきつい仕事だった。ほぼ一日交替で、御所での宿直と権大夫の邸の警固をくり返している感じなのだ。

正親町《おおぎまち》の自分の家には、もはや寝に帰るだけとなっていた。桂にさんざん嫌みを言われたが、約束した以上、ひと月は続けなくてはならない。

内裏《だいり》には物忌みということにして、行斉と互いになるべく休みをとるようにしていた。だが、それにもやはり限度がある。そう何日も続けて休めるものでもない。

そうやって警固を続けて、十五日目。約束の期限にはまだ同じ日数だけ残っていたが、夏樹の疲労はもうかなり蓄積していた。

（でも、行斉どののほうがもっと過酷な日程をこなしてるんだから、あまり文句も言えないんだよなあ……）

夏樹は建物の階《きざはし》の横にもたれかかり、首を廻しては、肩の凝りをほぐした。

見上げれば、満月にはいまひとつ足りない十三夜の月が、空にかかっている。今夜あたり、清涼殿《せいりょうでん》で頭中将《とうのちゅうじょう》がまた琵琶《びわ》を所望されているかもしれない。

御所での宿直に比べれば、修理権大夫の邸の警固のほうが緊張度は高かった。なにしろ、武装した舎人がいつも邸内をぞろぞろと歩き廻っているのだ。ときには退屈を持て余して酒を飲んだり、喧嘩《けんか》を始めたりする彼らをなだめなくてはならない。そのつど、夏樹は、これは遊びではなく仕事なのだと痛感した。場合によっては盗賊と闘って、命を失いかねないのだ。

こんなことを引き受けるなんて、軽率だったかもと、幾度となく思う。なにしろ、敵の中に外法使《げほうつか》いが交じっている可能性が高いのだから。

剣でならともかく、妖術でこられると手も足もでない。一条に加勢を頼みたかったが、あのあとすぐに陰陽寮に行ったのにもかかわらず、彼を捕まえることはできなかった。なんでも、師である賀茂《かも》の権博士《ごんのはかせ》とともに、例の物の怪の調査をしに出かけたという。以来、御所でも邸でも、一度も彼の姿を見ていない。

これで不安に思わないはずがない。しかし、行斉が会う度に頭を下げ、本気でありがたがってくれるので、そう露骨に嫌な顔もできない。

気休めとは知りつつも、一条からもらった札を着物の襟の裏に縫いつけ、いつも身につけているようにするしかなかった。

夏樹でさえ不安を打ち消すことができずにいるのだ。行斉の父、邸のあるじの修理権大夫は言うまでもなかった。

　昼も夜もずっと屋内に籠もりきりのため、夏樹が顔を合わせたのは、最初に挨拶したときだけ。そういう様子をまのあたりにしてしまうと、やはり行斉への同情の念が募り、及ばずながらお役に立とうと思うようにもなる。

　おかげで当初の思惑どおり、忙しすぎて余計なことを悩む暇はなくなっていた。さらに、あれから何度か、文を届けるよう帝から頼まれたが、常陸の君はいっこうに返事を出そうとしなかった。その事実が、夏樹の気持ちをかなり楽にさせていた。

　やはり、彼女も弘徽殿の女御に遠慮をしたのだろう。おまけに、内気な性格らしく、美女は絶対に見逃さない若い公達《きんだち》たちも、「かなりの恥ずかしがり屋で、まだ誰も顔を見ていない」のだそうだ。

　壱師《いちし》の花の咲く野で出逢ったときの常陸の君は、「かなりの恥ずかしがり屋」ではなかった。きっと、御所での暮らしにまだ慣れていないからだろう。どちらにしろ、競合相手が少ないのはいいことである。

　帝もこれほどつれなくされれば、やがておあきらめになるだろう。文を送るのもやめてしまわれた頃を見計らって、自分は行動に移ればいい。それも、常陸の君の負担にならぬよう、じっくりと時間をかけて……。

　照れやら何やらで、性急に動けないことへの言い訳でもあったが、夏樹自身はそのことに気づいてもいなかった。

とにかく、気の滅入《めい》ることは努めて考えまいと、夏樹はひたすら頭上の月を眺めていた。

十三夜の月は惜しみなく光を降り注ぎ、邸の庭——夏樹の邸の庭よりずっと広い——を明るく照らし出している。星々も月に負けまいと輝いて、流れ星が長く尾を引いて虚空《こくう》を駆けていく場面まで見ることができた。

そして、虫の声——

ふと、その調べに乱れが生じた。すぐにもとの旋律に戻ったものの、夏樹の心には小さな波紋が広がっていった。

なんだか落ち着かない。

少しの物音にも太刀を握りしめていた初日とは、また違った感覚だった。

夏樹は用心して階の陰にかがみこみ、あたりを見廻した。庭に変化はない。舎人たちが駆けつける気配もない。では、単なる気のせいだったのか。

念のため、もう一度あたりの様子をうかがった。が、今度は、さっきはなかったはずのものを発見する。

夏樹はわが目を疑った。大胆にも、築地塀《ついじべい》の上に人影が立っていたのだ。

月明かりに目鼻だちがはっきりと見てとれる。黒い装束に身を包み、黒い頭巾をかぶるといった黒一色の出で立《いでた》ちだけに、余計に顔が際立って見えたのかもしれない。

太い眉に、ひきしまった口もと。怪しい身分の者とは思えないが、貴族というよりは武人にふさわしい顔だった。豪胆に構えているせいで大人びて見えるが、実際は自分といくつも違わない年齢だろう。

むこうはこちらに気づいていない。庭を見渡してから、彼はおもむろに懐から黒い布を取り出し、それでさらに覆面をする。露出しているのは目だけだ。

彼が右手を高く挙げると、同じような黒衣の男たちが築地塀の上に次々と現れた。その数、ざっと十人ばかり。

深夜にあのような出で立ちで、集団で塀を乗り越えてくる輩《やから》が、普通の訪問客であるわけがない。かといって、闇雲に飛び出していけば、あっけなく逃げられるか、一度に襲いかかられて返り討ちに遭うかのどちらかだろう。

夏樹はかねてからの手筈《てはず》どおり、盗賊たちが充分、建物に近づくのを待った。

盗賊たちは夏樹のすぐそばを通って簀子縁に駆けあがり、妻戸《つまど》に体当たりして押しあけ、御簾を太刀で斬り落とした。そうやって屋内に押し入ろうとしたその瞬間、夏樹は思いきり指笛を吹き鳴らした。

ひそかに練習していた成果があって、指笛は高らかに響き渡った。たちまち、邸中の者たちが大声をあげて集まってくる。

夏樹も階の陰から飛び出し、太刀を抜いて賊たちに斬りかかった。

思わぬ攻撃に虚を突かれたものの、盗賊たちもすぐさま反撃に転じる。たちまち敵味方入り乱れての大乱闘となった。

さきほどまでは虫の声しか聞こえなかった秋の夜に、刃《やいば》のぶつかり合う音と、男たちの怒号がこだまする。きっと修理権大夫の耳にも、この騒ぎが伝わっていることだろう。

権大夫の恐怖は極限に達しているだろうか。それとも、やっと来たかと、かえってホッとしているのかもしれない。息子の行斉がここにいれば、権大夫の気持ちもいくらかましだったろうに、運悪く彼は今夜、御所に宿直していた。

それだけ、夏樹の責任も重くなってくる。こんな夜に権大夫にもしものことがあれば、とても行斉に顔向けできない。夏樹はその一念で太刀を振るい続けた。

夏樹の奮戦にもかかわらず、盗賊たちはなかなかの手だれ揃《ぞろ》いで、守備の側にかなりの負傷者を出していった。が、加勢もあとからあとから押し寄せてくる。これほどの数が待機していたとは、盗賊たちもよもや思っていなかっただろう。

数に押されて、盗賊たちは逃げに転じた。追いすがる者を斬り捨て、築地塀に身軽くよじ登り、外へ逃れようとする。

もちろん、夏樹もあとを追った。警固の者たちもついてはくるが、深追いをしたくないのか、どんどん数が減っていく。

それでも、夏樹は追い続けた。目指しているのは、あの十六歳ほどの若者ひとり。他は取り逃がしても構わないから、どうしても彼だけは捕まえたかった。

なぜか、あの若者こそ俤丸そのひとだという確信があったのだ。

月の光に垣間見《かいまみ》た、ただびとならぬ容貌が、夏樹にそう思わせたのかもしれない。とにかく、彼さえ捕らえれば、俤丸の正体が——平将門の残党や否やがわかるに違いない。そうなれば修理権大夫の不安も晴れ、行斉との約束も完璧な形で果たすことができる。

いつしか、舎人たちとはぐれ、ひとりきりになっていたが、それでも夏樹は夜の洛《らく》中《ちゅう》を走り続けた。

頼りになるのは月の光のみ。その光が、はるか前方を行く黒衣の男の姿を浮かびあがらせる。

むこうも仲間とはぐれたらしく、ひとりきりだ。あの若者かどうかはわからないが、もはや追うしかない。

「待て！」

夏樹は全速力で駆け抜けて距離を縮めた。背後の追っ手に気づき、相手は立ち止まる。その手に抜き身の太刀が光る。迎え撃つつもりだ。

（上等だ）

夏樹は残りの距離を一気に詰めた。

次の瞬間、ふたつの刃が、火花を散らして重なり合う。と、見えたのもつかの間、両者はぶつかった反動を利用して、後ろに跳びずさった。

夏樹は足が地に着くや、前に踏みこみ、太刀を横ざまに振るった。相手はそれを寸前で躱《かわ》し、斜めから斬りかかってくる。夏樹もぎりぎりのところで躱し、間髪をいれず、太刀をくり出した。

ふたりの影は離れてはぶつかり合い、また離れては同じことをくり返した。太刀を合わせる乾いた金属音は幾度も生じるものの、互いに手傷は負わせることはできない。それほど、剣の腕前が拮抗《きっこう》しているのだと言えよう。

腕力そのものはむこうのほうが勝っていた。それは、太刀を合わせたときの衝撃からも感じられたことだ。だが、体幹の安定ぶりでは夏樹のほうが上をいっていた。

おそらく、相手の剣は力任せの我流なのだろう。だからといって、甘く見るのは禁物だった。長く続けば、このまま力に押し切られかねない。

何度目かに斬りこんだとき、両者の違いがはっきりと出た。夏樹の太刀はまたはじかれてしまったが、相手はその際、身体の均衡を大きく崩したのである。

(とった!)

勝機を悟り、太刀を大上段に振りかぶったその刹那《せつな》、いきなり腕に鋭い痛みが走った。

突然のことに、太刀が滑り、相手の脇をかすってそれる。夏樹はそのまま前に倒れて、片膝をついた。

痛む左腕に目をやると、まるでそこから生えてきたかのように、短刀が深々と突き刺さっていた。

仲間の窮地を救うため、盗賊のひとりがこれを投げたに違いない。夏樹は短刀が飛んできた方向をキッと睨みつけ——そのまま凍りついた。

予想もしない姿がそこにあったのだ。

短刀を投げ、夏樹の邪魔をしたのは十八歳ほどの若い女だった。

裳《も》は着用していないが、葡萄染《えびぞめ》（赤紫）の綾織《あやおり》の唐衣《からぎぬ》を身につけ、丈なす緑の黒髪には金の釵子《さいし》（かんざし）を飾っている。そういう派手やかな装いが、よく似合う女だった。

夏樹はこんな状況だということも忘れ、女の美しさに息を呑んだ。

華やかな顔だちは、天界の女神に勝るとも劣らない。雪のように白い肌に、紅梅の唇、切れ長の目はしっとりと黒く濡れている。

そう、特筆すべきはそのまなざしだろう。そこには、女とも思えぬほど強い意志の力が満ちみちていた。

夏樹が呆然《ぼうぜん》と女を凝視していると、唐突に視界がぐらりと揺らいだ。女の姿が歪《ゆが》み、たわみ、二重になる。目をすがめても、凝らしても、いっこうに元に戻らない。

がんがんと耳鳴りがし出すに及んで、短刀に毒が塗ってあったのだと、ようやく思い至った。夏樹はすぐに腕からそれを引き抜いたが、ときすでに遅く、もはや自分の身体を支えることすらできなくなっていた。

ついに前のめりに倒れこむ。それでも、なんとか起きあがろうと身体をねじったが、仰向《あおむ》けになり、夜空を見上げるだけに終わった。

月には霞《かすみ》がかかり、星々は勢いよく回転し始めている。まもなく、目の前は闇に閉ざされ、月も星も何も見えなくなる。

ただ、男と女の話し声だけがおぼろに聞こえていた。

「この男が欲しい」

「七綾《ななあや》姉上！」

「つれていきますよ、良門《よしかど》。これほどよき贄《にえ》はないと、あなたにもわかるでしょうに」

その声もぷつりと途切れ、夏樹はもはや何も知覚できないほど深い、暗黒の中に沈みこんでしまった。

同じ十三夜の月が、嵯峨野の原を照らしていた。

壱師の花はもう終わり、すすきばかりが一面に茂っている。ふさふさとした尾花は、月光を浴びて銀色に輝いていた。風が吹くと、一斉にさわさわとなびいて、光の波がうねっているように見えた。

そんな銀の光の海のような原の彼方《かなた》には、広沢池《ひろさわのいけ》。こちらも水面《みなも》に月光を乱反射させて、きらきらと細かい光をあたりにふりまいている。池の対岸には、威風堂々とした遍照寺の大門がそびえ、また違った趣を添えていた。

これほど美しい光景も、このような夜ふけでは、誰にも見てもらえない。――と思いきや、光に満ちた、夜のすすきの原に、一条と師匠の賀茂の権博士が訪れていた。

ふたりの他に供はいない。馬が二頭、道の端に繋《つな》がれているだけだ。十三夜の大きな月が出ていて明るいものの、こんな野原の真ん中で、夜ふけに何をしようとしているのか……。

「広沢池に例のヒキガエルがいるというわけでもなさそうだな」

ぽつりと、賀茂の権博士がつぶやく。風にかき消されそうな声だったが、一条は小さくうなずいて同意を示した。

あの嵐の夜、御所に現れた物の怪は、北野《きたの》の大臣《おとど》ゆかりの太刀の霊力によって滅びた。その直後、ヒキガエルが死骸の口から這《は》い出して、奇怪なことに物の怪はひとの姿に戻ったのである。

一条はそのときの様子をしっかり目撃していた。そこから導き出したのは、あの怪しげなヒキガエルが人の体内に宿って、その身体を変容させているに違いない、という確信だった。

確信をさらに強固なものにしたのは、何日か前に見た霊夢だ。

夢の中で、一条は壱師の花が咲き乱れる野に立っていた。彼方に広沢池と遍照寺が見えて、そこが嵯峨野だとわかった。まさにいま、彼が立っているこの場所だ。

空は赤く染まり、壱師の花も朱《あか》く、毒々しいまでの鮮やかさだった。そして、壱師の花に抱かれるように、新蔵人の夏樹が仰向けに倒れていたのだ。

夏樹の表情は穏やかだった。まるで眠っているように。うっすらと微笑んで、甘い夢の世界にひたっているかのようにも見えた。

だが……無残にも、彼の腹部は横一文字に大きく斬り裂かれていた。

それだけ傷が深いにもかかわらず、血は少なかった。代わりに、薄紅色の臓腑《ぞうふ》が傷口からはみ出している。

あり得ないことだと、これは夢なのだと、一条にはわかっていた。

いくら夕焼けでも、空はこんなに赤く、鮮血のごとき色には染まらない。壱師の花の朱色も、実物よりも濃すぎる。まして、夏樹がこんな死にかたをするはずがない。

それでも、一条の受けた衝撃は大きかった。自分でも、こんな感情があったのかと動揺するほどに。

さらに、おぞましい出来事が目の前で起こった。夏樹の臓腑がひくひくと蠢《うごめ》いて、傷口から這い出そうとし始めたのだ。それはもはや臓腑ではなく、無数のヒキガエルだった――

夢はそこまで。目醒《めざ》めてから、しばらく汗がとまらなかった。

こんな不気味な夢を見たら、誰もが一日邸にこもって物忌みし、経を読むなりして難を避けようとするだろう。だが、そんなことをしても無駄なだけだ。

これは自分自身へ降りかかる災難の夢ではなく――そうなら、あれほど胸が潰れるような思いはしない――夏樹の身に起こる凶事を示していたのだ。

夢占《ゆめうら》は陰陽師《おんみようじ》の得意とするところ。はずしはしない。

だが、見たものをそのまま伝えて、夏樹を徒《いたずら》に刺激したくもなかった。それで考えた末に、あの札を渡したのである。

念には念を入れ、髪の毛までもらってきた。いまそれは、紙に挟んで大切に懐にしまってある。

身体の一部である髪をこれほど肌近くに置いておけば、当人の身に危険が迫ったとき、すぐにそれとわかるはずだった。もちろん、そういう事態が起こらないに越したことはないが……。

賀茂の権博士はすすきの原の全方位をぐるりと見廻し、その整った顔を曇らせた。

「……瘴気《しょうき》はいずれの方角からも感じる。これでは場所を定めようがないな」

あたりにたちこめる異様な気配は、一条も感じていた。遍照寺で求められるままにヒキガエルを殺してみせたとき、ひそかに感じ取った気配と同質のものだ。

権博士は手近なすすきを一本摘みとると、面白くもなさそうにくるくると廻した。

「齢《よわい》三千年を越えたヒキガエルが妖力を得、鬼神はもとより、悪獣・毒虫を操り、飛行すらも思いのまま……といった外《と》つ国《くに》の話を聞いたことがある。今回の一件は、なんだかそれを思わせるな」

「これからどうします」

「このあたりが怪しいのははっきりしたが、それから先になかなか進まないな。その俤丸とかいう盗賊からあたってみるのがよかろうが……さて、次に襲われる邸がわかるわけでもなし」

いま、まさにこのとき、修理権大夫の邸が俤丸に襲撃されていたのだが、噂に名高い賀茂の権博士とはいえ、そこまで知る術《すべ》は持たなかった。

一条とてそうだ。——そのはずだったが。

唐突に、左腕に痺《しび》れるような痛みを感じ、彼はあっと声をあげた。

続けてめまいを起こし、一条はその場に片膝をついた。どこからか、低めの女の声が聞こえる。

『……これほどよき贄は……』

一条はぞくっと身を震わせた。

次の瞬間、痛みもめまいも嘘《うそ》のように治まる。女の声も幻聴だった。真夜中のすすきの原に、若い女がいるはずもない。

だが、その響きは耳の奥底にこびりついてしまった。

「……贄……」

身震いしながら、その言葉をつぶやく。おのれの内部でこだまする残響に重ねるように。急に湧き起こってきた不吉な予感は、夏樹の身に何かが起きたと伝えていた。

「どうした？」

権博士が弟子を気遣って肩に手をかけたが、一条は師の手を乱暴に振りはらった。

行かなければならない。いますぐ、友のもとへ。何かが――起こってほしくないと願った何かが、彼の身に降りかかったに違いないから。

そう説明するのももどかしく、一条は馬に走り寄った。道端の木に結びつけた手綱を手早くほどきながら、「霜月《しもつき》！」と虚空に向かって叫ぶ。

たちまち、異国風の鎧《よろい》に身を包んだ男が、何もない空間から出現した。大地に片膝をつき、命令を待って畏《かしこ》まっている。

彫りが深く、いかめしい顔に、赤茶色の髪が火炎のように逆立っていた。瞳はきらめく黄金色だ。身体つきといい、鎧の感じといい、彼は仏像の四天王によく似ていた。

もちろん、その正体は式神《しきがみ》である。

一条は懐から紙に包んだ夏樹の髪を取り出すと、霜月にそれを突きつけた。

「この髪の主《ぬし》をすぐにみつけろ」

髪の毛をじっとみつめる霜月の輪郭が、急速にぼやけていく。

一条が馬に飛び乗ったときには、鎧をまとった男の姿はすでに消え失《う》せ、代わりに馬と同じほど巨大な犬がそこにうずくまっていた。

赤茶色の毛並みに、黄金に燃える瞳――形は変われど、これも霜月である。

獣の姿をとった霜月は、身を起こすとすぐにも駆け出そうとした。が、脚を罠《わな》に固定されたかのように、その動きが突然とまる。それが誰のしわざか、一条は瞬時に理解した。

「保憲さま……！」

一条は声に怒気をにじませて、師の名を呼んだ。権博士が不動明王の霊縛の印《いん》を結んでいたのである。霜月の動きを封じているのは、明らかにその印だった。

「勝手な行動は困るぞ」

「説明する暇《いとま》などないのです！」

一条は馬上から怒鳴り返した。師匠に対して、ここまで声を荒らげたのは初めてだったが、そこまで考えるゆとりもなかった。

事態は急を要するのだ。あの女のささやきが、それを教えていた。師匠があくまで呪縛を解かないのであれば、強硬手段も辞さない覚悟だった。

ふたりは互いに睨み合っていたが、やがて、権博士のほうが先に目を伏せた。師弟で争うことの虚《むな》しさを、一条より先に悟ったのだろう。ため息をひとつついて、すっと印をほどく。

呪縛から解放された霜月は身を翻《ひるがえ》すと、暗闇の中を矢のように走っていった。どこへ行くべきか、もう知っている、迷いのない走りだ。

「あとで説明するように」

「はい、必ず」

一条は大声で返事をすると、馬の脇腹を力いっぱい蹴りつけて、全速力で霜月のあとを追わせた。

そんな必死な姿は初めて見るよ――と、権博士の唇が動いている。見送るまなざしは、あきれているような、面白がっているような。

だが、師匠にどう思われようと、いまの一条にとっては、もう知ったことではなかった。

頭はがんがんして、吐き気がする。夏樹は、そんな最悪な気分で目を醒ました。

（どこだ、ここは……？）

自分の置かれている状況が把握できぬまま、ぼんやりと周囲を見廻す。

見たこともない邸の中だ。蔀戸《しとみど》が下ろされ、灯台に明かりが点《とも》っているところを見ると、まだ夜は明けていないらしい。それとも、丸一日、意識を失っていたのだろうか。

額に手を当てようとして、腕が全然上がらないことに初めて気がつく。動けなくて当たり前、夏樹は柱に縛りつけられていたのだ。

驚きはしたが、おかげで頭の中にたちこめていた霧が急速に晴れていく。まずは、気を失う寸前のことが思い出されてきた。

追いつめた盗賊。斬り結んだ太刀が鳴る音。突然、腕に刺さった短刀。怖いほどに美しい女……。

ようやく事情が呑みこめてきた。やはり、あの女の投げた短刀に、毒が――痺れ薬か何かが塗ってあったのだ。

あのとき、薄れゆく意識の中で、自分は殺されるのだと覚悟した。

俤丸は老若男女問わずに殺しまくると、噂に聞いていた。そんな凶悪な盗賊を前に、まったく抵抗できない状態におかれたのだ。そう思ったのも無理からぬことだった。

しかし、自分はまだ生きている。なぜ、生かしておくのだろう。その理由になりそうな会話を聞いたような気はするが……。

薬のせいだろうか、まだ頭の芯が痺れて、集中して考えることができない。夏樹は頭を強く振って、なんとか正常な思考力を取り戻そうとした。

それにしても、ここはどこなのか……。

もう一度、室内を見廻す。だんだん回復している証拠だろう、さきほどは気づきもしなかったものが見えてきた。

天井の隅にかかった蜘蛛《くも》の巣に、古びた几帳《きちょう》、微《かす》かに臭う黴《かび》くささ。それから、几帳の後ろに誰か寝転がっているらしく、はみ出した足先が見えた。自分と同じような、囚《とら》われの身なのだろうか。

近づいて確かめたかったが、縛られていては身動きもままならない。夏樹はうなりながら、縄をほどこうともがいた。そう簡単にいくものでもなく、逆にもがけばもがくほど腕が強く締めつけられるようだ。

「気がついたか」

唐突に御簾がめくりあがり、紙燭《しそく》（室内用の手火）を掲げた少年が部屋に入ってきた。

修理権大夫の邸の築地塀の上に大胆に立っていた、あの少年である。黒衣から、さっぱりした水干《すいかん》に着替えたその姿は、やはりどこか普通の者とは違う雰囲気を漂わせていた。

おそらく、彼が盗賊たちを率いる self丸なのだろう。理屈ぬきで夏樹はそう感じ取った。

「self丸なのか……？」

念のために問えば、あっさりと、

「巷《ちまた》ではそう呼ばれているらしいな」

と応えた。それから、紙燭を前髪が焼けそうなほど夏樹の顔に近づけて尋ねる。

「本当の名を知りたいか？」

当然、知りたい。ここはどこなのか、なぜ自分を生かしておくのか、何が目的で殺戮《さつりく》をくり返すのかも。

夏樹が矢継ぎ早に疑問をぶつけていると、再び御簾がめくれあがって、葡萄染《えびぞめ》の唐衣を着たあの女が入室してきた。

夏樹は思わず言葉を途切らせ、またもや彼女に見入ってしまった。それほどまでにあでやかな女だった。これに匹敵する美貌は、一条か常陸の君ぐらいのものだろう。常ならぬ美しさというものは似通うものなのか、少しばかり常陸の君に似ているような気さえした。

だが、みとれるというのとは少し違っていた。好むと好まざるとにかかわらず、引き寄せられてしまう、といった感じだろうか。

さらに彼女が俤丸と並ぶと、顔の造形とは関係のない、もっと奥深いところでの共通点が見てとれた。

「……姉弟……？」

つぶやくと、俤丸と女は互いに顔を見合わせて、くすりと笑った。

「いかにも。おれは平小次郎将門が実子、相馬太郎良門」

「姉の七綾」

ふたりは声をそろえて名乗りをあげる。思いがけぬ名に、夏樹は愕然《がくぜん》とした。修理権大夫がおそれていたとおり、俤丸は平将門の残党であったばかりか、将門の実の息子であったのだ。

ならば、九年前の戦乱での功労者ばかりを狙っているのも、復讐《ふくしゅう》の念からなのだろうか。

「これは復讐なのか？」

しかし、俤丸――いや、良門はその問いを無視した。その代わり、

「あの戦のとき、おれはまだほんの子供だったな……」

遠い目をして過去を振り返り、問わずがたりに話し始める。

「焼け落ちる邸を逃れ、敵に追われて山野に隠れ、名を変えてひそむうちに、父親の顔も忘れ、なすべきことも見失ってしまった。こうして埋もれたまま生涯を送るのだとあ

きらめ、無為の日々をすごしていたときに……蟇仙《ひきせん》と名乗る異人が目の前に現れたのだ」

にっこりと微笑んで、七綾が語り役を受け継ぐ。

「蟇仙は離れて暮らしていたわたくしたちを引き合わせてくれ、進むべき道を示してくれた。平将門は東国を基盤に新しい国を築こうとしていた……その悲願を代わって達成するのだと」

復讐どころの騒ぎではない。夏樹は彼らのいだいたとんでもない野望に、驚きを隠せなかった。

「まさか、朝廷を倒し、新たな国とやらを築いて、その皇位におさまるつもりか？」

七綾は涼しい顔でこともなげに応える。

「父はもとより、良門は平安京を造営した桓武帝《かんむてい》の血を汲《く》む者。皇位についてもおかしくはない」

夏樹には、とてもそうは思えなかった。平氏《へいし》だの源氏《げんじ》だのといった姓を賜り、臣下に下った皇子《みこ》はもはや数知れない。その末裔《まつえい》が全員、皇位継承を主張し始めたら、きりがないではないか。

だが、九年前、その権利を主張して反乱を起こした男がいたのだ。目の前のこのふたりは、その男の息子と娘。父親の野望を受け継いで、いままた、天下の覇権を得ようとしている。

「そんなこと、できるものか！」

「できる」

良門はきっぱりと言いきった。

「中央の政治に不満を持つ者がどれほどいるか、都で平穏無事な暮らしを送ってきた者にはわかるまい。彼らの力を集めて束ねれば、すぐにでも都を攻め落とせるのだぞ」

「言うのは易《やす》い。それをできずにいるから、盗賊まがいの凶行に及んでいるんだろうが」

言った途端に、良門の拳《こぶし》が飛んできた。縛られている身ではよけることもできず、左頬にもろに受けてしまう。おかげで治まりかけた頭痛がぶり返してしまった。唇も切れ、舌の上で血の味がにじむ。

七綾が手にした檜扇を軽く振るった。

「良門、せっかくの見目よい贄に傷をつけてくれるな」

贄――。気を失う前に聞いたのは、この言葉ではなかったか。

夏樹はぞっとして、身を強張らせた。

「蟇仙は、わたくしが弟の手助けができるようにと、数々の妖術を授けてくれた」

そう言いながら、七綾は袖の中から、なんとヒキガエルを一匹取り出す。ヒキガエルは喉を膨らませたりすぼめたりしながら、薄気味悪い目つきで夏樹をみつめている。

これと同じものが、左京大夫の息子の口から這い出してきたのではなかったか。一条が見た遍照寺のヒキガエルも、きっとこんな目をしていたに違いない。

「内裏に出た物の怪も、おまえたちの仕業なんだな……！」

七綾が笑う。優雅に、音楽のように。釵子から下がった細い金の鎖が、ちりちりと揺れる。

「良門は貴族の邸を襲って不安をあおり、これも今上帝《きんじようてい》の不徳のためよと民に思わせる……。父を攻め滅ぼした者どもの邸を狙えば、復讐も果たせるゆえ、一石二鳥よな。一方で、わたくしが物の怪を内裏に放ち、宮中をさらなる恐怖に陥れる……」

「姉上」

良門が、何事かを七綾にささやく。よからぬ提案をしているのだろう、七綾はうなずいて、それを承諾する。

良門はさっそく、古びた几帳の裏にまわった。そして、そこから縄で縛られた若者を引きずり出してくる。

生きているのか、死んでいるのか。その目は堅く閉ざされている。民部卿の邸から連れ出された家司だとは、夏樹が知るわけもなかったが、ほぼそれに近い推測をたてることができた。

あの左京大夫の幼い子供のように、押し入った邸から連れ去った者なのだろう、と。

良門は仰向けに寝かせた若者の胸をはだけさせると、腰の太刀を抜いた。

夏樹は思わず声をあげる。良門が抜いたその太刀は、母の形見のそれだったのだ。

「何をする！」

夏樹の叫びを無視し、良門は若者の胸に太刀を突き立てた。その途端、若者はカッと目をあける。

目を醒ましたばかりの夏樹がそうだったように、若者も状況が把握できていないようだった。もしかして、眠り薬の類《たぐ》いを嗅がされていたのかもしれない。

が、太刀の切っ先が胸の肉を裂くに及んで、若者は大声をあげ、泣きわめき始めた。さして深い傷には見えなかったが、肉体ではなく、精神が耐え難かったのだろう。支離滅裂な言葉ながら、とにかく命乞《いのちご》いをする。

良門は懇願の悲鳴にも耳を貸さず、相手の腹を踏んで押さえつけ、黙々と太刀を滑らせていった。その表情はいたって穏やかで、ひとの肉を裂いている最中だとは、とても思えない。

斜めの線を胸に大きく十字に引いて、やっと良門は太刀を引き抜いた。太刀が離れたので、若者はわめくのをやめる。だが、涙は涸《か》れることなくあふれ続け、激しく上下する胸は、流れ出るおのれの血にまみれていく。

今度は七綾が前に進み出てきた。何をするつもりなのか、いつの間にか手にしていたヒキガエルを、若者の胸の上に載せる。

ヒキガエルはしばらくじっと、うずくまっていた。やがて、ぴしゃぴしゃと血の上を跳ねて、ふたつの傷が交わる十字の中心まで進む。

そこに到達するや否や、ヒキガエルは傷口に頭をぐいと突っこんだ。水かきのついた小さな手で懸命に肉をかき分け、内側へと強引にもぐりこんでいく。

傷口を押し広げられる痛みに、若者は再度悲鳴をあげた。必死に頭を上げて、この痛みが何によってもたらされたか知ろうとする。だが、そのときすでに、ヒキガエルは肉の中にもぐりこんでしまっていた。

見ずにすんだのは、あるいはせめてもの幸運と言うべきかもしれない。目をそらすこともできず、一部始終を目撃した夏樹は、吐き気をこらえるのに精いっぱいだった。

傷口から体内にもぐりこんだヒキガエルがどんな作用を及ぼしているのか、やがて、若者の身体が激しく震え始めた。それも、本人の意志ではどうにもできないらしく、筋肉が勝手気ままに動いているような激しさだ。

その震えも、始まったときと同じく、唐突にとまる。若者はがくんと頭をのけ反らせ、白目を剝《む》く。血に濡れた胸も、まったく動かなくなる。

死んだとしか思えない。しかし、七綾は夏樹に向かって、なんの心配もないのだと、優しく言い聞かせるような口調で語りかけた。

「じきに蘇《よみがえ》る」

そんなことがあるはずがない。もはや、この若者は呼吸すらしていないのだから。とは思えど、七綾に言われると本当に奇跡が起こりそうな気がしてくる。それほどに、彼女は自信ありげで、良門も姉の言葉を露ほども疑っていない様子だった。

そうして、息詰まる時がどれほど流れたのか。夏樹には途方もなく長く感じられたが、それも突然に終わった。

ふいに、若者の白目がくるりと裏返ったのだ。

現れた瞳は、もはや以前とは似ても似つかぬ形をしていた。縦長に裂けた虹彩《こうさい》が、細くなったり膨らんだりしているのだ。瞳全体の色までもが、黒から明るい黄色に変わっていた。

さらにおぞましい変化は続く。首のあたりの皮膚がざらざらとひび割れ、灰色の鱗《うろこ》に成り代わっていく。

幼い子供に戻ったかのように、良門が楽しそうな声をあげた。

「今度は蛇だ」

弟とは逆に、七綾は眉間に皺を寄せ、ため息混じりにつぶやく。

「蟇仙から譲り受けたヒキガエルは、どれもこれも貪欲で、虫の類いはもちろん、小鳥や蛇や同類までも捕らえて食べてしまう。おかげで、何が表に出てくるか、わからないのが難点……」

ふたりとも、贄にされてしまった若者のことは露ほども考えていない。

「おまえたち、なんてことをするんだ！」

生命を弄《もてあそ》ぶ姉弟に我慢ができず、夏樹は怒りをほとばしらせた。

「こんな――こんなことをして、ひととして許されるはずがない!!」

あの左京大夫の幼い息子も、こうやって物の怪に変えられてしまったかと思うと、くやし涙があふれてくる。朝廷に仇《あだ》なすことよりも、この所行のほうがずっとずっと許しがたかった。

しかし、どれほど訴えても、良門は余裕の表情を崩さない。七綾も、それがどうしたとでも言いたげだ。

怒鳴る夏樹をうるさく思ったのか、蛇の特徴を宿した物の怪が荒い息を吐きながら、こちらを睨みつけた。縛《いまし》めがなければ、いまにも飛びかかってきそうな雰囲気だ。

もはや、彼もひとではなくなってしまったのだ。しかし、夏樹にしてみれば、醜い物の怪よりも、七綾たち姉弟のほうがよほど不気味だった。

「……ここは、零落したとある宮家が捨ててしまった別荘だ。まわりはすすきの原で、どれほど声を張りあげても、誰も来てくれはしない」

良門は、少し間を置いてから、実にさわやかに笑ってくれた。

「これで、質問にはすべて答えた」

さっそく、七綾が新たなヒキガエルを袖の中から取り出す。

次にヒキガエルの贄になるのが誰かは、火を見るよりも明らかだ。さきほど、目の前で物の怪を作りあげてみせたのも、彼らが用意した運命がどういったものか、夏樹に見せつけるためだったのだ。

この姉弟は、これほど美しくありながら、父親の果たせなかった夢に、人間としての心すらも捧《ささ》げてしまっている。もはや、何を言っても無駄としか思えない。

「今度は小鳥が表に出てくればいいのに。白くて柔らかい羽毛は、きっと新蔵人どのに似合うであろう」

七綾のその言葉に、夏樹は「えっ？」と声を出しそうになった。驚いたのは、言われた内容ではなく、彼女が宮中での自分の呼び名を知っていたことに対してだ。

（まだ名乗りもあげていないのに、どうして……）

しかし、そんな些細《ささい》なことはすぐに頭から締め出されてしまった。良門が太刀をこちらに向けたからだ。

切っ先が、さっと膝の下をかすめる。指貫《さしぬき》がぱっくりと口をあけて、肉もその断面をわずかばかり覗かせる。血が足をつたって流れ落ちる。

同時に、七綾がヒキガエルを放つ。自由になったヒキガエルは、湿った手足を床板に打ちつけるようにして、夏樹に迫っていく。

痛みよりも、生理的嫌悪感のほうがはるかに勝った。なんとかして逃れようと、必死になって身をよじったが、縛めの縄はゆるみさえしない。

このままでは、あの若者のように物の怪にされてしまう――！

が、ヒキガエルは夏樹に触れる寸前で、ぴたりと歩みをとめた。そのまま、じっと動かない。

どきどきしながらヒキガエルを睨みつけていると、七綾がすっと寄ってきた。小首を傾げ、じっと夏樹を見下ろしていたが、やがて手をのばして、夏樹の後ろ襟を引きちぎった。

「ほう、尊勝陀羅尼《そんしようだらに》とは」

襟の裏側に縫いつけられた札を見て、七綾は感心したようにつぶやいた。

そんなところに一条からもらった札を縫いつけていたことなど、夏樹自身もすっかり忘れていた。なのに、彼女はどうやってそれを知ったのか。

改めて、夏樹は七綾をしげしげと眺めた。外見の美しさも類いまれだが、その聡明《そうめい》さと手段を選ばぬ冷酷さも稀有《けう》だった。しかも妖術使い。彼女が相手なら、あの一条も苦戦しかねない。

俤丸を調査していけば、一条もいずれ、良門や七綾にたどりつくはずだ。その前に、ぜひとも警告しておきたいのに、生きてここから出られるかどうかも危ういとは。

いや、ここを出るときには、もはや自分は自分でなくなり、友に襲いかかることも厭《いと》わぬ物の怪に成り果てているのだ……。

一条のくれた札は、七綾の手でびりびりに引き裂かれた。ヒキガエルは安心して、前進を再開する。もはや、その歩みをとめる手だてはない。せっかくの札も、単なる時間かせぎで終わってしまった。

濡れた柔らかな身体が、夏樹の指先に触れた。足の甲によじ登り、むこうずねを這いあがっていく。

その感触のおぞましさに、夏樹は総毛立った。気を失うことができたら、どれほどいいか。最後の最後までハッキリとした意識で、自分が無理やり作り変えられていくさまを感じるのは、とても耐えられないように思えた。

（いっそ、おのれの意思のあるうちに舌を噛《か》みきってしまおうか……）

物の怪になるよりも、舌を噛むほうがずっと簡単な気がしてきた。第一、誰にも迷惑がかからないではないか。死体は増えるが、物の怪は増えずにすむ。ひととしての尊厳もかろうじて保つことができる……。

さっそく、それを実行しようとしたそのとき、邸の表が急に騒がしくなった。

何かがこちらを目指して押し寄せてくる気配に、良門と七綾がハッと振り返る。その瞬間、御簾を引きちぎって、馬ほどもある大きな犬が乱入してきた。

犬は立ち塞がろうとした良門を押し倒し、七綾の唐衣の袖にがぶりと噛みついた。良門の怒号と、七綾の悲鳴が重なって驚く。その脇を抜けて、今度は本物の馬が飛びこんできた。

これは幻かと——助かりたいと強く願うあまり、最期に見る幻覚なのかと、夏樹は疑った。

が、彼はすぐにそれを否定した。幻ではない、と。馬上にまたがっているのは、まぎれもなく一条だった。

一条は抜刀すると、夏樹の足にへばりついているヒキガエルを一刀両断した。返す刀で夏樹の縛めも切り落とす。陰陽の術ばかりでなく、刀も自在に使えるのだということを、夏樹はこのとき初めて知った。

「霜月が引きつけているうちに、早く！」

一条が手を差しのべ、夏樹を馬上に引きずりあげようとした。だが、夏樹はそれを拒んだ。母の形見のあの太刀を、良門がまだ握りしめていたからだ。

「その太刀を貸してくれ！」

夏樹は有無を言わさず、一条から太刀を奪い取る。ちょうど、犬に組み敷かれていた良門が、犬の腹を蹴り飛ばし自由になったところだった。

「良門!!」

振り返った良門に、夏樹は袈裟《けさ》がけに斬りつけた。

瞬間、良門の顔が驚愕《きょうがく》に歪んだ。その頬に、彼自身の血が飛び散る。踏みとどまるかと思いきや、大きく息を吸いこんで、良門はどっと後ろに倒れこんだ。

「良門!!」

叫んだのは七綾だった。その袖に犬が食らいつく。

彼女はひるまず、自分の髪に差していた釵子《さいし》を抜き取ると、袖を咥《くわ》えて放さぬ犬の目に、それを力いっぱい突き刺した。

苦痛の咆哮《ほうこう》が轟《とどろ》く。犬はたまらず袖を放したが、七綾はさらに中でぐいっとえぐってから釵子を引き抜いた。

そのすさまじさに夏樹は呆然となる。

(なんて女……!)

その短い間も、一条の必死の声が夏樹をせかし続けていた。

「早く!」

われに返った夏樹は良門の手から自分の太刀をもぎ取り、一条の持ってきた太刀と二本合わせて小脇に挟んだ。

「早く!!」

一条の叫びはもはや金切り声に近い。これほど取り乱した彼は初めて見る。せかされるまま、夏樹が空いたほうの手で一条の手を握ると、たちまち馬上に引っぱりあげられた。以前にも腕一本で引かれて馬に乗せられたことがあるが、こんな細い腕のどこにそんな力がと、その度に不思議に思わずにはいられなかった。

「しっかり、つかまれ!」

狭い室内ものともせず、一条は馬を方向転換させ、一気に外へ走らせた。七綾が叙子を手に追いすがってきたが、馬の尻を微かにかすっただけで済んだ。

簀子縁に出て、勾欄をまたぎ越し、馬は庭に下りる。良門の配下の者たちがばらばらと出てきたが、一条たちの逃走路を塞ぐことはできなかった。

彼らの頭上高くに飛んで、馬は易々と塀を乗り越えていったのだ。

あたりの風景が、一瞬のうちに変わる。打ち捨てられた邸から、どこまでも続くすすきの原へ。

月の光を浴びて、すすきの花穂はみな、銀色に輝いている。まして、それが風になびくさまは、さながら光の海の波しぶきのごとく見えた。

そのただ中を駆けぬけていくこの馬は、伝説の龍馬《りゅうめ》だろうか。風すらも追い越して、恐怖しか感じられなかった邸から自分を引き離してくれる。

盗賊たちの戸惑う声や、七綾のくやしげな罵声《ばせい》は、背後にどんどん遠くなる。この馬には誰も追いつけない。

ふたりにちゃんとついてきているのは、もはや傾きかけた十三夜の月だけとなる。

（もしかして、この馬も式神だったりして……）

見事な走りっぷりに、夏樹はふとそう思って苦笑した。

窮地を脱したことで安心したのだろう、それからいくらも経《た》たぬうちに、夏樹は一条の背にもたれて、気を失ってしまった。

第四章　恋ひ恋ひて今宵

次に夏樹が目を醒《さ》ましたのは、一条の邸内だった。

几帳《きちょう》の隙間からは昼間の陽射《ひざ》しが差しこんで、遠くにカラスの鳴く声が聞こえている。昼間だということはわかったが、あれから、何日経《た》った昼なのかがわからない。

半身を起こしてぼんやりしていると、御簾《みす》をめくって一条が顔を出した。

「ようやく起きたか」

いつもと同じその声を聞いていると、すべては夢だったような気がしてくる。

将門の息子の良門《よしかど》も、その姉の七綾《ななあや》も、夢の中の、もう二度と会うことのない架空の人物で、将門の残党が都を徘徊《はいかい》しているというのも夢ならば、俤丸《おもかげまる》という盗賊もそもそもいなかったのではないか、と——

だが、左足の膝下にある傷は現実だ。左腕の肩近くにも、短刀で受けた傷が残っている。そのふたつの傷口から、じくじくと鈍い痛みが全身に広がっていくようだ。どうも、熱まであるらしい。

「ちょっと待ってろ。すきっ腹に薬湯《やくとう》はきついから、何か食べる物を持ってくる」

一条はそう言って別室へ下がり、汁粥《しるかゆ》を持って戻ってきた。

粥をすすりつつ、夏樹はそれとなくあたりをうかがう。

奇妙なことに、すました顔の長月もいなければ、使いやすいと言われていた水無月《みなづき》もいない。一条本人がこうして給仕をしてくれるのも、初めてのことだった。

「式神《しきがみ》は使わないのか？」

「ああ、疲れたから、しばらくはやめておく」

その言葉に、あの危機一髪のとき、部屋に乱入してきた巨大な犬を思い出す。それから、おそろしく脚の速い馬のことも。

「あのでっかい犬に、尋常でなく速い馬も、もしかして式神なのか？」

一条は替えの夜着を畳みながら、薄く微笑《ほほえ》んだ。

「犬は霜月《しもつき》、馬は文月《ふみづき》だ」

「やっぱり」

どういう理由かは知らないが、一条は自分が使役《しえき》する式神に月々の呼び名をつけている。霜月、文月とくれば、それもまた式神の名に間違いないだろう。

「馬は最初、普通のに乗っていたんだが、とばしすぎでバテてしまってね。やむなく文月に頼んだんだよ」

一条は言い訳するように説明する。

(誰も悪いなんて言っていないのに。それとも、いまさら気味悪がるとでも思ってるんだろうか)

もしそうだとしたら心外だった。もういいかげん慣れてしまったし、一条に関してならば、多少のことでは怖がらない自信がついていた。

それどころか、夏樹は怪我《けが》を負った式神のことが気にかかっていたのだ。

「あの犬……霜月だっけ、あれは大丈夫なのか?」

「何が?」

「何がって、霜月、目をえぐられちゃったじゃないか……」

自分が使役する式神があんなひどい怪我を敵から受けて、平静でいられるはずがない、と夏樹は思っていた。しかし、一条はまったく心配していない様子で、

「霜月なら大丈夫だ。あれが本当の姿というわけでもなし。当分は拗《す》ねて、呼んでも来ないだろうがね。そのうち気分を直して、眼帯でもはめて現れるんじゃないかな」

「本当の姿じゃない?」

「ほら、以前、水無月が赤黒い火の玉になって飛んでいくところを見せたじゃないか。あの火の玉も、女童《めのわらわ》の姿も、水無月が自分を表す形として選びとったものにすぎないのさ」

「つまり、本当は怪我してないってことなんだな？」

「しているけれど、傷ついてはいない」

怪我と傷の違いがわからずに、夏樹は黙りこんでしまった。

（でもまあ、一条が大丈夫って言うのなら大丈夫なのかな？　あのとき、七綾が負わせた傷は、とても大丈夫そうには見えなかったんだが……）

七綾が細い釵子《さいし》一本を武器に、馬ほどもある巨大な犬に立ち向かっていく場面が、夏樹の脳裏で鮮明に再現される。

あの豪胆さは、驚きを通り越して、空おそろしくなるほどだった。尋常でない美しさと相まって、七綾はさながら咲き誇る大輪の花――しかも、色も香りも強烈な毒の花のようだ。

夏樹は椀《わん》を両手に包みこむように持ち、汁粥の表面に映った自分の顔をじっと覗《のぞ》きこんだ。気のせいか、げっそりと頬がこけているように見える。

「あれは……いったい、何日前の出来事なんだ？」

やつれた自分の顔をみつめたまま、尋ねる。一条はすぐに、

「今日で三日目だな」

と応えた。

「三日目!?」

すっとんきょうな声をあげると、夏樹は寝具をはねのけて起きあがろうとした。が、両脚に力が入らず、椀を両手に持ったまま、がくんと尻餅《しりもち》をついてしまう。椀のほうは、素早く一条が受け取った。

「ほらほら、傷はたいしたことなくても、毒を受けて身体《からだ》が弱ってるんだから、急に立ったりするんじゃないよ」

「だけど……だけど、そんなに寝ていたら、内裏《だいり》の仕事が、行斉《ゆきなり》どのとの約束が、桂の機嫌が……！　そういえば、どうして、おまえの邸《やしき》で寝てるんだ？」

だんだん声が高くなる夏樹を落ち着かせようとして、一条はぽんぽんと友の肩を叩《たた》いた。

「刀傷を負って、あまつさえ毒に弱っているおまえを邸に戻したら、その桂っていう乳母《めのと》の君が卒倒するだろうが。ま、安心しろ。たまたま隣に寄ったら、はやりの風病《かぜ》がひどくなったんで、しばらく逗留《とうりゅう》するっていう偽の文《ふみ》を届けさせたから。何かごちゃごちゃ文句を言われたらしいが、さすがに乳母どのも物《もの》の怪《け》邸に直談判《じかだんぱん》に来る気にはなれないらしい。こんなに近いというのにな」

「でも、内裏のほうは……」

「そっちも心配ない。将門の残党がからんでいることはすべて、うちの師匠が主上《おかみ》に極秘に奏上したから。新蔵人《しんくろうど》どのは、しばらく物忌《ものい》みっていうことで欠席扱いになっているよ」

「じゃあ、行斉どのには……」

「盗賊を深追いしすぎて、怪我をしたと伝えた。怪我そのものは大事ないが、盗賊風情《ふぜい》に打ち負かされて大層、気落ちしているので、このことは内密にして欲しいと言い添えておいた」

最後のそれだけはちょっと気に入らないが、この三日間、一条があれこれ気を配って奔走してくれたことは充分理解できた。

「そこまでやってくれたんだ」

「乗りかかった舟だから」

すました顔をしているが、あのとき、彼がどれほどとり乱していたかを夏樹ははっきりと記憶している。

「本当に……ありがとう。あの夜のことも重ねて礼を言うよ。もう少し遅かったら、怪我だの熱だのじゃ、すまなかったかもしれないし。でも、どうやってあそこがわかったんだ？」

「もらった髪の毛を身につけていたから、もとの持ち主の身に危険が迫ったのを察することができたんだ。で、鼻の利く霜月に髪の毛のにおいを嗅がせ、あとを追わせた。たまたま、同じ嵯峨野にいたのも運がよかったんだよ」

「そうか、あそこは嵯峨野だったんだ……」

彼らの隠れ家が嵯峨野にあったのなら、一条が遍照寺でヒキガエルを最初に目撃したのも納得できる。

「あのヒキガエル、やっぱり俤丸の仕業らしい。いや、俤丸というよりも、九年前に東国で起こった乱の……」

「平将門の残党なんだろう？　ずっと、うわ言でしゃべってたぞ。良門や、七綾のことも」

「えっ……」

夏樹は驚き、次いで弱々しく微笑んだ。あのとき味わった恐怖を、無理して語る必要もないと知って、少しホッとする。

けれども、話さずに済んだからといって忘れることまではできない。ヒキガエルが肌を這《は》う感触、目の前で物の怪にされてしまった若者の最期の悲鳴、七綾の優雅な笑い声までは。

「あいつら、蟇仙《ひきせん》とかいうやつにもらったヒキガエルを、ひとの身体に埋めこませて、物の怪を作ってたんだ。危うく自分も……、物の怪になるところだったよ……」

「もしそうなったら、式神にして使ってやるよ」

「おいおい」

それも悪くはなかったかも、とほんの少しだけ思う。本来の名前が夏樹だから、皐月《さつき》とでも呼ばれて、花橘《はなたちばな》（表が朽葉色、裏が青）の狩衣《かりぎぬ》などを着こなして、時折、火の玉にでもなってふわふわと漂って、この邸で一条にこき使われて……。

（……やっぱり、嫌かも）

考えこんでいると、一条が椀を持って立ちあがった。

「食べ終わったなら、薬湯を持ってくる」

まだちょっと残っていたのに……とつぶやきながら、夏樹は一条の背中を見送った。すぐに戻ってきた彼が携えていたのは、すさまじい異臭を放つ謎の液体だった。

それが、なみなみと椀に注がれている。さっきの汁粥よりも量が多いような気がした。

「さあ、飲め。熱も下がるし、傷の治りも早くなるぞ」

そう言われると断れない。観念して飲もうとするが、顔を近づけただけでも鼻が曲がりそうになる。

「飲まなきゃ駄目かなぁ……」

「駄目だな」

夏樹は仕方なく、ちびりちびりと薬湯を啜《すす》った。一気に飲みくだしたほうが楽かもしれないが、あまりの苦さにそれは絶対にできないとあきらめたのだ。

一条はちゃんと飲んでいるか監視するように、枕もとにすわっている。

「そうそう、例の嵯峨野の隠れ家、検非違使《けびいし》が駆けつけたときには、すでにもぬけの殻だったそうだ」

「それはそうだろうなぁ……」

啜れども、啜れども、薬湯は減らない。

「しかし、隠れ家が押さえられたぐらいであきらめるような連中には見えなかったが」

「首領の良門がいなくなれば、自然と離散するんじゃないか？」

夏樹には、良門に致命傷を与えたという確信があった。あれほどの深手、いくら姉が妖術を使うとはいえ、癒すことはできまい。よしんば命を取り留めたとしても、しばらく派手な動きはできないはずだ。

夏樹がそう告げると、一条はふっと表情を曇らせた。

「昨日の晩……俤丸が右兵衛佐《うひょうえのすけ》の邸を襲ったんだそうだ」

思いもかけぬ言葉に、夏樹は椀を取り落としそうになった。

「そんな、馬鹿な。死んでいてもおかしくない傷だったんだぞ」

「しかし、あのとき、良門が死んだかどうかを確認できたわけじゃない。あるいは、死にかけていた弟を無事に現し世《うつよ》に引き戻せるほど、七綾の呪力は突出しているのかもしれない」

「そんな……」

夏樹はきゅっと唇を噛《か》んだ。

良門を斬りつけた際の手応えからすれば、彼は死んだと言いきれる。しかし、そこに妖術が介在するとしたら、そちら方面に関して疎《うと》い夏樹は何ひとつ断言できなくなってしまう。

「とにかく、俤丸がまだ活動しているのは事実だ。将門の残党に恨まれてそうなやつの邸を張れば、そのうちまた現れると思う」

「心当たりがあるのか？」

「ああ。あの乱での、いちばんの功労者の武蔵守《むさしのかみ》は、いま任国に下向していて、都にはいないいんだ。一度襲って失敗した修理権大夫《しゅりごんのだいぶ》の邸に再び押し入るとは思えないし。そうすると、次の狙いは二条に邸を構える右馬助《うまのすけ》あたりが濃厚だな」

「よく、そこまでわかるなぁ……」

素直に感心してみせれば、

「調べたから」

と、身も蓋もない返事をされてしまった。ついでなので、

「で、将門って、どういう人物だったのかな」

と訊《き》いてみる。

「さあ……直接、会ったわけでもないからねえ。でも、気性から何から激しい人物だっ

たような気がするな」

「激しい、か」

「良門は皇位だのなんだのと言っていたようだが、そもそも将門の乱の最初は、一族間での領地争いに端を発した私闘だったんだ。それがどんどん極端になっていって、やれ桓武帝の血筋だ、新皇《しんのう》だのと言い出すから、またややこしくなった。中央の権力から離れた別の国家をつくろうっていう考えは、悪くはないいんだけどねえ……」

「悪くないのか？」

帝《みかど》を最高峰と仰ぐ貴族として、皇位の簒奪《さんだつ》など許されることではない。つまり、とてもわかりやすい悪なのだが。

一条はどっちつかずの笑みを浮かべ、

「ま、それはともかく」

と、話を変えてしまった。

「右馬助は将門が私闘をくり広げていた頃からの宿敵だそうだから、俤丸が見逃すはずはないと思うぞ」

「よし、じゃあ、わかった。さっそく、今夜から右馬助どのの邸に張りこもう」

「病みあがりが何を言い出すのやら」

あきれる一条に、夏樹はカラになった椀の底を見せた。

「この薬湯のおかげで、もう元気いっぱいさ。だから、大丈夫だよ」

このままずっと病人扱いされて、この件から締め出されるのは絶対に御免蒙《ごめんこうむ》りたかった。良門の生死も確認したかったたし、七綾の動向も知りたかったのだ。

第一、あのふたりが都を好き勝手に動き廻《まわ》っているのだとしたら、このままで済むはずがない。彼らの狙いは帝王の座なのだから。必ずや、主上に刃《やいば》を向けようとするだろう。蔵人として、とても見すごしにはできない。

一条は決意のほどを探るように、夏樹の目をじっと覗きこんだ。

「わかった。しかし、これだけは約束してくれ」

何を約束させられるのだろうと警戒するあまり、夏樹の背すじがぴんとのびる。

「この薬湯をもう一杯飲んでくれ。もちろん、これから毎日欠かさず、食後に二杯ずつな」

「お……、おう」

一瞬、ひるんだものの、夏樹は大きくうなずいた。

それでいいのなら、いくらでも飲んでやるつもりだった。

一条の邸で目醒めたその日のうちに、夏樹は隣の自分の邸へと戻っていった。

病気と聞いてさんざん気を揉《も》んだのだろう、養い子を迎えた途端、桂は涙目になって、くどくどとお説教を垂れてくれた。

これも乳母への孝行と思い、じっと我慢して聞いているふりをしたが、身体がまだ疲れているせいもあって、いつもより忍耐が切れるのが早かった。

「ごめん、桂……。また、熱が出てきたみたいだよ」

「あら、まあ、いけませんわ。すぐにお休みになりませんと」

厳しいようでも結局、夏樹に甘い桂は、あたふたと寝具の用意をしてくれた。

「それでは、ごゆっくりお休みくださいまし。ご気分がすぐれないようでしたら、ご遠慮なく桂を起こしてくださいましね」

と、くどいほど夏樹に言い聞かせてから、やっと部屋を出ていく。夏樹の身に起きたあれこれを知らなくてこうなのだから、もし知っていたらこれくらいでは済むまい。やはり、教えなくてよかったのだ。

夏樹は褥《しとね》に倒れこむと、ふうっと大きなため息をついた。

腕やら足やらに負った傷は、桂が目が悪いこともあって、気取《けど》られずに済んだ。ばれたら、どれほどしつこく追及されることかと、気が気でなかったのだ。

思いきり手足をのばすが、装束が皺《しわ》だらけになりそうなことに気づき、夏樹はあわてて起きあがった。

いま着ているのは自前の装束ではなく、一条から借りた物だった。自分のものは血で汚れたうえに、斬りつけられてボロボロになってしまった。とてもではないが、それを着ては邸に帰れなかった。

とりあえず、借りた服はきれいに畳んで、脇に置いておく。それが終わるや、夏樹はまた褥に寝転んだ。ごそごそと寝具の中にもぐりこんで目を閉じた途端、あれほど長く眠り続けたにもかかわらず、夏樹はもう意識を失っていた。

夢も見ずに熟睡して、翌朝、いつもの時間にぱっちりと目を醒ます。

今日は昼間、参内《さんだい》し、夜からはさっそく、二条の右馬助の邸を張るつもりでいた。桂には今夜も宿直《とのい》だというふうに嘘《うそ》をつく。

「まあ、まだ顔色もお悪いのに、もう宿直でございますの。どなたかと交替されるわけにはいかないのですか？」

桂に本気で心配されて胸が痛んだが、

「仕方ないんだよ。宮仕えっていうのはこういうもんなんだから」

と、したり顔で押しきって家を出る。

内裏に参内した夏樹は、蔵人所《くろうどどころ》に直行し、行斉と顔を合わせた。行斉もいろいろと案じてくれていたのだろう、こちらの顔を見た途端、仕事を放り出して駆け寄ってきてくれた。

「もう、大丈夫なのか？　その、怪我をしたって聞いたんだけど……」

注目を集めるような派手な駆け寄りかたをしていながら、尋ねるときはひそひそと小声になる。それがおかしくて、夏樹は努力しなくても笑顔を作ることができた。

「ええ。怪我そのものはたいしたことないんですよ。ただ、そのあとに風病《かぜ》を引いてしまいまして、床を離れられなかったんです」

まさか毒を受けたせいとは言えず、桂についたのと似たような嘘ではぐらかす。

「いや、それにしてもよかった、よかった」

行斉はやたらと「よかった」を連発する。そんなに心配しててくれたんだと思うと、じんとくるものがあった。

「それで、お父上のほうは……？」

夏樹もそれだけは気になっていたので、さりげなく訊いてみる。

「ああ、心配ない、心配ない」

と、行斉は照れ笑いを浮かべた。

「一度襲われたから二度目はない、なんて豪語してるよ。気持ちの波が激しいひとでね。父のことは言えないのだけれど」

「でも、落ち着かれたのなら、やっぱりよかったではないですか」

「うん。そっちにも本当に迷惑かけたな。この礼は後日、必ずするから」

行斉のこの様子なら、修理権大夫のほうはとりあえず大丈夫だろう。たったひとつでも心配事を減らせられたのが、夏樹にはとても嬉《うれ》しかった。

「あ、それから」

ふと思い出したように、行斉が言う。

「頭《とう》の中将《ちゅうじょう》さまが、夏樹が来たら清涼殿《せいりょうでん》に来るようにって」

「ああ……。三日も休んだから、主上の前でお叱りを受けるのかもしれませんね」

「そんな。なんなら、行斉のせいだって言ってくれていいからな」

「いえいえ、風病を引いたと正直に言いますよ。だって、本当のことですから」

いけしゃあしゃあと、笑顔で嘘をつくことができるようになってしまった。しかし、嘘も方便。行斉にいらぬ気を遣わせないよう、夏樹は笑顔を維持したまま、蔵人所を離れ、清涼殿に向かった。

頭の中将がなぜ、わざわざ帝の住まう清涼殿に呼んだのかは、最初からわかっていた。将門の残党に直接遭遇して生還した自分から、ひそかに話を聞くためである。

清涼殿に着くと、すべてを心得た女官《にょかん》が出迎えて、こっそり中に入れてくれた。案内された先は、夜の御殿《おとど》と呼ばれる帝の寝室であった。ここならば、話がよそへ洩《も》れ出さないというわけだ。

そこで夏樹を待っていたのは、頭の中将と帝であった。

頭の中将の手前、帝はいっしょに物の怪退治に出かけたことなど忘れたかのような顔になり、重々しい調子で話しかけてきた。

「巷《ちまた》を騒がす盗賊の俤丸は、平将門の遺児と聞いたが……」

「そのとおりでございます」

夏樹は平伏して、事のあらましを説明した。将門の遺児、良門が姉の七綾と謀《はか》って、妖術を用いて世を乱し、自分たちの天下に変えようとしていることを。特に、ヒキガエルが傷口から体内に入り、その者を物の怪に変えてしまったいきさつを語るときは、感情が入りすぎて声が震えるほどだった。

話している最中に吐いたらどうしようと案じていたが、どうにかそんな事態にはならず、夏樹は長い報告を次の言葉で締めくくった。

「ここ最近、内裏に出没していた物の怪も、七綾の放ったモノに相違ございません。どのような穢《きたな》い手段をも使う輩《やから》でございます。このままでは、世は乱れる一方かと」

「……わかった。良門追討の綸旨《りんじ》を出そうと思うが、頭の中将はどう考える？」

「相手は、畏《おそ》れ多くも皇位を狙う謀反人です。速やかに追討し、世の憂《うれ》いを取り除くことが肝要かと思われます」

綸旨が出る。良門を討てと、帝から正式な命令が下されるのだ。

あまりに展開が早くて、夏樹は内心おどおどしていた。だが、この報告で綸旨発行が決定したわけではあるまい。いま自分が告げたことは、賀茂《かも》の権博士《ごんのはかせ》からすでに帝や頭の中将に伝わっているはずだ。

「……で、夏樹」

帝がにこやかに微笑む。思ったとおり、これから先があるらしい。

「はっ……！」

「参内するのを待っていたよ。また頼みたい物があってね」

「はあ……」

どうせ、こんなところだろうと思っていたのだ。

帝の尊顔を拝していると、自分がこうやって清涼殿に召されたのも、良門たちのことを当事者から直接聞きたかったからだけではないのかと疑いたくもなる。

夏樹がそんな思いをいだいていると知るはずもなく、帝は螺鈿細工《らでんざいく》の施された箱をいそいそと取り出した。

「これを、常陸《ひたち》の君《きみ》に」

「主上、こう申すのもはばかられますが……」

とても複雑な気持ちで、夏樹は苦しげに訴えた。

「常陸の君のことはあきらめられたほうがよろしいかと……」

そう勧めたのはこれが最初ではない。しかし、帝は耳を貸してくれない。今回もまた、

胸を張って、

「今度の文は絶対に自信があるんだ」

と仰せになる。

頭の中将は、すぐそこにいながら聞こえないふりをしていた。この件に関しては、夏樹に丸投げをするつもりらしい。

結局、夏樹は帝からの文を手に、弘徽殿《こきでん》へと向かった。

（いとこが弘徽殿の女房だっていう、ただそれだけの理由で、こんな使いをやらされるとは。しかも、想《おも》う相手に別の男の文を届けるなんて……）

帝は夏樹の気持ちを知らぬのだから仕方がないのだが、辛《つら》いお役目には変わりなかった。常陸の君が返事を書かないからこそ、どうにか続けていられるのだ。そうでなければ、いったい誰がこんなことに耐えられるだろう。

さっさと深雪《みゆき》に渡して帰ろう。そう思って、夏樹は先を急いだ。

ふと見ると、弘徽殿の簀子縁《すのこえん》に誰かがすわっている。深雪だったら楽なのだが、違う女房でも、そのひとに取り次ぎを頼めば済むことだった。

が――相手が誰だかわかった途端、夏樹はそれ以上前に進めなくなってしまった。そこにいたのは常陸の君だったのだ。

引き返すこともできず、夏樹がその場で固まっていると、とうとう常陸の君がこちらに気づいてしまった。

「新蔵人さまでいらっしゃいますか？」

鈴を振るような優しい声だ。

（まさか、彼女にこんなふうに呼びかけられるなんて……）

小さな幸せを感じる。たったこれだけのことでも、胸がいっぱいになってしまう。しかも、常陸の君は、

「お待ちしておりました。どうぞ、こちらへいらしてください」

と言うのだ。

（待っていてくれた――？）

小さな幸せが、大きな期待に変わる。夏樹は雲の上を歩く心地で、簀子縁に近づいた。

近くで見れば見るほど、常陸の君は美しかった。可憐《かれん》で、はかなげで、おとなしやかで。それでいて華やかな蘇芳襲《すおうがさね》（表が蘇芳、裏が濃蘇芳）の唐衣《からぎぬ》を、いかにもしゃれた感じに着こなすこともできる。

いままで、壱師《いちし》の花の野と、野分《のわき》の夜のときの二回しか顔を合わせていないせいか、これほどきれいなひとだったのかと、しみじみ思ってしまう。

いや、きっと逢《あ》う度にそう思うのだろう。夏樹にとって常陸の君はいつでも新鮮で、だからこそ、そのつど、よりいっそう強く彼女に魅《ひ》かれることになる。

（この気持ちを打ち明けるなら……いまをおいて他にはないかもしれない）

深雪も、他の女房もおらず、常陸の君ただひとり。帝の文を携えているのは気が引けるが、これを逃せば、次の機会はもうないかもしれない。

夏樹は決意を固め、最初のひと言を口にしようとした。「あなたが好きです」という、簡潔なひと言を。

が、それより先に、常陸の君は唐草模様の入った漆《うるし》塗りの箱を取り出した。

「これを、主上に渡していただけますでしょうか」

夏樹の息がとまった。同時に、高まっていた期待が音をたてて崩れていく。しかし、夏樹は意志の力を総動員し、笑顔だけは崩さぬようにがんばった。

「これをですか？」

本当に訊きたいのは、「中身はなんですか」なのに、それだけはとても言えない。決定的な失恋の瞬間を迎えてしまいそうだからだ。そんな予感が——いや、確信が夏樹にはあった。

常陸の君はあでやかに微笑み、夏樹に箱を差し出す。

「長らく、お返事もさしあげず、新蔵人さまにもたいへん失礼をいたしました。どうか、主上にもよろしくお伝えくださいませ」

こう言われれば、受け取らないわけにはいかないし、帝からの文も、渡さないわけにはいかない。

「実は……本日も主上からのお文をお届けに参ったのですが、思いがけず重なってしまいましたね」

「まあ、いつもありがとうございます」

嬉しそうである。少なくとも、夏樹にはそう見えた。

雲の彼方《かなた》に住む高貴なかたが、どれほどつれなくされようとめげずに文を届けてくれたのだ。女として嬉しくないわけがないではないか。

夏樹と常陸の君は笑みを交わし合い、螺鈿の箱と漆の箱を交換した。

（この一瞬だけだったら、恋人同士に見えなくもないだろうに……）

心の中ではそう嘆きつつ、夏樹は常陸の君の文を持って弘徽殿を離れた。

あとは清涼殿へ戻って、これをそっと帝に渡すだけだ。ようやく返事をいただいて、帝はどれほどお喜びになられることか。そのお顔が目に浮かぶようだった。

が、このとき、それとはまた全然違う思いが、夏樹の胸の中でひしめきあっていた。

（いったい、どういう内容の文なのだろうか。もしかしたら、無難な時候の挨拶とか、いままでのことへの適当な言い訳とかかもしれないし……）

見てみたい。せめて、あの女《ひと》のお手蹟《て》だけでも、この目で確かめたい。

あまりにも強烈な誘惑で、夏樹はとうとうそれに負けてしまった。そして、あとになって後悔した。

見なければよかったのだ。


その夜、夏樹は一条との約束どおり、二条万里小路《までのこうじ》の右馬助の邸前にやってきた。まだ身体は本調子ではなく、心はさらにひどい状況だったが、まっすぐ邸に帰りたくない気分だったのだ。

待ち合わせ時間より少し早く来てしまったが、ここでは何もすることがない。右馬助の邸の塀にもたれて、ただぼうっとしているしかなかった。

だが、そうなると、想いは常陸の君のもとへ飛んでいってしまう。彼女が帝に返事を出し、これでこっちは失恋が確実になったというのに。未練がましい自分が情けなく、夏樹はさらに深い穴にはまりこんでしまった。

「なにをまた、暗い顔してるんだ？」

ふいに間近で一条の声がする。顔を上げると、すぐ目の前に彼の整った顔が迫っていて、夏樹は腰を抜かさんばかりに驚いた。足音はもちろん、気配すら感じなかったのだ。毎度のことだが、いつの間に近づいていたのやら。

「あのなぁ、脅かすんじゃないよ」

ついつい、声が不機嫌になる。完全に八つ当たりだが、自分ではもう感情を制御できない。

「おや、機嫌が悪いんだな。まあ、そうカリカリしない。ほら、見上げてみろよ。きれいな月も出ているじゃないか」

空にかかっているのは、欠け始めた十六夜月《いざよいづき》だった。権大夫の邸で夜空を見上げたときには十三夜の月だったから、

（寝ている間に秋の夜の望月《もちづき》をひとつ見逃したんだな……）

と、少々残念に思う。

欠け始めの月を見ていると、かぐや姫のようだと思ったあの女の面影が浮かんできた。こんなふうに、何を見ても常陸の君に繋《つな》げてしまうのだ。失恋が確実になったいまでさえも。

病気かもしれない、とまで思ってしまう。この病はもしかしたら、一生引きずるのではないだろうか――と。

「何か、悩みごとがあるのか？」

と、一条が人の不幸を楽しんでいるような顔で尋ねる。

「いや、べつに……」

恋の悩みなど、彼に打ち明けてもしょうがない。こんな気持ちは、絶対わかってくれ

ないだろうと、夏樹は頭から決めつけていた。なぜなら、一条が失恋するなど考えられないからだ。

一条はつまらなさそうに肩をすくめたが、それ以上の深追いはしなかった。もしかして、事の一部始終をもう知っていて、気を遣ってくれたのかもしれない。

「さて、こんな目立つところに立ってないで、隠れたほうがいいんじゃないか」

「ああ。それで考えたんだけど、隠れるよりもっといい方法があるだろう？」

一条はほんの少し嫌そうな顔をした。

「隠形《おんぎょう》の術のことか」

以前、その隠形の術で、他人の目に見えない存在になるという貴重な体験をさせてもらった。正確に言うと、見えなくするのではなく気にならないようにするらしいのだが、効果は同じだ。

こうやって立っているすぐ前を俤丸が通ったとしても、その術を施していれば、いないものと思ってくれるのだから。ただ、そのためには術をかける者と、ずっと手を繋いでいなくてはならなかった。

傍《はた》から見れば妙な感じだろうが、俤丸にみつかって警戒されるよりも、一条と仲よく手を繋いでいるほうがずっといいに決まっている。

かくして、夏樹と一条はしっかり互いの手を握って、右馬助の邸の塀にもたれかかり、俤丸を待っていた。

「来るかな、俤丸」

ぽつりと夏樹がつぶやく。

「おい、おれたちはここにはいないことになってるんだから、しゃべるなよ」

一条の言うとおり、誰もいないはずのところから、ひそひそと話し声が聞こえてくれば、すわ物の怪かと大抵の者があわてるだろう。それでは、かえって警戒されてしまう。

夏樹はしゃべるまいと心に決めたが、しばらく経つとまた、我慢できずに同じことをつぶやいていた。

「来るかな、俤丸」

一条は、あきらめたようにため息をつく。

「今夜は来なくても、いつか来るよ」

「そうか……」

できうることなら、今夜来てほしい。良門が生きているならそれでもいいから、今夜、あいつと斬り結びたい。そして、胸を黒く塗り潰す苦い思いを吹き飛ばしてしまいたかった。

どれほど待っていたろうか。子《ね》の刻（午後十一時頃）になるかならないかのとき、ふいに大勢が足音を殺して近づいてくる気配がした。

夏樹と一条は、驚いて視線を交わし合った。どうやら、夏樹の願いが天に通じたようだ。

やがて、本当に、道の彼方から待ち焦がれた黒衣《こくい》の集団が駆けてきた。

俤丸率いる盗賊たちに間違いなかった。しかし、困ったことに、いったい誰が俤丸なのか、見当もつかない。

皆、同じ黒い装束に身を包み、黒い布で覆面をしているため、同じように見えてしまう。数えると、むこうは十人いた。修理権大夫の邸に現れたのと同じ人数だ。ということは、良門もこの中に含まれているのだろうか。

夏樹は少しでも彼らに近づいて俤丸が誰か探ろうと、一歩前に踏み出した。しかし、一条がその手を強く引っぱろうとする。琥珀色《こはくいろ》の目が「動くんじゃない」と盛んに合図してくる。

だが、夏樹にはそれがもどかしくて仕方なかった。

見ているだけでは本当に俤丸かどうかもわからない。けれども、太刀《たち》を交じえれば、きっとわかるはずだ、と。

そうこうしている間にも、盗賊たちは塀によじ登り、右馬助の邸に侵入しようとしていた。夏樹はついに一条の手を振りはらい、大声で叫んだ。

「良門！」

黒衣の男たちがいっせいに振り返る。一条は頭を抱えている。

「良門はいないのか⁉」

さらに声を張りあげると、十人ばかりの男たちの中からひとりだけが夏樹に歩み寄ってきた。

「良門なのか？」

夏樹は、良門かもしれないその男が覆面を取ってくれることを期待した。が、相手はそうせず、さっと太刀を抜いて、いきなり斬りかかってきた。

夏樹はすぐに脇に跳びのき、太刀を抜いて構えた。

願ったり叶《かな》ったりだった。良門と闘ったのは四日前。彼の太刀さばきなら、まだこの身がおぼえている。暗がりで無理に目を凝らして顔を見るよりも、太刀を合わせたほうがまだ確実だった。

黒衣の相手は一気に間合いを詰めてきた。ふたりの太刀が、甲高い音をたててぶつかり合う。その瞬間、夏樹は答えを手に入れていた。

（良門だ！）

型などはあってなきがごとく、力任せに太刀をぶつけてくる、そのやりかたといい、力の入り具合といい、良門としか考えられなかった。

（あれだけの傷を受けて、生き延びたんだ……）

七綾が妖術を駆使して弟の命を繫ぎとめたのかもしれない。ならば、七綾の呪力は想像以上に強いことになる。あの姉がいるかぎり、良門は不死身でいられるのだ。

(そうはさせない。ここで決めてやる)

夏樹は決死の形相で太刀を操った。相手も危ういところで攻撃を躱《かわ》し、反撃の太刀をくり出しては夏樹を翻弄する。

盗賊の仲間たちは後方で、夏樹と首領の闘いを見守っていた。加勢に入ろうとする者はいない。いや、そうではなく——一条が不動明王の霊縛の印《いん》を結び、彼らを地に縛りつけていたのだ。

「やつらの動きは封じるから、早く片づけろ!」

そう言われても、良門の腕前は独学とはいえ生半可《なまはんか》なものではない。一方で、夏樹はまだ身体が本調子ではなく、持久戦に持ちこまれたら、不利になるのは明らかだった。

(早めに勝負をつけるしかない)

一条のほうも、他の盗賊どもの動きを封じるのにかなりの精神力を使っている様子だった。これだけの人数を一度に引き止めようとしているのだ。やはり無理があるのだろう。なおさら、勝負を早く決めなければならない。

一《いち》か八《ばち》かだと思い定め、夏樹は次の太刀を力いっぱい前に踏みこんで振るった。斬るというよりは、刃を相手に叩きつける感じで。

もともと足もとが不安定な相手は、夏樹の思いがけない動きについていけず、ぐらりと傾《かし》いだ。ついでの駄目押しとばかりに、夏樹は相手の胸に肘鉄《ひじてつ》を見舞った。仰向《あおむ》けに倒れたその瞬間を狙って、一気に決めるつもりだった。実際に、相手は後ろに倒れこみ、無防備な状態に陥っている。

しかし、夏樹は太刀を動かすことすらできなかった。その隙をついて、相手は素早く起きあがり、大きく後退する。

ちょうど、一条の術も限界にきていた。

「逃げろ！」

大量の汗をかきながら一条が叫ぶ。盗賊たちが呪縛を振りはらって反撃に出ようとしていたのだ。

もちろん、逃げさせてもらった。二対十の無謀な闘いを行う気はない。一条の腕を引っぱり、大声で検非違使を呼びながら、全速力で走りまくる。

二条といえば平安京のいわゆる高級住宅街だ。すすきばかりだった嵯峨野とは違う。さすがに盗賊たちも追ってはこず、ふたりはなんとか逃げおおせることができた。

十二分に相手を引き離したところで立ち止まり、すっかり上がってしまった呼吸が正常に戻るのを待っていると、一条が尋ねてきた。

「どうして、とどめを刺さなかった？」

やはり不審に思われたか、と夏樹は苦く笑った。

「信じてもらえないかもしれないけど」

実際、信じられないのは夏樹も同じだった。

「あいつ、良門じゃなかった」

「替え玉か」

「ああ。それだけじゃない。……女だったんだよ」

胸をついたときの感触で、それと気づかされたのだ。

やはり、良門はあの傷で死んだのだろうか。だとしたら、良門のように黒衣をまとい、良門そっくりに太刀を操っていたのは……。

一条が夏樹の代わりにつぶやく。

「七綾だったのか？」

「たぶん」

そうとしか考えられなかった。

「良門はもう死んでいる気がする。万が一、生き延びていたとしても、すぐに動かせるような傷じゃないのは確かだ。でも、それでは仲間の士気にかかわると、七綾が弟のふりをすることにしたのかもしれない……」

葡萄染《えびぞめ》の唐衣を華麗にまとっていた七綾が、一転して黒一色の装束を身に着け、弟そっくりに力強い剣技を披露する。憶測にすぎなかったが、七綾ならばやりかねないと夏樹は思った。

さすがの一条も、あきれたようにつぶやいた。

「すごい女だな……」

まったく同感だった。あれこそ烈婦《れっぷ》と呼ぶにふさわしい女だろう。

（本当に、同じ女でもいろいろある。七綾のような烈婦がいるかと思えば、ひたすら可憐な常陸の君がいて——）

と、夏樹の思考はまた恋の悩みへと戻っていってしまった。

とりあえず、俤丸の脅威から右馬助を救えた。いくらなんでも、今夜のうちに彼らが再び戻ってくることはあるまい。そう思うと、もうひとつの案件が俄《にわ》かに気になってきた。

「丑《うし》の刻（午前一時頃）には、まだ時間があるよな。ちょっと御所に戻りたいんだが」

「まだ何かあるのか？」

「うん……」

われながら未練たらしいと思う。それでも、夏樹は自分の気持ちを抑えることができなかった。

「恋ひ恋ひて、逢ふ夜は今宵《こよひ》……っと」

すっかり夜歩きが癖になってしまった帝は、今夜も寝るとみせかけ、さっと着替えて、普通の公達《きんだち》に変装した。

いつもより支度は念入りだ。今夜は特別な夜なのだから。

無視されても無視されても、めげずに文を送り続けた甲斐《かい》あって、やっと常陸の君から返事が届いたのだ。それがまた、思いもかけぬ内容だった。

本当にわたくしを想ってくださるのでしたら、弘徽殿の西側の、北から二番めの戸の鍵をあけておきますので、今夜の丑の刻すぎに忍んできてくださいませ——と書いてあったのである。

いままでのつれない態度が嘘のような文面だった。帝は、常陸の君が態度を一変させたことを怪しむどころか、

(そうか……。かの女人《にょにん》もやっと、この熱い想いが本物だとわかってくれたのだな)

と、至極ご満悦だった。

丑の刻とはかなり遅いが、他の女房たちに気づかれないための配慮だろう。と、ことごとく都合のいいほうに解釈していく。

通常なら、帝が女性の側から呼び出されるなど、絶対にあり得ない。常陸の君もそれ

を承知のうえで、こちらの気持ちを試すために、あえて無理を言ってきたのかもしれない。

　そういう女心がかわいいな、などと、帝は余裕たっぷりだった。それに、女御《にょうご》のいる殿舎《でんしゃ》に、他の女に逢うために忍んでいくという背徳的な状況が、これまた帝の好奇心をくすぐってくれた。

　みつかったら、とんでもないことになるだろう。いつもはおとなしやかな弘徽殿の女御も、今回ばかりはそうも言っていられないはずだ。怒ったら、普段そうでない分、余計に怖いはず……。

　つまり、みつからなければよいのだ。と、勝手な理屈を並べて、帝は丑の刻少し前に、清涼殿を抜け出していった。

　弘徽殿は清涼殿のすぐ近くだが、近いからといって気を抜くと、滝口《たきぐち》の武士にみつかってしまう可能性がある。ましてや目的が目的だけに、帝は細心の注意をはらいつつ、弘徽殿に向かった。

　日頃の行いが善かったのか、難なく殿舎の間を突破する。文にあった、西側の北から二番めの戸を押すと、確かに鍵はかかっていない。

　帝ははやる気持ちを抑えながら、弘徽殿の中へと忍びこんだ。あとは、常陸の君の局《つぼね》まで一直線だ。

指定された方向に進むと、確かに女房のための局が並んだ一角にたどりついた。その中でも、明かりをつけて待っていてくれる局はただひとつだ。

帝は局の前に立つと、軽く咳《せき》ばらいをしてみた。御簾のむこうで、衣《きぬ》ずれの音が聞こえる。やはり、ここだ。

ここぞとばかりに、帝は甘い声でささやきかけた。

「ずっと、あなたのことを思いつめていましたよ。やっと、こうして今宵、お逢いできるのですね……」

ささやきに応じるように、御簾がくるくると巻きあげられた。灯台のほのかな明かりに、常陸の君の美貌が夢のように浮かびあがる。

「本当に来てくださったのですね」

震える声が、なんともかわいらしい。それに、本当にきれいなひとだなと、帝は本心から思った。

彼女の手を取ろうとしたが、常陸の君は恥ずかしいのか、さっと局の奥に逃げこみ、屏風《びょうぶ》の後ろに隠れてしまった。

帝はあわてず騒がず、局に上がりこむ。

「そんなに恥ずかしがらなくてもいいのですよ」

優しく話しかけるが、常陸の君はいっこうに屏風の後ろから出てこようとはしない。

代わりに、か細い声で、

「わたくしは、主上に打ち明けなくてはならないことがございます……」

とささやいた。

もしかして『わたくしもずっとお慕いしておりました』と打ち明けてくれるのかな、と帝は鼻の下をのばしきって微笑んだ。

「何を打ち明けてくれるのかな？」

「わたくしは——前常陸介《さきのひたちのすけ》の娘などではなかったのです——」

妙な告白だな、と帝は戸惑った。が、ここは相手に調子を合わせようと努める。

「では、いったい、あなたはどこのどなたかな。まさか、かぐや姫ではあるまいね。わたしを置いて、月に帰ってしまわれる気かな」

くすっと常陸の君が笑った。と同時に、誰も触れてもいないのに、屏風がパンと音をたてて倒れた。当然、屏風の後ろにいた常陸の君の姿が露《あら》わになったのだが——

彼女を取り巻く空気が違っていることに、帝はすぐに気がついた。灯台が近くにあるというのに、明かりが彼女の周辺にだけ届いていないのだ。

「常陸の君……？」

「ですから——」

まるでひとが変わったように、常陸の君は婉然《えんぜん》と微笑む。恥ずかしがっているのではなく、こちらをからかって楽しんでいるように見える。

「常陸介の娘でないなら、そういう呼び名もおかしいでしょう？」

この期に及んでも、帝は常陸の君が戯《ざ》れ事《ごと》を仕掛けているのだと思っていた。

（これはやはり、立場を忘れ、ただの男と女になりましょうという意味に違いない）

と、あくまでも自分のいいように解釈する。

「では、あなたをなんと呼べばいいのかな？」

そう尋ねると、常陸の君は小さな声でつぶやいた。

「滝夜叉《たきやしや》……」

その名が合図だったのかもしれない。彼女を取り巻いていた闇が、急に密度を増し、局いっぱいに広がっていく。

灯台の火は、もはや暗夜のくず星に等しい。その暗黒の中にいるのは、帝自身と、常陸の君と、それからそれ以外にも……。

この暗さに目は全然慣れなかったが、なぜか、自分たち以外の者の姿が次第に見えてきた。

男もいる、女もいる。ヒトのようでありながら、ヒトではないモノ。あるモノは脇腹から蜘蛛《くも》の脚を生やし、あるモノは肌に鱗《うろこ》を生じさせ、またあるモノは異様に長い舌を垂らしている。

「こ……これは⁉」

「姉の七綾から借り受けた、物の怪たちでございます」

「七綾……？」

どこかでつい最近聞いた名前だと思った。だが、恐怖で思考が停止してしまい、それがどういった素性の者だったか、まったく思い出せなくなる。

「ひ、常陸の君……」

「ですから、滝夜叉と申します。将門の娘の滝夜叉と。本物の前常陸介の娘は、上洛《じょうらく》の途中、盗賊に襲われて、命を落としてしまわれました」

ふと瞳を翳《かげ》らせたのは、前常陸介の娘への同情だったのか。だが、それもほんの一瞬のこと。滝夜叉はすべてを思い切ったように、正面から帝を見据えた。

「弟の相馬太郎良門に皇位を譲り渡していただきたく、まかりこしてございます」

その言葉に唱和するように、異形《いぎょう》の者たちがいっせいに笑った。

第五章　逢坂《おうさか》の関

欠け始めたばかりの月明かりのもと、平安京の中心、内裏《だいり》はひっそりと静まり返っていた。いつも華やいだ空気に満ちている場所だけに、今宵《こよい》の闇はなおさら深い。空に月があってさえも。

そんな静けさの中、弘徽殿《こきでん》内の自分の局《つぼね》で、深雪《みゆき》はふっと目を醒《さ》ました。

彼女の場合、夜中に目が醒めることは滅多にない。最初は深く考えたりもせず、寝返りを打って目を閉じた。こうしていれば、すぐにもまた眠りが訪れてくるはずだったから。

だが、いつもと違って、なかなかそうならなかった。眠るどころか、胸が妙に騒ぎ始める。こんな落ち着かない気分になるような理由は、まったく思いつかないのに。何度も寝返りを打ち、夜具の中にもぐりこむが、頭はますます冴《さ》えていく。

やがて、深雪はあきらめて目をあけた。眠れないならば眠くなるまで待とうと、じっと虚空《こくう》をみつめる。

蔀戸《しとみど》を閉めきった屋内は、完全な闇に包まれており、いくら目を凝らしても何も見えはしない。だが、肉眼に映るものがないからこそ、感覚はさらに研ぎ澄まされる。この胸騒ぎの正体が、おぼろげながらつかめそうな気がしてくる。

（誰かが……泣いているのかしら？）

すすり泣きを耳ではっきり聞き取ったわけでもないのに、深雪はなぜか、そう思った。夜の空気に、誰かのため息と涙がひそやかに溶けているような、そんな気がしたのだ。

さらに神経を集中させれば、それが誰なのかもわかりそうだった。理屈では説明できそうもない、本能的な何かが、気まぐれにささやきかけているよう。

暗闇の中で息をひそめていると、しばらくして深雪の脳裏に、憂《うれ》いを帯びた美しい横顔が浮かんできた。

（常陸《ひたち》の君《きみ》？）

新参女房の常陸の君だ。なぜか、彼女が泣いているような気がする。何かをとても悲しがって、唇を噛《か》んで、声を殺して泣いているような……。

一度そういう情景を思い描くと、もう脳裏からそれを消すことができなくなった。実の母親とうまくいっていなかったという打ち明け話を聞いたせいもあるだろう。なんとか彼女を慰めてあげられないかしらと、言うべき台詞《せりふ》を想像したりする。

局は離れているのに、常陸の君が泣いているに違いないなどと、どうしてそんなことがわかるのか。単なる気のせいではないのか――と、理性はもっともらしいことを並べたてて反論する。だが、それでも心が騒ぐのを抑えこむことができない。

常陸の君が自分に助けを求めているのではないか、といったふうにも思えてきた。だから、こんなにだんだん切羽詰まった感じがしてくるのではないか……。

迷ったあげく、深雪はそっと身体《からだ》を起こした。手探りで明かりをつけ、袿《うちぎ》を引っぱり出して、袖を通す。袿の布地はひんやりとしていて、余計に眠気が飛んでしまう。

(ちょっとだけ様子を見に行こうかしら。このままじゃ、とても眠れそうにないし。考えすぎだとは思うのだけれど……)

自分自身への言い訳を心の中でつぶやく。深夜の弘徽殿は、静かすぎて不気味なほどだったが、恐怖よりも常陸の君を案じる気持ちが勝って、深雪は彼女の局へと忍び足で向かった。

さらなる闇路にむかって歩いていることなど、知るはずもなく。


時刻は丑《うし》の刻。普段ならこれくらい遅くとも、宵っぱりの女房の話し声や、恋人のもとへ通う公達《きんだち》の沓音《くつおと》が聞こえてきそうなものなのに、御所は完全な静寂に包まれていた。常とは異なる静かな夜を、夏樹と一条はひと言も口をきかずに歩いていた。互いに手をしっかりと握りあって。

こうしていれば、彼らはたとえ他者に姿を見られても、存在を認識されることはない。そこにはいないものとして、あるいはまわりにある建物や樹木と同様、そこにあって当たり前のものなのだと思わせることができるのだ。

そんな不思議な隠形《おんぎよう》の術を行使しているのは一条だった。天文から未来を読み取り、鬼神を操ることもできる陰陽師《おんみようじ》——正確には、勉強中の陰陽生《おんみようしよう》だが——なればこそできるわざだ。夏樹は彼と手を握ることで、その効力を分け与えてもらっているにすぎない。

おかげで、警固《けいご》の武士に見咎《みとが》められもせず、内裏の奥の後宮《こうきゆう》へもぐりこめた。目指すは弘徽殿である。

そんなところにこんな真夜中近づくのも、夏樹ならばさほど難しいことではない。彼の官職は帝《みかど》のそば近くにいられる蔵人《くろうど》だし、いとこの深雪は弘徽殿に仕える女房だし、たとえ姿を見咎められても弁解には事欠かないだろう。

しかし、夏樹は誰にもみつからずにこっそりと弘徽殿に近づきたかった。それで、一条にこんな形で同行してもらうように頼んだのだ。

夏樹をそんな気持ちにさせたのは、弘徽殿の新参女房の常陸の君が帝に宛てて出した文《ふみ》だった。夏樹はただその橋渡しの役目をしていただけだったが、どうしても耐えきれずにその文を盗み読んでしまったのである。

優美な女文字でしたためられていたのは、常陸の君の内気そうな様子とはまったく正反対の内容だった。本当にわたくしを想《おも》ってくださるのでしたら、弘徽殿の西側の、北から二番めの戸の鍵をあけておきますので、今夜の丑の刻すぎに忍んできてくださいませ――と、そこに記されていたのだ。

物慣れた女なら、自分の局に男をひっぱりこむことも普通かもしれない。あんなにおとなしそうだったのに、所詮は見せかけだけだったのだと思うのも容易《たやす》い。

だが、相手が相手だけにそれだけではすまされない。主人である弘徽殿の女御《にょうご》をさしおいて、帝に逢《あい》びきの約束を持ちかけるなど、裏切りに他ならないではないか。

『でも、主上《おかみ》のご寵愛《ちょうあい》を賜《たまわ》るなんて、女としては最高の名誉よねえ。宮家や大臣家の姫君を抑えて、受領《ずりょう》の娘が……なんて、本当に夢のようだもの』

以前、深雪が意地悪くささやいた言葉が思い出されてくる。確かにそのとおりだし、帝の寵愛が身分の高い妃《きさき》から女房や女官《にょかん》に移った例も、過去になかったわけではない。それくらい、夏樹にもわかっている。だが、あのひとに限って……。

「弘徽殿だぞ。どうする？」

一条の冷徹な声に、夏樹はハッとわれに返った。すでに、ふたりは弘徽殿の西面にたどりついていた。

あたりに人影のないことを確かめて、夏樹は一条の手を離した。そして、北から二番めの戸におそるおそる触れてみる。

だが、次の行動に移れない。確かめたい気持ちと、そうしたくない気持ちが、夏樹の中でせめぎ合っていた。

もしかして――もしかしたら、常陸の君は帝の求愛を拒む手段としてあの文を書いたのかもしれない。たとえば、戸に鍵がかかっていたら？　からかわれたのか、と思った帝は、きっと常陸の君をあきらめるだろう。彼女はそれを狙ったのかもしれない……。

しかし、期待は空《むな》しく、ほんの少し力を入れただけで戸はあいてしまった。

弘徽殿の中は真っ暗だった。それに、怖いくらい静かだ。他の女房たちはもう眠ってしまったに違いない。

帝はすでにここから中へ入ってしまったのだろうか。隠形の術を使っているのだから、ここに来る前に清涼殿《せいりょうでん》を覗《のぞ》きこむのも可能だったが、さすがに夏樹もそこまでやる勇気がなかった。あとはもう、帝の良識を信じるしかない。

しかし、そんなものがあれば、そもそも自分の妃の女房に恋文を送りつけたりはしないはずだ。それも一度ではなく何度も。知らぬこととはいえ、彼女に想いを寄せる夏樹を橋渡しに使って。

返事をくれず無視し続けていた相手が、ようやく色よい返事を寄越《よこ》したのだ。絶対に、いつもの変装をして、ほいほいと出かけていったはずだ。同じ屋根の下にいる弘徽殿の女御の気持ちも何も考えずに。帝は残念ながら、そんな刹那《せつな》的なところのある人物だった。

帝の人格批判など臣下にあるまじき所業だと、いつもの夏樹なら自己嫌悪に見舞われていただろう。が、彼は自分の心の動きにさえも気づいていなかった。知らず知らずのうちに、苦渋に満ちた表情を浮かべていることも、もちろん。

そんな夏樹に、一条は落ち着きはらった様子で声をかけた。

「中に入るか？」

夏樹の肩がびくんと震える。振り返って、友人の整いすぎた顔をじっとみつめる。が、どんなふうに返事をしていいものか——どうしたいのか、自分のことなのに決断できない。

人目を避けて弘徽殿を訪れたかった理由は、ここへ来る途中、すでに一条には打ち明けていた。言葉の足りぬ説明だったが、たぶん、語らなかった常陸の君への秘めた想いまでも見透かされてしまっただろう。だから、彼はこうして術を使い、ついてきてくれたのだ。

（それなら、わかっているだろうに……）

あせる気持ちも、ためらいも、奥底でくすぶる怒りも。常陸の君と言い交わしたわけでも、告白したわけでもないのに、なぜか傷ついてしまって泣いている心も。

なのに、一条は何も言ってくれない。冷ややかとも形容できそうな、静かなまなざしを向けるだけだ。

月光を受けて、彼の淡い色彩の瞳はおぼろに光っている。少女のように白い肌、自然に色づいた唇、十六歳の少年にはふさわしからぬ妖艶《ようえん》さ。それらはどこかしら、一種独特の凶々《まがまが》しさを漂わせている。

すっかり気持ちが高ぶっている夏樹にも、それがはっきりと感じられた。だが、怖いとは思わない。それよりも、自分がどう思われているかが気になった。こんなに内面をさらけ出してしまったのだ、十中八九、馬鹿なやつだとあきれられているだろうが……。

一条はゆっくりとまばたきをした。それだけで、彼の美貌が醸し出していた凶々しさが、わずかながら減少する。

「中で、若い男が」

ぽつりとつぶやく。

「助けを求めている」

突然そう言われても、なんのことやら理解できない。夏樹はもう一度聞き直そうとしたが、それより早く、弘徽殿の中から小さな声が聞こえてきた。

なんと言っているかは聞き取れなかった。そもそも意味などなかったのかもしれない。

追い詰められ、ひどくとり乱しているような響きだったから。それこそ、一条の言ったとおり、助けを求めているような……、それも若い男が。

いまこのとき、弘徽殿にいる若い男というと、真っ先に帝が浮かんでくる。

（まさか……！）

常識とか礼儀とかを考えるより以前に、夏樹は弘徽殿へと踏みこんだ。瞬間、全身に奇妙な感覚が走る。

まるで、薄い被膜をつき破って中に侵入したようだった。もちろん、そんな膜などどこにも見当たらない。あとについてきた一条を反射的に振り返ると、彼も一瞬、奇妙な顔をした。

何か妙だ、と思ったが、あの声が再び聞こえてきたので、夏樹はその考えを振りはらい、弘徽殿の奥にむかって駆け出した。一条も、横にぴたりと並んでついてくる。

弘徽殿の中は完全な闇だったが、一条のはためく袖だけは、なぜかはっきりと視認できた。そのおかげで、夏樹も柱や壁にぶつからずに走れたのだ。

ふたりが駆けつけていくその間にも、声は次第に大きくなっていく。助けを求める悲鳴だということは、もはや疑いようがない。声の主《ぬし》が帝であることも、もう間違いなかった。

常陸の君のもとに忍んでいった帝の身に、何事かが起こったのだ。よほどのことがなければ、この状況であれほど騒いだりはすまい。もしかして、ここ最近、御所内で目撃されている物《もの》の怪《け》が現れたのやも……！

最悪の想像が夏樹を責め苛《さいな》む。足音を殺すような余裕はないし、もはや必要ないと思われた。悲鳴が聞こえているのだ、すぐにも女房たちが目を醒まし、騒ぎたてるに決まっている。

しかし、そのような気配はまったくなかった。誰もいないかのように弘徽殿は静かだ。夏樹と一条の足音、それにあの悲鳴だけが聞こえるばかり。

外ならばともかく、弘徽殿の内にいてあの悲鳴が聞こえないはずはないのに、女房たちはそれほど深い眠りに堕《お》ちているのだろうか。あるいは——

弘徽殿に侵入したときの奇妙な感触が、夏樹の肌に蘇《よみがえ》ってきた。いやな予感が脳裏をよぎる。異変が他の者に知られないようにと、ここで妖術が用いられていたのかもしれない、と。

（七綾《ななあや》か……!?）

九年前、東国《とうごく》で起こった平将門の乱。その首謀者、将門の娘の七綾姫。国をも傾けられる美女でありながら、目的のためには手段を厭《いと》わぬ豪胆さを兼ね備えている。

その七綾が帝を狙うのは当然と言えた。しかも、帝は今宵、お忍びで女人《にょにん》のもとを訪れている。相手が女御の女房だけに、供もつけてはいないだろう。こんな好機を、七綾が逃すはずはない。

（主上だけでなく、常陸の君までもが危うい目に……！）

あせりながら、夏樹は渡廊《わたりろう》の角を曲がった。途端に目の前が明るくなる。待ち構えていたかのように、そこに誰かが明かりを持って立っていたのだ。

夏樹は咄嗟《とっさ》に腰の太刀《たち》を抜こうとした。が、寸前で、一条の手が夏樹の手を押さえる。

次の瞬間、いやに聞き慣れた声が耳に届く。

「夏樹じゃない！　陰陽生の一条どのも……。どうして、こんなところに⁉」

明かりを手にし、驚きに目を見開いているのは、いとこの深雪だった。

一条が止めなかったら、あやうく斬りつけていたかもしれない。そう思っただけで、夏樹の背に冷たい汗が流れる。

とうの深雪は、己《おの》が身にふりかかっていたかもしれない危険にまったく気がついていない。明かりを掲げて、いとこの顔を照らし、いぶかしげにみつめている。

言葉を失っている夏樹に代わり、一条が質問した。

「伊勢の君こそ、こんな真夜中にどちらへ？」

その冷静すぎる態度が癇《かん》に障ったのか、深雪は微《かす》かに眉をひそめた。

「それはわたしの台詞よ。そちらのほうが、ずっと怪しいでしょうに。どうして、ふたりしてこんなところに……」

「これだけ騒がしいのに、誰も目醒めようとしないのですね。伊勢の君以外は」

一条はあくまで深雪の問いを無視する。どうするべきかと、夏樹が迷っていると、帝の悲鳴と派手に転がるような音が響いた。

深雪への言い訳よりも、あちらのほうを先になんとかしないと。そう決断した夏樹と一条は、ほぼ同時に深雪の脇を駆け抜けた。

「ちょっと待ってよ。あの悲鳴はなんなのよ」

深雪があわてて、あとを追いかけてくる。彼女の手にした明かりが、背後から夏樹たちを照らし、より大きな影を前方に落とす。ただの影だとわかっていても、まるで行く手を遮られているようで、不吉な予感はますます募る。

が、床に尻餅《しりもち》をついた男の姿を前方に発見したとき、夏樹の中に巣くっていた不安は消滅した。

「主上！」

夏樹の呼びかけに、帝が振り返る。深雪の掲げた明かりに照らされた顔は、血の気を失い真っ白だったが、怪我《けが》をしているようには見受けられなかった。

帝の震える唇が何かを語ろうとしていた。説明か、言い訳か、助けを求める叫びか。だが、それが言葉となって発せられる前に、帝のすぐ近くに下がっていた御簾《みす》が、内側から押されて膨れあがった。

御簾はめくれ、何かが飛び出してくる。

目の前に現れいでたものを、夏樹は以前に見たおぼえがあった。忘れられるはずがない。

若い男――だが、その目は爬虫類《はちゅうるい》独特の細い瞳孔を宿し、肌のところどころに灰色の鱗《うろこ》が浮いている。まさにそれは、七綾の妖術により、夏樹の目の前で物の怪に変えられた若者だった。

帝の悲鳴と、深雪が息を呑《の》む音が重なる。物の怪は夏樹たちには目もくれず、いちばん近くの獲物――帝にむかって飛びかかった。

鱗の浮いた手が相手を捕らえたその刹那、夏樹は太刀を抜いていた。白銀の軌跡を描き、鋭利な刃《やいば》が物の怪の腕を両断する。

身の毛もよだつような悲鳴をあげて、物の怪は床に倒れた。血の噴き出す傷口を押さえ、ごろごろと転げまわる。が、その動きも突然にぴたりと止まった。致命傷とも思えぬし、血の量とてまだ少ない。なのに、物の怪は唐突に動かなくなり、息絶えてしまったのだ。

しかし、それで終わりではなかった。夏樹たちが声もなく見守る中、物の怪の腕の断面が小さく盛りあがってきたのである。

肉を突き破り、体内から這《は》い出してきたのは、一匹のヒキガエルだった。表皮が血でぬらぬらと光っている。ヒキガエルは隙をついて、その場から逃れようとしたが、素早く前に出た一条にあっけなく踏み潰されてしまった。

ヒキガエルが体外に出たことで、物の怪の身体は変わりつつあった。縦に細かった瞳孔は膨らんで正常な円形に、鱗も徐々に消えていく。だが、生命がその身に戻ることはない。ヒキガエルが体内に入った時点で、人間としての彼は死んでいたのだ。

夏樹と一条は過去、すでにこの奇怪な現象を目撃していた。二度目でも驚きと嫌悪感は変わらない。まして、初めて怪異をまのあたりにした帝と深雪は、恐怖のあまり身動きもできずにいる。

だが、凍りついていた時間を破ったのは、深雪だった。

「あそこは……常陸の君の局なのに……」

同僚の身を案じるその言葉が合図だったかのように、御簾と柱との細い隙間から、たおやかな女の手が差し出された。細く白い指は、御簾をつかんで引きおろす。御簾が落ちると、夏樹たちの前に常陸の君が姿を現した。

背筋をのばし、凜《りん》とした立ち姿には、いままでの内気そうな様子は微塵《みじん》もなかった。ただまなざしだけは、やはりどこか寂しげで、覗きこまずにはいられない深い色をしている。

その瞳ゆえに、夏樹は状況を理解できずにいた。彼女の背後に、物の怪たちが控えているのを目撃しても。

眼窩《がんか》から海老《えび》の触角のような感覚器を、脇から蜘蛛《くも》の脚を生やした男。蛙《かえる》のような長い舌を垂らした女。彼らはここ最近、御所に出没している物の怪だった。それがとうとう、弘徽殿の中に現れたのである。

「常陸の君……」

彼女を助けよう、そう思って夏樹は常陸の君に近づこうとする。彼を引き止めたのは、帝の叫びだった。

「違うぞ！　それは前常陸介《さきのひたちのすけ》の娘ではない!!」

夏樹は足を止めたが、帝の言葉をちゃんと理解したからではなかった。ただ、何かがおかしいとは感じていた。常陸の君が泣きもわめきもせず、憂いをたたえた表情で自分を——それから深雪を、一条をみつめていたから。

帝はさらに声を張りあげた。

「それは、将門の娘だ！」

帝の叫びは、刃物のように夏樹の胸をえぐった。七綾や良門《よしかど》を知らない深雪でさえ、平将門の名はわかるらしく、小さな驚きの声をあげる。

「常陸の君が……将門の娘!?」

そうつぶやいたきり、彼女は両手で口を押さえてしまった。

唯一、落ち着いているのは一条だけだった。少なくとも、表面上はそう見える。彼は普通の女人なら泣き出してしまいそうな冷たい目を将門の娘に向けていた。

一条と視線をからませていた彼女は、薄く微笑《ほほえ》んで目をそらした。内気な常陸の君の面影を漂わせて。それからすぐに、毅然《きぜん》と顔を上げる。王者の娘にふさわしい威厳をもって。

「わたくしの名は滝夜叉《たきやしゃ》」

「常陸の君……？」

夏樹はいま聞いた彼女の言葉を否定したくて、弱々しく首を横に振った。だが、滝夜叉はよく響く音楽的な声で続ける。

「七綾は姉、良門は弟。九年前、朝廷に奪われたものを姉弟で取り戻しに来たまで……。だから、あなたたちに用はありません。命が惜しければ去りなさい。その男を置いて」

滝夜叉が指差したのは、もちろん、床にすわりこんでいる帝だった。

そう言われて、素直にうなずけるはずがない。夏樹は抜き身の太刀を中段に構えた。しかし、手の震えを抑えることはできない。こんなに太刀がふらついていては、まともに闘えないような気が自分でもしていた。

弱気になっているのが、物の怪どもにも伝わったのだろうか。滝夜叉の背後から、突然、女の物の怪が飛び出してきた。

完全にふいをつかれた夏樹だったが、それでも、咄嗟に後ろにさがろうとした。が、物の怪の長い舌が太刀にからみつき、動きを封じられてしまう。

どんなに引いても太刀は動かない。断ち斬ろうとしても、舌についた粘液のせいで刃が滑ってしまう。

物の怪は勝ち誇ったようにニッと唇を歪《ゆが》めると、いきなり太刀を解放した。力いっぱい太刀を引っぱっていた夏樹は、反動で後ろに倒れこんだ。そこへ、男の物の怪が走り出てきた。無防備になった夏樹を狙って。

武器を持っているのは夏樹ひとり。帝も深雪も一条も素手だ。これでは、誰も物の怪を止められない――

だが、一条が動いた。夏樹の前に身を投じると、彼は右手をのばし、虚空にひと差し指で五本の線を描く。

「バン、ウン、タラク、キリーク、アーク！」

一条の指の延長、物の怪の額に、五つの点を結んだ図形――五芒星《ごぼうせい》が浮かびあがった。たちまち、ジュッと肉の焼ける音がして、星の形そのままの焼け痕《あと》が、物の怪の額に生じる。

絶叫し、物の怪は仰向《あおむ》けに倒れた。驚愕《きょうがく》の形に開かれた口から、すぐにヒキガエルが這い出してくる。が、今度のヒキガエルは、物の怪の口の端から転がり落ちるや、二度と動かなくなった。その背には、五芒星の焦げ痕が押されていたのである。

仲間を倒され、最後に残った女の物の怪はあせったのか、一条にむかって闇雲に駆け寄ってきた。迎え撃つつもりか、一条は再び右手を上げる。が、夏樹が彼を横へ押しやり、代わって物の怪の進路に立つ。

両手で握りしめた太刀は、粘液をまだこびりつかせていて、とても使えそうには見えなかった。だが、夏樹は充分に距離が縮まったところで腰を落とし、切っ先を押しこむようにして、物の怪の喉に太刀を突き立てた。

満身の力をこめて押し出した太刀は、物の怪の喉からうなじへと貫通した。返り血が、夏樹の頰を濡《ぬ》らす。その冷たさに、これはもうすでに死んだ肉体なのだと改めて実感する。

（死者を物の怪に堕とすほど辱めるなんて……）

夏樹はやっと本当の意味で死ぬことができた死体を押しのけて立ちあがった。喉の裂けた死体は仰向けに転がる。傷口からヒキガエルが這い出してくるだろうが、夏樹はもうそちらには目もくれなかった。ただ、滝夜叉だけをみつめて、ゆっくりと彼女に歩み寄る。

手に太刀を下げていたが、使う気はなかった。これだけ血と粘液にまみれていては使い物にならないし、なにより自分に彼女が斬れるとは思っていなかった。

いまだに信じられない。常陸の君が、あの残忍な七綾や良門の仲間だなんて。不気味な物の怪たちと共にある姿を見ていても、その思いは消えなかった。何か理由があって、仕方なくやっていることではないのかと思いたかった。祈るような気持ちで、夏樹はその可能性にしがみついた。

しかし、滝夜叉は懐から小柄《こづか》を取り出し、鞘《さや》を捨てた。大きく振りかぶって、夏樹を刺そうとする。あの、憂いを帯びた表情のままに。

夏樹は抵抗もせずに、自分に襲いかかってくる刃を凝視していた。思考は完全に停止している。きっと、斬られても痛みを感じないに違いない。相手が彼女なら、これも本望かも……。

が、寸前で一条が夏樹の後ろ襟を乱暴に引っぱった。おかげで、小柄はそれ、直衣《のうし》の前合わせを裂いただけにとどまる。

「馬鹿か、おまえは!!」

「やめてよ、常陸の君！」

一条の罵声《ばせい》と、深雪の叫びとが重なる。

「あなたは一条どのが好きなんじゃなかったの!?」

その叫びは、常陸の君の正体を知ったときよりも大きな驚きを、夏樹にもたらした。呆然《ぼうぜん》とする夏樹に構わず、深雪はさらに言葉をぶつける。

「それにあなたは、こんなこと、本当はやりたくないはずよ。あなたは泣いていたじゃない、心の中で。わたしに助けを求めていたじゃない」

滝夜叉は困惑したように眉をひそめた。深雪の主張を否定しているのか、肯定しているのか、それだけでは判断がつかない。だが、動揺を隠すように長いまつげが震えているのがわかる。

「お願い、やめて。まだ遅くないわ。だって、いやなんでしょう？　まわりに担ぎ出されただけで、本当はあなた、こんな残酷なことはしたく……」

必死に説得しようとする深雪の声が、途中でかすれた。いつの間にか、彼女の後ろに黒い装束の男が立っていたのだ。

その服装は、良門が率いていた盗賊たちと寸分違《たが》わず同じ物だったが、頭巾は被《かぶ》っていなかった。さらされた直面《ひためん》の右半分は、火傷《やけど》の痕のようなひきつれに覆われている。長めの前髪もそのすべては隠しきれていない。

男は深雪の首を押さえ、もう片方の手に持った刀を彼女の胸もとに当て、押し殺した声でささやく。

「それ以上は言わないことだ」

「小太郎……」

滝夜叉が男の名をつぶやく。それを聞かずとも、男が将門の残党のひとりであることは明らかだった。

いまのいままで、まったく気配を感じさせなかったのだ。腕のほうも相当であろう。ましてや、深雪を人質にとられては、夏樹たちが動けるはずがない。都を騒がす冷酷無比の殺人鬼のひとりだ。彼女を殺すのをためらったりはすまい。

「七綾姫の物の怪をことごとく倒すとは、京にもなかなかの使い手がいる。時期が早すぎたかもしれないな」

小太郎は自嘲気味《じちょうぎみ》に笑うと、滝夜叉に視線を移した。

「こちらへおいでください、滝夜叉姫。われわれは、いまここであなたを失うわけにはいかないのです」

一瞬、迷いが滝夜叉の顔に浮かんだ。それは一条に向けられたものだったが、彼が返したのは冷たい視線だけだった。

その視線に彼女が傷ついたのが、夏樹にも見て取れた。

(もしや、常陸の君は……)

滝夜叉はひと呼吸、置いたのち、表情から迷いを消して小太郎に歩み寄った。

小太郎に押さえつけられながらも、深雪は懸命に声を絞り出した。

「だめよ、常陸の君……！」

滝夜叉は深雪に向けて、わずかに微笑んだ。

「わたくしは常陸の君ではないのよ、伊勢の君」

それが悲しげに聞こえたのは、夏樹だけだったろうか。確かめる間もなく、滝夜叉は闇に溶けるように逃げていく。小太郎も、深雪を突き飛ばしてから、身を翻《ひるがえ》して闇に消える。

一条が吐き捨てるように何事かをつぶやき、彼らのあとを追って走り出した。しかし、夏樹はその気力もなく、帝や深雪同様、ただ呆然と闇の彼方《かなた》をみつめるばかりだった。


一条の追跡にもかかわらず、滝夜叉と小太郎はついにみつけられなかった。おそらく、彼らは失敗したときのことを考えて、周到に逃げ道を用意していたに違いない。

夏樹はその後、帝の指示に忙殺された。まずは帝を無事に清涼殿に送り届け、それから同僚の蔵人たちや滝口《たきぐち》の武士に異変を知らせ、ヒトに戻った物の怪の死体を彼らに見せて事の次第を語った。

ただし、まったき真実を語ったわけではない。

夏樹自身がいとこの伊勢に仲立ちをさせて、意中の新参女房のもとに通おうとしたところ、ふいに物の怪が現れた。たったひとりで奮戦して、この三体は倒したものの、最後に一体残った物の怪に、恋人の女房をさらわれていってしまった――と話したのだ。

例外として、蔵人所《くろうどどころ》の責任者の頭の中 将《とうのちゅうじょう》にだけは、事前に帝の口から真実が伝わっていた。おかげで頭の中将が口裏を合わせてくれ、非常に苦しい説明ながら、なんとか皆を信じこませることに成功した。

夏樹の説明に加え、深雪以外の弘徽殿の女房たちが、叩《たた》いてもつねっても目醒めなかったことが、やはりこれは物の怪の仕業と思わせるに足る証拠となった。

夜が明けると同時に術は解け、女房たちは次々に目を醒ましていったが、全員が昨夜のことはまるで気づかず眠っていたと証言した。それを聞いて、夏樹はホッと胸を撫《な》でおろした。帝の指示は、とにかくこの件を秘密裡《ひみつり》に処理することだったからだ。

なぜ、秘密にしたかったのか。そのわけは、ある程度落ち着いてきた昼過ぎになって、ひそかに清涼殿に呼ばれた折に明かされた。

帝の寝室である、夜の御殿《おとど》と呼ばれる一室に向かうと、そこにはすでに沈鬱《ちんうつ》な表情の帝と頭の中将が夏樹を待っていた。

夏樹が円座《わろうだ》に腰を下ろすや否や、さっそく帝が口を開く。

「いま、中将とも話していたのだが、良門追討の綸旨《りんじ》は出さないことにした」

思いもよらぬ言葉に、夏樹は驚いて、伏せかけた顔を上げた。

「それは……」

「明け方、逢坂《おうさか》の関を越えた者の中に、顔に火傷の痕の残る若い男がいたとの知らせが届いた。牛車《ぎっしゃ》に付き従っていたというから、おそらくその車に滝夜叉が乗っていたのだろう」

だから、いまさら追っても遅いというのだろうか。そんなはずはない、あきらめるのは早すぎる、と夏樹は思った。

おそらく滝夜叉たちは、計画を練り直すために本拠地の東国に戻ったのだろう。都を離れ、逢坂の関を越え、彼らが向かう先は、そこ以外にはあり得ない。行き先の見当がついているのなら、いますぐ追っ手を差し向け、捕らえることもまだ可能なはずだ。なのに、なぜそうしないのか。

声には出さずとも、そんな疑問がありありと顔に出たらしい。

「なぜ追わぬのかと言いたいか。不思議に思うのはもっともだ」

と、帝は重々しくうなずいた。

「甘いと誹《そし》られるかもしれない。だが、もしかして伊勢が言っていたことが本当なら……、滝夜叉が真実、謀反など望んではおらず、姉や弟の野望にいやいや従っているのだとしたら……、できうることなら救ってやりたいのだ」

夏樹は知らず知らず、両手をきつく握りしめていた。指が掌《てのひら》に食いこみそうなほど、きつく。

帝は夏樹の葛藤には露ほども気づかず、自分の胸の内を語り続ける。

「聞けば、あの物の怪を作ったのは姉の七綾で、夜盗《やとう》を率いていたのは弟の良門というではないか。滝夜叉はまだ直接は罪を犯しておらぬ。そのことからも希望はあるように思うのだ。幸い、夜盗、俤丸《おもかげまる》が将門の残党だと知る者は少ない。良門の追討は先に引きのばしてでも、滝夜叉の真意を知る時間がぜひとも欲しい」

帝が熱心に語れば語るほど、夏樹はつらくなった。それでも、尋ねずにはいられない。

「……どうやって、滝夜叉の真意をお確かめになるおつもりですか」

「そのことで、ここにそなたを呼んだのだ。どうか、他の者に知られぬよう、滝夜叉を追ってはくれまいか」

途中から予測していた返事だった。なのに、平静でいられる自信がなく、夏樹は顔を伏せ、動揺をひた隠した。それを拒絶ととったか、帝は熱っぽく説得を始める。

「たった一度でいい。一度だけでも、滝夜叉に尋ねてみて欲しい。良門たちと手を切り、都に戻ってくる気はないのかと。もしも、その気があれば、彼女を保護し、それから良門を追討しても遅くはあるまい。いや、滝夜叉が条件として弟の命乞《いのちご》いをするのなら、減刑を考えてもいい」

なおも言い募る帝の顔を、夏樹はとても見ていられなかった。じっと伏せたままで、

（それほどまでに主上は滝夜叉を想っていらっしゃるのか）

と、苦い思いを噛みしめる。

滝夜叉が一条に想いを寄せているという深雪の言葉を、帝も聞いているはずなのに、歯牙《しが》にもかけていない。おそらく、おのれのほうに振り向かせる自信があるのだろう。確かに、そうさせるだけの力を帝は持っている。罪は問わぬから帰ってこいとためらいもなく言えるのは、この国の最高権力者である彼だけだ。

それにひきかえ、自分には権力もなければ、一条のようなハッとするほどの魅力もない。気持ちを打ち明けるだけの勇気もなければ、諦めることもできずにずるずると恋心をひきずっている。みっともないと思われても仕方がない。

(どうすればいい?)

夏樹は自分自身に問いかけた。

わざわざそんなことをしなくても、答えはひとつしかなかった。

(やるしかない。他の誰にも、この役目だけは渡せない)

だが、その前に確認しておかねばならないことがある。

「されど、もし……」

夏樹は顔を上げ、反応を逃すまいと帝をしっかりと見据えてから尋ねた。

「滝夜叉が本心から姉弟と野望をともにしており、主上のお慈悲を拒んだ場合は、いかようにすべきでしょうか」

そのことについても考えていたのだろう、帝は顔色も変えずに、きっぱりと言い切った。

「ならば、やむを得ない。野放しにはできぬ者どもだ、討つしかあるまい」

夏樹は再び顔を伏せ、目を閉じた。

まぶたの裏にありありと、滝夜叉を抱きしめる自分の姿が浮かぶ。彼女の顔はほの白く、瞳は閉ざされ、胸には血がにじんでおり、自分が手にした太刀には同じ血がこびりついている。そうなってからしか、自分は滝夜叉をこの腕に抱くことはできない——なぜか、そんな気がした。

もちろん、それは最悪の想像だ。だが、帝のものになる滝夜叉も見たくない。ならば、いっそ……。

そんな危険なささやきが、どこからか聞こえてくる。夏樹は頭を振って、それを追いはらい、おのれの気が変わらぬうちにと早口で言った。

「主上の仰せ、確かに承《うけたまわ》りました」

「やってくれるか」

帝の顔色がパッと明るくなる。前に出て、夏樹の手を握りしめたほどだ。

「すまない。このことは生涯忘れぬぞ」

それまで黙っていた頭の中将も、ひきしめていた唇をやっとゆるめる。

「新蔵人は物の怪と闘って鬼気にあてられたらしく、急に病に倒れた、ということにでもいたしましょうか。ひと月、ふた月はそれで時間ができるかと」

ひと月か、ふた月。東国まで馬で行けば十日とかからないが、捜索にどれだけ時間をとられるかが読めない以上、ゆっくりしている暇はない。

「では、本日中に支度を整え、夜の明けぬうちに京を発《た》ちましょう」

帝は目を潤ませて何度もうなずいた。

「こちらもすぐに、口の堅い、腕のたつ者を数人ほど用意させよう。頭の中将、さっそく……」

「いえ、それには及びません」

思いも寄らぬ言葉だったのだろう、帝は急に不安そうな顔になった。

「しかし……」

「良門の追討ともなれば、わたくしひとりの手には当然負いかねますが、滝夜叉の説得であれば、ひとりでも充分かと。人数が少なければ少ないほど、秘密も守れましょうし、むこうも警戒心をいだきますまい。どうか、このお役目はわたくしひとりに」

「何を馬鹿な、滝夜叉のまわりには妖術使いの七綾もいるのだぞ」

「承知のうえでございます」

帝や頭の中将が気持ちを変えさせようと言葉を尽くしても、夏樹はがんとして譲らなかった。「秘密を守るため」の一点張りで押しのける。

根負けしかかった帝が最後の手段とばかりに、

「では、陰陽寮《おんみょうりょう》の一条という者だけでもつれていってはどうか。相当の使い手のようだし、滝夜叉のことをすでに知っている。そなたとも懇意らしいが」

と提案してきた。逡巡《しゅんじゅん》したものの、それすらも夏樹は断った。確かに一条がいてくれれば心強い。しかし、夏樹はどうしてもこだわりを捨てきれなかった。

「このお役目はどうか、わたくしひとりに」

重ねて主張すると、帝はしぶしぶながら条件を出した。

「手に余ると察したら、深追いはせずに応援を頼め。さらに……」

少しの間、ためらってから、思いきったように切り出す。

「もし、ふた月を経ても、そなたが戻らぬときは、滝夜叉に謀反の意ありとみなし、東国に軍を差し向ける。よいか」

ややあって、夏樹はその条件を飲むことを承諾した。が、応援を頼む件に関しては、最初から守るつもりなどなかった。

滝夜叉を連れ戻すか、涙を飲んで討つか、それともおのれが倒されるか、選択肢はその三つだ。もちろん、滝夜叉を死なせたくはないから、連れ戻せるものならそうしたいが……。

（ともに死ぬのも悪くはない）

自暴自棄な気分でそう思ったりもする。おそらく、このときの夏樹は悲劇に酔い痴《し》れていたのかもしれない。

暗い胸の内を隠して夏樹が退室しようとすると、襖障子《ふすましょうじ》のむこうから帝付きの女官《にょかん》が声をかけてきた。

「主上、弘徽殿の女御さまが清涼殿にお渡りになりましたが」

「あ？　ああ、そうか。少し、待たせておいてくれ」

帝が応えると、女官はさらさらと衣《きぬ》ずれの音をさせて離れていった。それを確認してから、帝はいぶかしげにつぶやく。

「弘徽殿が……？　そんな予定はなかったはずだが」

そこで、頭の中将がわざとらしく、ぽんと膝を打つ。

「おお、そういえば、お伝えするのを忘れておりました」

「何かな、頭の中将」

「おそばに控える者のほうがつらくなるほど、弘徽殿の女御さまがいなくなった女房の身を案じておられるので、女御さまにだけは真実をお伝えしたいと、伊勢と中す女房が願い出ておりました」

帝の口もとが激しくひきつる。

「許したのか？」

頭の中将は涼しい顔で、

「わたくしが何も申さずとも、伊勢は女御さまに訴えるつもりでいたようです。まことに主人思いの女房でありますな」

そっちも主人思いになれ、新蔵人を見習え、などとぶつぶつ言われても、頭の中将は気にもせず、にこやかに微笑んでいる。夏樹はあっけにとられて、ふたりを交互にみつめるばかりだ。

とうとう、帝は頭をかかえてしまった。

「承香殿《しょうきょうでん》の女御も勝ち気で怖いが、弘徽殿の場合、普段がおとなしいだけに、怒らせると余計におそろしいような……」

女御に仕える女房の局に、真夜中ひとりでのこのこ忍んでいったのだ。怒られて当然である。さすがに同情の余地はない。

夏樹も帝の苦悩を冷めた目でみつめていた。こんなふうに主君をつき放すのは臣下にあるまじきことだろうかと畏《おそ》れ入る一方で、これくらいは許されるのではなかろうかと思ったりもする。

自分はこれからこの手で恋を終わらせに行くのだから。それに比べたら――

夏樹は清涼殿を出ると、まず弘徽殿に向かった。たまたま簀子縁《すのこえん》を歩いていた女房に声をかけ、深雪を呼び出してもらう。もしかしたら女御に付き従っているかもと危惧《きぐ》したが、運よく深雪は弘徽殿に残っていた。

「まだ帰らせてもらえないの、夏樹？」

奥から出てくるや、深雪は開口一番、そう言った。

「おおかた、何度も同じことを言わされてるんでしょ？　そういうのはうまくかわして、さっさと邸《やしき》に戻って寝なさいよ。あなた、ひどい顔してるわよ」

「そんなにひどいかな」

「顔色は悪いし、クマができてるし、唇なんか土気色じゃない。桂がびっくりしちゃうわよ。いまのうちに言い訳、考えておきなさいね」

ぽんぽんとぶつけられる台詞に、少し活力を分けてもらえたような気がして、夏樹はわずかに微笑んだ。

「よかった、いつもと変わらなくて」

「わたしだって、いろいろあって、頭の中はめちゃくちゃよ。だけど、こんな有様の夏樹を見たら、そうも言っていられないじゃない」

「そんなにひどいかな」

「そうよ、こっちも質問攻めで寝られなかったのに、夏樹はもっと大変だったんでしょう？　それがそのまま顔に出てるわよ。早いところ寝なさい。わたしもこれから寝るんだから。本当は、清涼殿についていって、女御さまに叱られる主上を見たかったんだけど、疲れているようだから休みなさいって言われて、泣く泣く諦めたんですからね」

　主上の名を聞いて、夏樹の微笑は消えてしまう。

「実は、ついさっきまで主上のそばにいたんだけど……」

　重い口調で、東国に旅立つことになった経緯を話す。最初は全体が見えずにおとなしく聞いていた深雪も、話が進むにつれ、表情が変わっていった。

「そういうわけで、ぼくは明日にでも東国へ……」

「ちょっと、ちょっと待ってよ」

　簀子縁の勾欄《こうらん》を握りしめて、深雪は声を震わせる。

「どうして、夏樹がたったひとりで行かなくちゃならないのよ」

「それがぼくの出した条件だから」

「だから、どうして、ひとりなのよ」

　興奮してだんだん声の高くなる深雪を落ち着かせようと、夏樹は無理に笑ってみせた。

「滝夜叉が説得に応じなかったら、謀反人として討たなきゃならないんだぞ。そんな役目を他の誰かに任せるわけにはいかないじゃないか」

　努めて明るく言ったつもりだったが、成功したとは思えなかった。深雪の顔がそれを物語っている。大きな目をいっぱいに見開いた、いまにも泣き出しそうな顔が。

「夏樹は……常陸の君が、ううん、滝夜叉がまだ好きなのね。でも、たとえ、滝夜叉の本意が謀反にはなくても、あのひとが好きなのは一条どのよ」

深雪に指摘されるまでもなく、夏樹もそのことに気づいていた。一条に向けた滝夜叉の目がはっきりとそれを伝えていたのだ。一条のほうは、彼女のものいいたげな視線をはねつけるように睨《にら》み返していたが……。

「でも、好かれてないってわかったからって、嫌いになれるはずもないんだよ」

そう応えた途端、勾欄のむこうから深雪の腕がのばされ、夏樹は彼女に抱きしめられていた。

「夏樹、夏樹」

深雪は涙声でいとこの名を連呼し、彼の装束の背中をぎゅうぎゅうとつかんだ。

「あ、危ないぞ」

注意しても深雪は聞かず、夏樹の肩に頭を押しつけた。その肩が、深雪の涙で次第に濡れてくる。

「必ず帰ってくるのよ、何があっても。桂の老後の面倒をわたしばかりにみさせないでよ！」

「……わかったから、泣きながら怒鳴るなよ」

夏樹は子供をあやすように深雪の肩を軽く叩いた。こうしていると、幼かった頃のことが自然と思い出されてくる。

はねっ返りの深雪は要領もよくて、いつの間にか彼女のやったいたずらが夏樹のせいにされ、親にこっぴどく叱られるといったことがしばしばあった。だが、そんなとき、夜になると、深雪が部屋にこっそりやってきて、泣きながら謝ってくれるのだ。こんなふうにいきなり抱きついてきて、こちらの装束を涙で濡らして――

見た目はだいぶ、おしとやかになったけれど、中身はあの頃とちっとも変わっていない。普段はそれが頭痛のタネだが、いまはなぜか嬉《うれ》しかったりする。

できれば、ずっとこのままで変わらずにいてほしいと、夏樹は初めて思った。

「帰ってくるよ、たぶん」

「たぶんじゃ駄目よ！」

皆まで言わせず、深雪は夏樹の弱気を叱りとばす。釣られて、夏樹は苦笑したが、必ず帰るとは、やはりどうしても口にできなかった。

夏樹の肩で思いきり泣いて、思いきり装束を濡らしてやったあと、深雪はしばらく簀子縁にすわっていた。

夏樹の姿はもうなかった。それでも、深雪は彼が立ち去った彼方をぼうっとみつめている。

（男だったらよかったのに……）

言っても詮無い方向に思考が傾いていく。どさくさに紛れて抱きつくことはできたが、その程度では歯止めにならない。

（わたしが男で、太刀も使えて、足手まといにならない自信があったら、絶対に絶対についていくのに）

叶《かな》わないことばかり考えていると、また新たな涙がこみあげてきた。深雪は扇を広げて顔を隠すと、両足を踏みしめて、すっくと立ちあがった。

簀子縁では、誰かが通りかからないとも限らない。泣くにはあまりふさわしくない場所なのだ。

（美人ぞろいの弘徽殿の女房の中でも、一位、二位を争うと言われたこのわたしが、鼻水ずるずるさせて泣いてるところなんか、タダで見せてなるものですか）

ついさっきまで夏樹には見せていたくせに、そういうことはさらりと忘れ、深雪は殿《でん》舎《しゃ》の中にひっこんだ。

女御が清涼殿に行ったため、弘徽殿に残っている者は少ない。そのせいか、あるいは昨夜の妖術の影響がわずかなりとも残っているのか、いつもより薄暗い気がする。それでも、深雪は自分の局に戻る前に、滝夜叉のいた局に立ち寄った。

そこは昨夜のままに、御簾は落ち、屏風《びょうぶ》は倒れ、怪しげな血痕が床に残されていた。

さすがの深雪も血痕を目にすると、ぞっと鳥肌がたった。が、もうここに恐れるようなものはないのだと自分に言い聞かせ、局の中に足を踏み入れる。

なんとなく、ここに来れば滝夜叉の気持ちがわかるかもしれないと思ったのだ。いつも悲しそうな目をしていた彼女の、本当の気持ちが。

すべてが演技だったとは、どうしても信じられない。そっと自分に語ってくれた一条への恋心や、実の母親との確執はきっと本物だったはずだ。

ただ、いろいろと事情があって、仲間に背くわけにもいかなかったのだろう。それを考えると、滝夜叉が帝の提案を受け入れて盗賊一味から離れることは、かなり難しいはずだが……。

もの思いにふけりながら、局のあちこちを見ていた深雪は、何か固い物を踏みつけた。足もとを見ると、薄い敷物があるだけだ。が、その敷物をめくってみると、固い物の正体がそこにあった。

女性が髪に飾る釵子《さいし》だ。先端に金細工の小さな花がついており、そこからまた金の細い鎖が数本下がっている。深雪が拾いあげると金の鎖が触れ合って、さらさらと微かな音をたてた。

「常陸の君の物かしら……」

そうつぶやいてから、口を押さえる。常陸の君はこの世に存在しない、あれは将門の娘、滝夜叉姫なのだから。

そうとわかっていても、つい彼女を常陸の君と呼んでしまう。それは、できることなら、同僚としてずっと楽しくやっていきたかったという願望の表れかもしれない。

深雪は釵子を懐にしまうと、自分の局にひきあげていった。結局、滝夜叉の心を知るような物は何もつかめないまま。

（ううん、そうではないわ）

と、渡廊を歩きながら、心の中でつぶやく。

（この釵子があるもの。これは彼女がわたしのために残していってくれたような気がする。なぜか、そんな気が……）

考え事に熱中していた深雪であったが、自分の局に入った瞬間、ハッとわれに返った。他人の気配を敏感に感じとったのである。

「そこにいるのは誰？」

昨日の今日だ。物の怪は退治されたが、もしかしてまだ弘徽殿に隠れているものがいたかも――と、想像してしまう。緊張して深雪が誰何《すいか》の声をあげると、物の怪ではなくて、思いもかけぬ人物が屏風の後ろから姿を現した。

「失礼。少しお話があって、無礼を承知で参りました」

「賀茂《かも》の権博士《ごんのはかせ》どの……！」

一条の師であり、陰陽寮に所属する賀茂の権博士。涼しげな目や、どこか冷たい感じのする整った顔は、弟子とはまた違った魅力がある。同僚の女房たちは、ほとんどが一条か夏樹を推していたが、権博士がいいという女房も少数派ながら存在していた。

緊張が解け、深雪はその場にへたへたとすわりこんだ。

「驚かせてしまいましたね。そんなつもりはなかったのですが」

「でも……どうして？　どうして、わたくしの局がここだとご存じだったのですか？」

「陰陽師というものは、こういうとき便利ですね」

全然答えになっていない。一度は緊張を解いたものの、権博士の態度に、深雪は再び警戒を強めた。

「一条どのからお聞きになったのですか、昨夜のことを」

自分に逢《あ》いにきた理由など、それ以外には考えられない。しかし、権博士はゆっくりと首を横に振る。

「いいえ。あれは何も言いませんよ。だけど、物の怪の死体の中に、額に五芒星が刻まれたものがあったでしょう？」

権博士は指先を動かして、五つの点を結んだ星の形を描いた。

「それでわかったのですよ。昨夜《ゆうべ》の物の怪騒ぎに一条が関与していたことは」

「では、なおさら一条どのから事情をお聞きになればよろしいではないですか」

「何が起こったのかを知りたいのではないのです。今朝からの主上や新蔵人どのの動きから、大体の予想はつきますからね」

「主上や夏樹の動き……？」

深雪は目をいっぱいに見開いて、権博士をまじまじとみつめた。

陰陽師は星の動きから未来を読み取り、禍《わざわい》を福に変えたり、他人を呪い殺したりもできるという。そういった陰陽師をかかえている役所が陰陽寮だ。中でも、賀茂の権博士は百年に一度の逸材と噂《うわさ》されている。

彼ならば、御所の中で起こることすべてを把握していたとしても不思議ではないのかもしれない。おそらく、式神《しきがみ》でも放っているのだろう。

「でも、それって監視されているみたいで、いやですわね」

口にしたあとで、少しきつかったかしらと後悔する。だが、権博士は傷ついた様子も見せずに、そう言われるのにも慣れているのか淡い笑みを浮かべていた。

「いつもいつも、こういうことをやっているわけではないですし、陰陽師とて人間ですから、すべてがわかるわけでもありませんよ。それに、ここに来たのは協力しようと思ってのこと。そんなに怖い顔をしないでいただきたいですね」

怖い顔と言われて、ムッとしたせいもあり、深雪は思いきり疑わしげな視線を権博士に向けた。

「協力ですって？　何をおっしゃっているのか、わたくしにはとんとわかりませんわ」

「東国へたったひとりで行かれるいとこどのがご心配でしょう？」

いきなり胸の内を言い当てられて、深雪は驚きを露《あら》わにする。あわてて扇で顔を隠したが、すでに無意味な動作だった。

「わたしも、新蔵人の大江夏樹どのにいま死なれては、いろいろと困るのですよ。これで、わたしとあなたの気持ちが同じだと、わかってはいただけませんか、伊勢の君」

「そうでしょうか。わたくしは身内ですから当然ですけれど、そちらはいったい、何が困るとおっしゃるのです？　権博士どのはわたくしのいとこと、それほど親しかったようには見えませんでしたけど」

「わたしの弟子が懇意にさせていただいています。将来が楽しみではありますが、扱いにくいところのある弟子でしてね」

「一条どののことですか？」

「そう。その一条に初めてできた同年代の友人が新蔵人どのなのですよ。おかげで最近、彼にも少しはかわいげのようなものも出てきましてね。なのに、ここで新蔵人どのに死なれては、反動でますます扱いにくくなりかね……」

「死ぬ死ぬと、そう何度もおっしゃらないでください！」

耳の先まで真っ赤に染めて、深雪は突然、権博士を怒鳴りつけた。宮廷女房にあるまじき振る舞いだが、どうにも我慢ができなかったのだ。

「夏樹は生きて帰ってきます!!　陰陽師のくせに、そんなこともわからないんですか!?」

深雪の剣幕に、初めて権博士の顔から余裕の笑みが消え、あっけにとられた表情となる。

数秒の沈黙のあと、彼はクスッと小さく笑った。余裕からではなく、本当におかしくてたまらないといった感じで。

「これは失礼しました、伊勢の君」

「笑いながら謝らないでください」

耳を赤くしたまま、深雪はぷいっとそっぽをむいた。それでも、権博士は喉を震わせて長いこと笑っている。

(こんなに笑うひとだったのかしら)

深雪は新しい発見を意外に思うと同時に、彼に対して怒るのが、なんだか馬鹿らしくなってきた。

「わたくし、いつもすましておいでの賀茂の権博士が、こんなに笑い上戸とは知りませんでしたわ」

「わたしも、公達の間で人気の若女房が、こんなに健気《けなげ》でいじらしくて元気なかただったとは知りませんでしたよ。それを知れただけでも忍んできた甲斐《かい》がありました。最初は無駄足かとも思っていたのですが」

「無駄足って？」

「伊勢の君が局に入っていらっしゃったときに、呪力を感じましたよ。そこから」

権博士は深雪の胸もとを指差す。反射的にそこを自分で押さえると、釵子の固い感触が生地を通して伝わってきた。

「これのことですか？」

滝夜叉の局でみつけた金の釵子を取り出すと、権博士は自信ありげにうなずいた。

「あなたが遠く離れたいとこどのを守護できるように、想いの媒介になるような物をお貸ししようと思ってここへ来たのですが、もうすでにあなたはそれを手にいれていらっしゃる」

「この釵子が？」

「ええ。その釵子から強い想いを感じます。きっと、それの持ち主はあなたのことが好きだったんでしょうね」

「本当に？」

ほんの少し、深雪の心は軽くなった。

「それならば、きっと、あなたもご自分の想いを乗せやすいでしょう。肌身離さず持っているといいですよ」

「これを持っているだけで、このわたくしが夏樹を守ることができると？」

「自覚されてはいらっしゃらないでしょうが、あなたご自身が充分な霊力を秘めておりますよ」

深雪はぽかんと大きく口をあけていた。ほとんど素の自分に戻っていることに、まだ気がついていない。権博士は目を細め、そんな彼女を楽しそうに眺めている。

「おそらく、近親者に非常に霊力の強いかたがいますね。その血のなせる業《わざ》だと思いますが」

最初はなんのことやら見当がつかなかったが、そういえば、思い当たるふしがあった。数年前、家人たちがおしゃべりをしているのを偶然立ち聞きしてしまったのだが、そのとき話題になっていたのが、深雪の祖父が寵愛した女性《にょしょう》についてだった。

身分は低いが類《たぐ》い希《まれ》な美貌の持ち主で、祖父との間に男の子をふたりもうけたという。ふたりの兄弟は、子供がいなかった正妻にひきとられ、実子として育てられた。その子らが、深雪の父と夏樹の父なのである。

あとで乳母《めのと》の桂を問い詰め確認したのだが、その身分の低い女というのが、口寄せや託宣を生業《なりわい》とする歩き巫女《みこ》だったらしい。非常に強い霊力を持った近親者といえば、実の祖母になるその女しか思い浮かばない。彼女の託宣はよく当たったと伝え聞いているから、おそらく間違いないだろう。

だが、これは夏樹すらも知らない秘密だった。権博士が誰かから聞き出したとも思えないし、当てずっぽうで言えることでもあるまい。やはり、陰陽師だからなのだろうか。

「何もかもお見通しなのですね……。さすがは一条どののお師匠さまですわ」

深雪が感心してみせると、権博士はちょっと複雑な顔をして、また小さく笑った。

「では、わたしの言うことを信じてくださいますね？」

「でも、わたくしにいったい何ができるのか、よくわからないのですけど……。権博士どのが直接、夏樹を守護されたほうが確実なのではないですか？」

「想いが強い分、あなたのほうが適任なんですよ」

「想いだけで本当に夏樹を守ることができると？」

不安から重ねて問う深雪に権博士は、

「ええ。想いが強ければ強いほど、効果は大きいんですよ」

と応える。まるで、すべてはあなた次第です、と言うように。

完全に信用したわけではなかったが、しばらく考えて、深雪はためらいがちにうなずいた。

「それで夏樹を守ることができるのでしたら、わたくし……」

「伊勢の君なら、そう言ってくださると思っていましたよ。それでは、念のため、釵子

すぐに返してくれた。


を一度こちらへ」

　そう言われて、深雪は素直に金の釵子を権博士に手渡した。目の前で何か術でもやってくれるのだろうかと期待していたのだが、彼はしばらくそれをじっとみつめただけで、すぐに返してくれた。

　ちょっとがっかりして、深雪は釵子を受け取った。その際、微かにふたりの指が触れ合った。一瞬、権博士の目がいたずらっぽく光ったような気がしたが、意識しすぎだと深雪はすぐにそれを打ち消した。

「では、重ねて言いますが、いとこどののことを想いながら、それをいつも、そばに置いていてください。彼に危険が迫ったときには、その釵子があなたの手助けをしてくれるはずですから」

　権博士の言葉を聞きながら、深雪は手の中の釵子をじっとみつめる。

（想いだけなら、誰にも負けない。だって、夏樹のためなら……）

　無意識のうちに唇が動いて、本心がぽろりとこぼれる。

「……夏樹のためなら、わたしは鬼にも夜叉にもなるわ」

　口にしてすぐに、さっと唇を押さえる。でも、小さなつぶやきだったから、聞こえなかったのかもしれない――そう願って、権博士の顔をうかがうと、彼は何も言わずに、優しく笑みを返してくれた。

「では、わたしはこれで」

そう告げるや、すっと立ちあがって、局を出ていこうとする。深雪はあわてて彼を呼びとめた。

「お待ちください、権博士どの」

「何か？」

足をとめ、振り返る彼に、扇を差し出す。

「これ、お忘れですわよ」

その瞬間、権博士は照れたようにちらりと舌先を覗かせた。すまし顔や皮肉っぽい笑い顔だけでなく、そういう顔もできるのだと知って、深雪は少し驚いた。

「これは失礼を。どうも、わたしは忘れっぽくって」

「そうだったのですか？」

これまた意外な弱点に、陰陽師もひとの子なのだとわかって、深雪は嬉しく感じたのだった。

翌日の夜明けごろ、朝霧のたちこめる中を、夏樹はたったひとりで邸を発った。

見送ってくれたのは乳母の桂のみ。それでも、彼女に真実を告げたわけではない。話したのは、帝が直々《じきじき》に下した秘密の任務で東国に旅立たなくてはならなくなったということだけ。

それも、ひと月かふた月で解決できるはずだと嘘《うそ》をついた。本当は、生きて帰れるかどうかも自信がないのに。

「主上の腹心ともいえる蔵人になったからには、こういうお役目もあるのでしょうね。それだけ、主上の信頼も厚いということでしょうし、留守の間、邸のことはこの桂にお任せくださいませ」

本当は不安だろうに、桂は精いっぱい気丈に振る舞い、こちらの負担を軽くしようとしてくれた。それがわかるから、別れは余計につらかった。

「寒いから、見送らなくていいよ。桂が風病《かぜ》をひいたりしたら、心配で旅どころじゃなくなるから、早いところ、邸に入っておくれよ」

「そう言われると、風病をひいてみようかと思ってしまいますわ」

夏樹は小さく微笑むと、用意していた馬に乗った。

「じゃあ……桂、行ってくるよ」

馬の腹を蹴って、ゆっくり進ませる。一度だけ振り返ると、桂は視力の落ちた目を一生懸命凝らして、養い子の姿を見送っていた。朝靄《あさもや》のむこうのその姿は、急に小さくなったように見えて、胸に迫るものがあった。

早くに亡くなった母の代わりに幼いときから慈《いつく》しんでくれた乳母だから、最後まで面倒をみようと思っていたのに……。

(それもどうなるか、わからなくなってしまった)

情けない気持ちでいっぱいになるのを表に出さぬよう、夏樹は無理に明るく微笑んでみせた。片手を挙げて、元気よく振る。それから先は、もう二度と振り返らなかった。本当の気持ちを隠しおおせる自信がなかったから。

いまはひたすら東だけをみつめていよう。そう決めて、夏樹は馬を進めた。

静かだった京の町に、朝の光が満ちていくにしたがって、辻々《つじつじ》にも生活のにぎわいが戻ってきた。都らしい活気と華やかさが肌で感じられる。普段なら、それを楽しめるのだが、いまはより物憂い気持ちになるばかりだ。

京で生まれて育ったものの、夏樹は十一歳のときに父の任国の周防国《すおうのくに》に移り、かれこれ四年ほどそこに住んでいた。周防の地になじみ、都のことはすっかり忘れてしまっていた頃、突然、父から、

「元服したからには都でそれなりの官職に就け」

と命じられ、都に送り出されて数か月。

最初は、懐かしがるどころか何もかもが珍しいばかりだった。久しぶりにいとこの深雪に会ったときは、見違えるほど美しくなっていて、びっくりしたものだ。でも、中身

が全然変わっていないことがすぐにわかって安心して。

それから、初めに配属された近衛《このえ》で、同僚たちの嫉妬から爪《つま》はじきの目に遭って……。

そんなとき、御所内で起きた鬼騒ぎから、一条や、賀茂の権博士や、冥府《めいふ》から来た妙なやつとめぐりあった。

風変わりな彼らと出逢えたおかげで、怪奇な事件をなんとか解決でき、本来なら昇殿も許されない六位という身分の自分が、主上や弘徽殿の女御のような雲の上の高貴なかたがたに拝謁できるような官職を得たのだ。

（でも、それだけじゃない）

彼らによって、自分がどれほど救われたことか。この都を離れるのが寂しいと思うのも、土地そのものより、ここに住む者たちから離れていくからなのだ。

寂しさを素直に言葉にして伝えられていたなら、少しは楽になれただろうか。いや、それ以前に主上の言うとおり、腕のたつ者を何人かつけてもらうべきだったか。せめて、一条だけでも――

夏樹がそうしなかったのは、彼への嫉妬からだと自覚していた。

滝夜叉の一条を見る目。瞳の中で揺れていた感情に気づいてからというもの、夏樹は自分の心の奥底にどろどろしたものを感じずにはいられなかった。そんな感情に囚《とら》われていることを認めたくはない。だが、どうしようもない。

昨夜のあの物の怪騒ぎのあと、一条は、

「一介の陰陽生が真夜中にこんなところにいては不自然」

と主張し、表立っては何もせず、こっそり陰陽寮へ帰っていった。そのまま彼に逢いに行きもしなければ、説明の文も送らずに、自分は都を出ようとしている。

薄情なやつだと自分でも思った。一条には幾度も命を助けてもらっているのに、恩に報いもしないまま、こんな行動に出るなど薄情もいいところだ。

だが、どんな顔をして一条に逢えばいいのか、まるでわからない。その場面を想像するだけでも息苦しくなってくる。滝夜叉に気にかけてもらえる彼がうらやましいなどと、口が裂けても言えはしない。

(どんな形であれ、この旅が終わる頃には、あいつの顔を見ても平静でいられるようになっているはずだから……。だから、それまでは、あえて薄情者になろう)

そんなことばかりを、夏樹は何度も何度も頭の中で反芻《はんすう》していた。馬も、乗り手が心ここにあらずなのをいいことに、ゆっくりと歩む。おかげで、逢坂の関にたどりつくのにも、通常よりだいぶ時間がかかってしまった。

逢坂の関は、都を出て東へ行く者、東から都へ入る者が必ず通るところだ。色づき始めた紅葉のもと、さまざまな旅装束の者たち、さまざまな設《しつら》えの牛車が行き交う。市女笠《いちめがさ》を被った数人の女たちが、道の端に寄って立ち話をしていた。どこかに参拝に行く途中なのだろう。願かけは徒歩《かち》で行くのが慣例だから。

女たちのにぎやかな様子からすると、そう深刻な願いでもあるまい。おそらくは、物見遊山《ものみゆさん》を兼ねた良縁祈願か。

（神仏に願って、恋が叶うものならば……）

何を見ても何を聞いても、想いはただひとつの面影に集約される。月を見上げるかぐや姫のごとき、悲しげなまなざしの美しいひとの――

夏樹が滝夜叉の面影に想いを馳《は》せているときだった。派手な音とともに、何かが後頭部に炸裂《さくれつ》したのは。

目の前で、確かに火花が散ったのを見た。六人がかりの寺男に、鐘撞《かねつ》き棒でもって鐘の代わりに頭を突かれたら、こんな感じだろうかというような衝撃だ。余韻で頭蓋骨ががわんぐわんぐわんと震動している。

「遅いぞ」

聞き慣れた無愛想な声がすぐ後ろで聞こえる。反射的に夏樹は後ろを振り返った。

蘆毛《あしげ》の馬に乗った、狩衣《かりぎぬ》姿の一条がそこにいた。烏帽子《えぼし》も被らず、長い髪を後ろでゆるく縛っただけなので、まるで男装の妓女《ぎじょ》のようだ。

また、そうであってもおかしくないような、匂いたつような艶麗《えんれい》さを漂わせている。参拝途中の女たちなどは、全員がぽうっとした顔で一条をみつめているほどだ。

慣れているのか、関心がないのか、一条は女たちには目もくれず、紙扇で自分の肩をぽんぽんと叩いている。先ほど夏樹の後頭部に炸裂したのは、この扇だと思われた。ただの紙の扇なのに、鉄扇《てっせん》で殴られたような衝撃だった。だが、それも一条ならあり得る。こんな女とみまごう美貌の持ち主でありながら、ときどき、考えられないほどの怪力を発揮するのだ。

一条は夏樹を睨みつけると、辛辣《しんらつ》な言葉を投げつけてきた。

「いつまで待たせる気だったんだ？　こんなにちんたらちんたら進んでたら、滝夜叉たちに途中で追いつくのは到底無理だな。このまま、取り逃がしたっきり、顔も拝めないこともあり得るぞ。わかってるのか？」

わかってるのかと言われても、殴られた痛みと驚きで、夏樹の思考は凍結されていた。

「な、な、な……」

陸《おか》にあげられた魚のように口をぱくぱくとさせる。

「なんで、おまえが……！」

絞り出すようにして、ようやく言えた疑問を、一条はふんと鼻で笑った。

「本気でひとりで行くつもりだったのか？　いくらなんでも無謀すぎると、本物のうつけ者でもそれくらいはわかるぞ」

どんな顔をして逢えばいいのかと悩んだ相手が目の前にいる。しかも、いきなり殴りつけてきた。こんなときはいったい、どうするべきなのか？

混乱のあまり、夏樹が呆然としていると、困ったやつだと言いたげに一条は大きなため息をついた。

「いいか、忘れたなら思い出させてやる。相手は滝夜叉ひとりじゃないんだぞ。あの小太郎とかいう男、全然気配を感じさせずにいつの間にかあそこにいたんだ。かなりの腕を持っていると見ていい。さらに妖術使いの七綾もいる。良門だって、死んだという確証はまだないんだ」

そのとおり。良門を斬ったとき、夏樹は致命傷を負わせたと思った。だが、それを確認したわけではない。

あの直後、右馬助《うまのすけ》の邸前に現れた夜盗たちを率いていたのは、良門ではなかった。顔は覆面に隠されたままだったが、あれは女だった。おそらくは姉の七綾であったのだろう。

それを知ったときは、良門が死んだから七綾がその代わりをしたのだと思ったが、考えてみれば、そうとも言いきれまい。良門が負傷している間だけの代わりという可能性もあるのだから。

「滝夜叉を説得し連れ戻すだけの任務とはいえ、それを阻もうとする相手はこれだけいるんだぞ」

「そこまで知って……」

「保憲《やすのり》さまから聞いた。あのひとは何か起こってると感づいて、昨日から情報収集に式を放っていたらしい」

「賀茂の権博士が？」

一条は渋い顔でうなずく。どうやら、この件に無関係なはずの師匠経由で事実を知らされたことが、いたくお気に召さなかったらしい。その分、声もとげとげしくなる。

「おおかた、おまえは滝夜叉のことをずるずると気にしてるんだろうさ。そりゃあ、初恋の君を主上に奪われそうになったかと思いきや、実は彼女は謀反を企《たくら》んでいた一味の者で、挙げ句の果てに、本当はここにいる美形に想いを寄せていたことがわかってしまったんだから、落ちこむのも当然かもしれないな。確かにかわいそうな話だよ」

一言一句が鋭利な刃となって、夏樹の胸にぐさぐさと突き刺さる。それよりも鋭いのが一条の眼光だった。その琥珀色《こはくいろ》の瞳は、まるで熱く煮えたぎっているかのように見えた。

「どうせ、かわいそうな自分に酔って、他がなんにも見えてないんだろうさ。だから、あえて言ってやる。いいか、金輪際、無視なんかするな。黙って死にに行くなんて言語道断だ。ひと言教えてからにしろ。そしたら、とめはしないが、死装束の準備ぐらいしてやるぞ」

夏樹は口をぽかんとあけたまま、一条に頭ごなしに怒鳴られていた。弁解をしようにも、あまりの迫力に言葉が出ない。

一条は好きなだけ怒鳴ったあとで胸を張った。

「どうだ、わかったか。何か反論があるなら言ってみろ」

しばらくして、ようやく夏樹が言えたのは、

「ごめん……」

のひと言だった。

責められて当然だった。自分の痛みにばかり気をとられて、一条の気持ちを考えていなかったのだから。

深雪や桂の気持ちも、本当に考えていたとは言えない。一条の言うとおり、自分こそがいちばん不幸なのだと信じ、自己憐憫《れんびん》の蜜の苦味に酔い痴《し》れていたのだ。

言葉に横っつらをはたかれて、目が醒めた気がした。たったひとりで敵に立ち向かう無謀な真似《まね》にしゃかりきになって挑んだのも、いまなら、くだらない感傷だったと言い切れる。

なんと愚かだったのか。もしも、一条がここで待っていてくれなかったら、自分の馬鹿さ加減にも気づかないまま、東国でのたれ死んでいたかもしれないのだ。

「結局、またおまえに命を救われたことになるのかな」

自然と口をついて出た夏樹のつぶやきに、一条は肩をすくめる。

「それはわからんぞ。足手まといには絶対ならないと保証できるが、おまえの命まで守ってやれるかどうか」

「おい、ちょっと待て。まさか、ついてくる気なのか?」

「最初にそう言ったつもりだぞ」

「本当に言ったか?」

一方的に怒鳴られた印象ばかりが強くて、本当にそうだったかどうか思い出せない。

「しかし、しかしだな……」

夏樹は言葉を濁らせた。一条の気遣いには、本当に感謝してもしきれないほどだが、こちらにもまだ捨てきれないこだわりがある。だが、それをどう言い表したものか……。

悩んだ末に、夏樹は直截《ちょくせつ》的な訊きかたをした。

「そっちは滝夜叉のこと、どう思ってる?」

唐突な質問に、一条はまったく動じることなく応える。

「滝夜叉もあれだけの美人だからな。まあ、悪くはないが、関心があるかと訊かれると、なんとも応えようがない」

「……本当か?」

「どちらかといえば、七綾のほうに興味がある」

驚きのあまり、夏樹は馬から転げ落ちそうになった。

確かに、美しさは妹の滝夜叉に優るとも劣らない。——というか、姉妹なので、ふたりはよく似ている。だが、その美しい顔に笑みを浮かべて、罪もない人々を物の怪に作り変えることのできる非情の女だ。

巨大な犬の姿をした式神に釵子一本で向かい、目をえぐりさえしてみせた。しかもあれは一条の式神だった。なのに……。

「どうして！」

周囲の目も顧みず、夏樹は絶叫した。

「どうして、あんな女がいいんだ⁉」

この台詞に、離れたところから夏樹たちをうかがっていた例の参拝途中の女たちがどよめいた。

「あら、痴話喧嘩《ちわげんか》よ。いやだわ、男同士で」

「『どうして、あんな女がいいんだ』ですって」

「いやぁね、あんなに堂々と」

などと、楽しそうにささやきあっている。もっとも、頭に血の昇っている夏樹は、彼女らの会話など聞こえてはいない。

「よりによって、なぜ七綾……」

「そう。あんなに強力な術者にはなかなか逢えないぞ。一度、じっくり術くらべをしてみたいものだな」

夏樹はまた馬から転げ落ちそうになった。今度は、脱力して。

「……陰陽師魂が燃えるとか言うんじゃないだろうな……」

「燃えてるぞ。ここまで燃えたのは、あの女が初めてかもしれない」

どこまでが本気で、どこまでが冗談なのか、夏樹には見当もつかない。

「なんだかわからんが……誤解を招くような発言はやめてくれよ」

自分もついさっき、誤解を招くような発言をしたことを、夏樹は全然わかっていなかった。

「とにかく、無視されるのだけは不愉快だからな。なんと言われようともついていくぞ。たとえ、おまえが良門たちに殺されても、仇《かたき》を討とうとは思わないが、都に知らせるぐらいはしてやれるからな」

どうやら、まだ怒りはおさまっていないらしく、一条は邪険な言いかたをする。ひょっとしたら、旅の間中、こんな調子かもしれない。だが、それも自分の蒔《ま》いた種だから、文句も言えない。

夏樹は下を向いて、ぶっきらぼうにつぶやいた。

「勝手にしてくれ」

「じゃあ、勝手にしよう」

そう言う一条は、今日初めての笑みを浮かべていた。それは極上の笑顔だったが、うつむいていた夏樹は残念ながらそれを見ることができなかった。

第六章　八幡《やわた》の藪知《やぶし》らず

その広間には、十数人ばかりの男たちが座して、何事かを待っていた。

蔀戸《しとみど》が下ろされているため、外からの光は遮断され、昼か夜かもわからない。数本の灯台が置かれてはあったが、それだけではとても充分とは言えず、隣にいる者の顔も定かではない。

しかし、その場にいる者たちは互いの素性を知り尽くしており、広間の暗さに不平を唱えたりはしなかった。彼らがひそめた声でささやきあっているのは、この場の暗さではなく、頭上にたちこめている気がかりな暗雲についてである。

「良門《よしかど》さまがかなりの重傷を負われたと……」

「それで、都から急ぎお戻りに……」

「あのような素性の知れぬ、怪しげな異人を重く用いたりなさるから、このようなことが……」

不安と焦燥の入り混じったささやきは、一段高くなった奥の間にひとの気配がした途端、気まずい沈黙に変わった。御簾《みす》に隔てられてむこう側が見えずとも、そこに誰がいるのか、彼らにはわかっていたのだ。

一同の視線が御簾に集中する。内側で明かりが灯《とも》され、小柄な人影の輪郭だけがぼんやりと透けて見えるようになる。

やがて、御簾が内側からくるくると巻き上げられる。黙々と勤めをこなしているのは、顔の右半分に火傷《やけど》の痕《あと》のある若い男――小太郎であった。

さらけだされた奥の間の中央には、十六歳ほどの少年が座っていた。その少年に対し、その場の男たちが一斉に平伏する。将門の遺児、相馬太郎良門への忠誠を全身で表して。

良門は彼らを見廻《みまわ》すと、年に似合わぬ厳《おごそ》かさで口を開いた。

「子細あって、都から急ぎ戻ってきた。しかし、手ぶらではない。夜盗《やとう》を装い、左京大夫《さきょうのだいぶ》、前讃岐介《さきのさぬきのすけ》、宇治民部卿《みんぶきょう》の邸《やしき》を強襲し、積年の怨《うら》みの幾分かは果たしてきたぞ」

その知らせは良門の到着より先に届けられていた。が、主君の口から直接聞かされると感慨もひとしおらしく、ため息にも似た小さなどよめきがあちこちで起こる。

「さすがは良門さま」

「お父上もきっとお喜びでございましょう」

そのとき、いちばん手前にいた、獣の皮衣をまとった壮年の男が、

「畏《おそ》れながら……」

と、野太い声を響かせた。

「ご帰還のお知らせとともに、良門さまが手傷を負われたともうかがい、ここにおります者、皆が、ひたすら若君のお身体《からだ》を案じておりました。こうして御対面が叶《かな》い、一同安堵《あんど》しておりますが、少々お顔の色がよろしくないご様子。御身《おんみ》にもしものことがありましたらば、将門公の無念を晴らさんがために集《つど》いしわれらは、再び烏合《うごう》の衆と成り果てましょう。どうか、機が熟すまでは無謀な行いは慎まれ、甘い言葉には耳をお貸しなさらぬよう……」

男のよく動く舌を封じるように、良門はぴしりと応える。

「傷なら大事ない。七綾姉上《ななあや》の術であとかたもなく癒えた」

七綾の名が出ると、男たちの間からまた感嘆の声があがった。

「七綾姫が……」

「そういえば、将門公も武勇はなおのこと、呪術にも通じておられた」

「良門さまに七綾さまが加われば、将門公がふたりいらっしゃるも同じ」

男たちが期待に顔を輝かせる中、例の皮衣の男だけは不機嫌に黙りこむ。七綾の術に関して、拭いきれない不信感をいだいているのが表情にありありと出ていた。おそらく、腕力や太刀のほうに重きを置き、呪術を厭《いと》う気質《たち》の者なのだろう。

彼の指摘どおり、怪我《けが》のせいか、あるいは、灯台の明かりのせいか、良門がいささか面やつれしたように見えるのは否めなかった。意志の強さをうかがわせる瞳や、内に秘めた残酷さを匂わせる口もとはそのままなのだが、以前にはなかったはずの柔らかさ――妖艶《ようえん》さにも似たものがどこからか漂ってくる。

あえて言うなら、姉の七綾に似てきたようだ。だが、皆がそれと気づくには、あたりが暗すぎた。

頃合と見たか、それまでおとなしく控えていた小太郎が、よく通る声で会合の終了を宣言する。

「ご健在なお姿を拝し、皆さまもご安心されましたでしょう。いろいろとお尋ねしたき儀もありましょうが、良門さまは長旅のため、お疲れでいらっしゃいます。短い時間ではありましたが、どうか、今宵《こよい》はこれまでに」

男たちは納得し、次々に立ちあがって退室していく。小太郎も御簾を下ろし、女房を呼んで、良門を別室へお連れするようにと指示をする。

臣下たちが去り、良門が去り――それでも、皮衣の男だけはその場から動かなかった。双眸《そうぼう》の奥に怒りをくすぶらせたまま、じっと御簾を睨《にら》んでいる。

やがて、その凝視に応じるように、小太郎が御簾のむこうから顔だけを出した。

「どうかされましたか、四郎真熊《しろうさねくま》どの」

真熊はそれには応えず、反対に質問を投げ返す。

「あの蟇仙《ひきせん》とか申す妖術使いはどうした？」

なんだ、そんなことか——といった表情が、小太郎の顔をよぎる。

「途中でわれらと別れ、筑波山《つくばさん》に戻られましたが」

「あの者は本当は何が目的なのだ。将門公の家臣だったわけでもないのに突然現れて、良門さまや七綾姫をたぶらかして」

「たぶらかすとは、また異なことを」

小太郎は、二十は年上だろう相手にむかって、小馬鹿にしたような笑みを浮かべた。

「蟇仙どのは七綾さまのお師匠。朝廷を覆すために必要な力を、姫に授けてくださったかたですよ。真熊どのもヒキガエルを使ったあの妖術をご覧になったはずでしょう？」

「妖術は好かん」

吐き捨てるように真熊は言う。

「忠義づらをして、腹の中では何を考えているのやら、いっこうにうかがえぬやつも好かん」

「わたくしも、頭の堅い無骨者は嫌いです」

両者の間で火花が散る。怒気を隠さぬ真熊と違い、小太郎の口調はいたって静かだが、まなざしのきつさは優るとも劣らない。

膝の上に置かれた真熊の握り拳《こぶし》が震える。歯ぎしりしながら、彼は胸に積もっていたうっぷんを小太郎に叩《たた》きつけた。

「では、嫌いついでに言わせていただこう。まだ年若い良門さまをそそのかし、少人数で敵地へ踏みこませるなど、正気の沙汰とは思えぬ。挙げ句の果てに、良門さまに怪我をさせるなど言語道断ぞ。蟇仙なる素性の怪しい者を近づけさせ、七綾姫まで言葉巧みに操るとは、まさに行き過ぎたふるまいとしか見えぬ！」

真熊が激昂《げっこう》すればするほど、小太郎は冷淡になる。それがまた、真熊を怒らせる。どちらかが退《ひ》かぬ限り、この循環はとまりようがない。もちろん、双方とも、とめようとはこれっぽっちも思っていない。

「こたびの都入りは、良門さまと七綾さま、それに蟇仙どのが協議され、お決めになられたこと。わたくしはただ命令に従ったまで。そもそも、わたくしごとき者に七綾姫を操るなど果たしてできましょうか」

「戯《ざ》れ言《ごと》はいい。それとも、あと少しで帝《みかど》の首を獲《と》れるところまで迫れたとでも申す気か？」

確かに、帝の首を獲るも可能だった。だが、小太郎はそれをことさらに訴えようとはせず、片頬だけで笑う。刺激された真熊はさらに声を張りあげた。

「百歩譲って、七綾姫を都に伴ったまではよしとしよう。だが、なぜ、あの滝夜叉《たきやしゃ》まで連れていった？」

その言葉に、小太郎の嘲笑《ちょうしょう》が消え、瞳の冷たさは増す。真熊が一瞬、ひるむほどに。

「将門公のご息女に対し、その言いかたは無礼であろう」

「あの女の母親が何をしたか、おまえとて知らぬはずがなかろうが」

「母君のことは姫には関係ない。かの姫は、失うわけにはいかない貴重なおかたなのだ。真熊どのがおわかりになれなくとも無理はないが」

小太郎の低めた声は、びんびんと大気を震わせた。いつの間にか、真熊は完全に小太郎の気迫に押されていた。だが、負けを認めたくない彼は、腹だたしげに床を蹴るようにして立ちあがった。

「その顔を見るのも不愉快だ。火傷の痕をことさらに見せびらかして、良門さまのお情けにすがるなど、坂東《ばんどう》武者のすることではないわ」

そう言い捨て、足音高くその場を去ろうとする。その背に、小太郎は平静さを取り戻した冷ややかな声を投げかけた。

「それほどにご不満がおありでしたら、また以前のように、山賊に戻られてはいかがですか？　良門さまもきっと、とめはいたしませんよ」

「若造が！」

怒気も露《あら》わに怒鳴ったものの、真熊は振り返らずに、そのまま広間を出ていった。背後では、小太郎が厳しい目で彼を見送っている。

やがて、ひとりきりになった広間で、小太郎はそっと自分の火傷の痕を触れてみた。

「火傷の痕を見せびらかすだと――？」

名伏しがたい薄笑いが自然に浮かんでくる。真熊の言いようがあまりにも馬鹿らしくて。見せびらかすも何も、その火傷は小太郎にとって、主君への忠義を示した褒美の品にも等しかったのだ。


その頃、夏樹と一条のふたりは相模国《さがみのくに》に入っていた。

都を出て、ちょうど十日め。本来なら、もっと先の下総国《しもうさのくに》か常陸国《ひたちのくに》まで行っていてもいい頃である。

確かに、旅には思わぬ事態が起こりやすく、そうそう予定どおりにいくものでもない。だが、危惧《きぐ》されていた滝夜叉たちの待ち伏せもなく、いままでに、これといった揉《も》め事は起こっていなかった。ありがたいことに天候にも恵まれ続けている。

さらに、帝の計らいで、夏樹には各地に設けられた駅《うまや》（官人《かんじん》用の交通宿泊施設）を使用することが許されていた。そのために駅鈴《えきれい》ももらった。これを提示すれば、各駅で馬の交替ができるし、食料ももらえるのだ。

自費の旅とは違って、雑事にまわす気苦労はかなり減っている。それでもなお進みが遅くなるのは、ひとえに夏樹の気持ちの持ちようが影響していた。

最初の自暴自棄な気分は、一条のおかげでとうになくなっていた。滝夜叉のためにも、姉弟と手を切って、都へ戻るようになんとか説得しようと、いまは本気で思っている。

そこには、滝夜叉も一条の言葉なら聞いてくれるのではないかという計算が、正直なところあった。自分が彼女に対し、影響力が皆無であると認めるのはつらかったが、そこはもう仕方ない。

ここまで腹を括《くく》っていながら、夏樹の心の奥底には、いまだ消せない澱《よど》みがしつこく居すわっていた。その澱みが、なんのかんのと理由をつけては、決定的な瞬間を先延ばしにさせていたのだ。

気を遣ってくれているつもりなのか、一条は夏樹をせかしはしなかった。時折、「追いつくのは無理そうだな」ぐらいは言う。だが、それも事実の確認にすぎず、夏樹を非難するような響きはまったくこめられていない。そんな心遣いがありがたいような、逆に心苦しいような……。

危険も顧みずついてきてくれたことには感謝している。だが、滝夜叉と再会したときには、そばにいてほしくない。だが、どうせ、自分の説得には耳を貸してくれないだろうから、一条に代わってやってもらいたい。だが、そのときの自分のみじめなさまは見られたくない。だが……。

もしもの想像が頭の中をぐるぐる回って、夏樹も複雑な心境だった。いよいよ東国《とうごく》に入ったことで、緊張もかなり高まっている。一歩一歩進むごとに、軽くなったはずの心が、また重苦しくなっていく――

相模国のとある駅にさしかかったのは、ちょうどそんなときだった。

夕刻の駅は、食事および宿泊の準備で、あわただしかった。小さな駅なので、旅人全員を宿泊させられるだけの部屋がなく、はみだした者に宿泊場所を斡旋《あっせん》しなくてはならなくて、駅の官人たちは忙しく立ち廻っている。

一条と夏樹はぎりぎりのところで駅内での宿泊を許されたが、官人たちの邪魔にならぬよう、なるべく隅のほうに座っていた。それには、あまり目立ちたくないといった理由もあった。

ただでなくとも、一条の並みはずれた美貌は人目をひいてしまう。旅の目的を考えると、悪目立ちは非常に困るのに。

もっとも、馴々《なれなれ》しく話しかけてくる相手に対し、一条は何も応えず睨み返すばかりだった。そうすれば、大抵の者が怖《お》じ気《け》づき、退きさがってくれる。

今日もそのような感じで他の旅人たちと離れていると、ふたりの前を急ぎ足で駆け抜けていった官人たちが、

「物《もの》の怪《け》が……」

と話しているのが耳に入った。

夏樹の身体がびくんと震える。考えるより先に彼は立ちあがり、その言葉を発した若い官人の肩をつかんでいた。

「いま、なんの話をしていたんだ？」

突然のことに驚いたらしく、官人はただでなくとも大きな目を、さらに大きく見開いた。その瞳に映った夏樹の顔は、相手がびくつくのも無理がないくらい険悪だった。

「い、いいえ、この先に、名もない小さな山があるんですが、そこに最近、物の怪が出るそうで、その話を……」

最近というのがひっかかる。数日前にこの道を滝夜叉たちも通ったはずだ。その一行の中に、当然、七綾もいただろう。物の怪を作り出し、意のままに操れるあの女が。その山に出る物の怪は、七綾の作ったモノかもしれないのだ。

「それもあって、この駅で夜を明かしてから発《た》つ旅人が増えたんですよ。こんな小さい駅でしょう、おかげで、こっちは身が持ちませんわ」

愚痴は無視して、知りたいことだけを尋ねる。

「どんな物の怪が出るんだ？」

「はあ……。このあたりの者の話によると、身体は人間なのに、頭は馬そのものなんだとか」

「馬の頭をした物の怪?」

駅の官人はうなずき、さらに追い討ちをかけるように、

「まるで、地獄で罪人を拷問する馬頭鬼《めずき》そっくりだそうなんですよ。みんな気味悪がって、その山には誰も足を踏み入れなくなってしまいまして。街道から外れていますから、まだ大ごとにはなっていないのですが、いつまでも物の怪がその山にとどまっていてくれるとは限りませんからね。この先、里に降りてきたりしたらと思うと、気が気じゃありませんよ」

「馬の頭をした物の怪……」

相手の肩をつかんでいた夏樹の手が、力なく落ちる。かなりの衝撃を受けたのだが、それがなぜだかは官人はわかっていない。

「……気のせいかもしれないが、すごくいやな予感がする……」

小声でつぶやくと、いつの間にか隣に立っていた一条が、

「同じく」

と、意見を述べた。きっと、彼の脳裏に浮かんでいる映像も、夏樹とまったく同じものであったろう。

ちらりと一条の表情をうかがうと、彼は何を思ったか、官人にむかってさわやかな笑顔をふりまき、どんと拳で胸を叩いていた。

「その物の怪、われらが退治してくれようか」

唐突な宣言に、夏樹はあきれ、官人は困ったように苦笑いをする。

「以前にも、そう言って山に入っていったかたがいましたけれどねえ」

「殺されたのか?」

夏樹が訊《き》くと、官人は首を横に振った。

「いいえ、武装していくと、その物の怪、なかなか姿を現さないので。しかも、おそろしく逃げ足が速いんだそうですよ。案外、気が弱いのかもしれませんけれど、そんな物の怪、いるわけがありませんよね」

「……ますます、いやな予感がする」

「同じく」

「とにかく」

夏樹は咳《せき》ばらいをすると、無理に真面目《まじめ》な表情を作った。

「物の怪を退治するにあたって、用意してほしい物があるんだが」

「武器ですか?」

「いや、そういう物じゃなくて……」

何が欲しいか説明すると、官人は妙な顔をした。当然の反応だったが、なんとか言い含めて指示どおりに用意させる。

半刻《はんとき》（約一時間）後、背中に大きな包みをしょった夏樹と身軽な一条は駅を発ち、馬の頭をした物の怪が出没するという山を目指して、暗い道を進んでいった。

月は出ておらず、まわりには民家もない。明かりといえば、一条の掲げる松明《たいまつ》だけである。風もほとんどなく、空気は妙に重く、何かが出てもおかしくないような夜だった。

さすがに夏樹も闇の濃さを不気味に思った。そのせいで、夜鳥の鳴き声がしたり、小動物が走って近くの茂みが揺れたりすると、びくっと身震いしてあたりをうかがってしまう。

一方で、一条は何が起ころうとも落ち着いていた。もしかしたら、松明などなくても星明かりだけで暗闇の彼方《かなた》を見通せているのかもしれない。

（こいつがついてきてくれてよかった）

夏樹がそう思うのはまさにこういったときだ。

途中、旅人にも物の怪にも一切遭遇せず、ふたりは例の名もない山にたどりついた。道がないので、そこから先は馬から降りて徒歩《かち》で行く。腰まである草を掻《か》き分け、積もる落ち葉を踏みしめて、ひたすら奥へ奥へと向かう。

ひとつの予感はあったのだが、夏樹は油断せずに、ずっと太刀《たち》の柄《つか》に手をかけていた。一方、一条は身に寸鉄も帯びず、足もとへの注意もろくにはらわずに、すたすたと歩いていく。なのに、石に蹴つまずいたり、木の根に足をひっかけたりするのは夏樹なのだ。

れてきた。

慣れない夜道に夏樹も疲れてきた頃、わずかな風に乗って、なんとも不気味な唄が流れてきた。

ひとつ　積むのも父のため……
ふたつ　積むのも母のため……

地獄の底から響いてくるような低音だ。こんな夜中、こんな山奥でこんな唄が聞こえてくれば、怖いと感じるのが普通だろう。しかし、ふたりは恐怖とはほど遠い、なんとも奇妙な表情を浮かべ、互いに顔を見合わせた。

「この情けない唄は……」

賽《さい》の河原《かわら》での水子《みずこ》たちの様子を歌う地蔵和讃《じぞうわさん》だが、本当に情けなく聞こえる。きっと、歌い手が悪いのだろう。

「しかも泣いてるぞ、おい」

一条の指摘どおり、ときおり鼻をすすりあげる音が混じる。いやな予感が現実味を帯びてきた。

「なんだか駅に引き返したくなってきたな」

「気持ちはわかるが、大見得《おおみえ》を切った手前、いまさら引き返せないぞ」

誰が見得を切ったのかは、この際、追及しないでおく。ともかく、ふたりは唄声の主《ぬし》を刺激しないよう、気配を殺して接近を試みた。

木立ちの間を抜け、すすきの原をかきわけていくと、急に何もない空間が目の前に現れた。こちらに背をむける形で、そこに何者かがすわりこんでいる。どうやら、歌いながら小石を積みあげているようだ。

ぴんと立った小さな耳に、太くて長い首に沿って生えたたてがみ。後ろからでも、馬頭人身の物の怪であることは一目瞭然だった。それにこの低音、この情けないすすり泣きは……。

夏樹はちらりと一条の顔を見た。むこうもこちらを横目で見ている。(どうする)と、目で問うと、一条は小さなため息をついて、足もとの小石を拾いあげた。

とめる間もなく、一条は大きく振りかぶって、小石を投げつける。シュンッと空を切る音をたてて小石は飛び、見事、物の怪の後頭部に命中した。

「あてっ!!」

衝撃で前のめりになった物の怪は、自分が積みあげた石の山に顔面を打ちつける形となった。これで怒らないはずがない。物の怪は肩を震わせつつ、キッとこちらを振り返った。

「誰だっ!?」

次の瞬間、そのおそろしげな馬の顔が驚愕《きょうがく》に歪《ゆが》む。

「な、夏樹さん……！」

物の怪の目に、たちまち涙が盛りあがってきた。

「一条さんまで……！」

物の怪はたくましい両腕を大きく広げると、泣きながら足音高く、こちらに突進してきた。そのあまりの勢いに、夏樹は思わず逃げ腰になる。が、物の怪の進路から逃げようとするよりも早く、一条がさっと後ろに廻っていた。

何をする気かと思う間もなく、背中をどんと突き飛ばされる。夏樹は前によろけ、物の怪の胸に倒れこんでしまった。すぐさま、鋼のような両腕にぎゅっと身体をしめつけられる。

「夏樹さん、お久しぶりですぅぅぅぅ」

「待て、あおえ！　石を投げたのは、ぼくじゃない!!」

「お逢《あ》いしたかったんですよぉ、夏樹さん！」

ひとの話など、まるで聞いていない。馬頭鬼のあおえは吼《ほ》えながら、夏樹の身体をぎゅうぎゅうと抱きしめた。

「ほ、骨が……」

青い顔でうめいても、あおえは腕をゆるめない。一条は少し離れたところで合掌し、

（すまない）と意思表示をしている。

それもどこまで本気か知れたものではない。（骨は拾ってやるから成仏しろ）の意思表示かもしれないのだ。

馬頭の物の怪の正体は予想がついていたものの、まさかこうなるとは夏樹も思ってもいなかった。確かに久しぶりの再会ではあるが、最後に逢ったときから何年も経《た》ったというわけではないのだ。

あれはつい数か月前の暑すぎる夏のこと。冥府《めいふ》から逃げ出した霊魂を追って、馬頭鬼のあおえは都にやってきた。夏樹と一条はいろいろと事情があって、その手伝いをさせられたのである。しかし、事件は解決し、あおえは冥府に戻っていったはずだったが――

しばらくして、頃合と見たか、一条がおもむろに声をかけてきた。

「で、なんで、おまえがここにいるんだ？」

あおえはようやく夏樹を解放すると、鼻をすすりながら悲しげな顔を作った。その間、夏樹は顔にかかったあおえの涙と洟《はな》を、ごしごしと袖で拭う。

「はい、話せば長いことながら……」

「じゃあ、短くしろ」

「……あいかわらずですね、一条さんは。そもそも、わたしがこんなところにいるのは、あなたのせいでもあるんですよ」

あおえは恨めしげに上目遣いで一条を睨む。だが、それで動じる相手でもない。

「そういう気持ち悪い目をすると、話を聞いてやらんぞ」

「そんな……」

あおえは新たな涙でまたその目を潤ませた。いくら相手が一条とはいえ、十六歳の少年に冷たくされて、ぐずぐず泣く鬼というのも珍しい。

ひとならざる異相に、隆々と盛りあがった筋肉、六尺半（二メートル弱）はあろうかという身の丈。これだけの条件を備えていながら、あおえはいたって気の優しい――いや、気の弱い鬼なのである。

「ほら、さっさとわけを話さないと、本当に置いていくぞ」

「あっ、待ってくださいよぉ。だから、これも一条さんのせいなんですよぉ」

急《せ》かされて、あおえは歯切れの悪い口調で話し始める。

「この間の夏、わたしはとある魂を探して都に行きましたよね。でも、闘いの末に、その魂は消滅して冥府に連れ戻すことができなくなりましたよね。まさか、忘れたとは言わせませんよぉ」

「おまえがひとりで途方に暮れていて、どうか協力してくれとみじめったらしく頼んだように記憶しているが」

「とにかぁく！」

一条の表現が気に食わなかったらしく、あおえは長いたてがみを激しく震わせた。

「一条さんはあのとき、目的の魂の代わりに別の魂を持って帰ってうまくごまかせって、入れ知恵してくれたでしょうが。適当に言い訳すればなんとかなるとか言いくるめて。そのとおりにしたら、どうなったと思いますぅ⁉」

「まず一発でばれただろうな」

一条は涼しい顔で断言する。

「冥府に連れ帰るべき魂を消滅させたくせに、それを素直に報告するならともかく、別の魂で隠蔽《いんぺい》しようと図ったんだ。閻羅王《えんらおう》の怒りに触れて冥府追放——といったところかな？　職務怠慢の罰としては当然だな」

「ひ、ひどい」

大当たりだったらしく、あおえはまためそめそと泣き始めた。

「泣くなよ、あおえ」

さすがに気の毒になって、夏樹はあおえの肩を軽く叩いた。だが、一条の態度は少しも和らがない。

「悪いが、いま、夏樹とおれは帝の命を受けて、極秘の任務についているんだ。おまえにかまってる暇はないね」

「そ、そんなっ。こんな、どことも知れぬ山奥に飛ばされて、わたしがどれほど心細かったか、一条さんにはわかっていただけないんですかぁぁぁ⁉」

大声で叫んだかと思いきや、あおえは突然、ばたんと仰向《あおむ》けに倒れた。憤慨する余り、脳の血管が切れたかと、夏樹は本気で心配したが、それもつかの間、

「さあ、こんな無抵抗なわたしを、あなたはまだいじめるおつもりですか⁉」

仰向けになったあおえはそう言い出した。

「なんのつもりだ？」

「犬や狼《おおかみ》はどんなに激しい喧嘩《けんか》をしていても、片方がこうして急所の腹をさらしたら、もう攻撃できなくなるんです。いわば、これは降参の証《あか》し。それでもなお、わたしをいたぶるのでしたら、それはまさに鬼畜の所ぎょ……」

言い終わるのを待たずに、一条はあおえの腹を踏みつけた。

「ふんっ、踏んでやる踏んでやる」

「ああっ、ご無体な‼」

ぎゃあぎゃあとあおえの悲鳴が、夜の山にこだまする。これでまた、近くの里では「夜中に物の怪のおそろしい咆哮《ほうこう》がこだましていた」という噂《うわさ》がたつのかもしれない。

「やめろよ、おまえたち」

あまり熱心にはなれなかったが、とにかく、夏樹はとても楽しそうなふたりのじゃれ

合いをやめさせた。

「あおえ、悪いけれど、ぼくらは本当に大事な任務があって東国に向かっていたところなんだ。だから……」

「お願いです。見捨てるなんて、夏樹さんまで言わないでください！」

がばっとまた抱きついてきそうになるのを、夏樹は大きく横に跳んで躱《かわ》した。かわいそうだが、涙と鼻水でぐしゃぐしゃになった馬づらをまたこすりつけられたくはない。

「どうしてもついてきたいのか？」

「いきたいです、いきたいですぅ」

あおえは情けなさを武器にして、懸命に情に訴えてくる。

「お願いですぅ、わたしをひとりにしないでくださいぃ」

こんなふうでは、遅かれ早かれ、凶悪な物の怪と誤解されたまま、このあたりの誰かに退治されてしまいかねない。

（閻羅王もあおえを箱に詰めて、その側面に『馬頭鬼捨てます。拾ってください。おとなしく、とても飼いやすいです』とでも書きこんでおけばよかったのに……）

しかし、そこまでやったからといって、これを拾うような奇特な人物はなかなかおるまい。

思えば、こうして東国への道のすぐそばにあおえが捨てられたのも、なんとなく閻羅王の作為を感じる。自分たちがこの近くを通るのを知って、わざとあおえの流刑地をこの場所に選んだのではあるまいか。

ものすごく迷惑な話だが、そこまで見こまれているのなら、やむを得ない。

「……わかったよ、あおえ」

「わかってくれましたかぁぁぁ」

「だが、その前に条件がある。まず、これを着ろ」

そう言って、夏樹は背中にしょった包みを、どさっと降ろして広げてみせた。


翌々日、夏樹たちは下総国へ入った。

ここはかつて、将門が乱を起こした際に活動の拠点とした土地である。滝夜叉たちが向かったのも、この国のどこかであろうと思われた。

いよいよ彼女に近づいてきている——恋の終焉《しゅうえん》にも。夏樹の落ちこみは当然、ずんと深くなるはずだった。が、途中から新たな同行者が加わったおかげで、何かが違ってしまっていた。

冥府の元獄卒《ごくそつ》、馬頭鬼のあおえは、その馬づらを隠すため、女装をし、枲《むし》の垂衣《たれぎぬ》という薄い布を垂らした市女笠《いちめがさ》を被《かぶ》っている。

これらは夏樹が相模国の駅で調達してきた衣装だった。もとからでかい彼がそんなものを被るから、七尺はあろうかという大女ができあがってしまっていた。

「これって、なんだか癖になってしまいそうですねぇ」

あおえはしなを作り、しぶい低音で気味の悪い発言をする。いくら夏樹でも、こんなやつがすぐそばにいては、落ちこもうにも落ちこめない。

一条も露骨に嫌な顔をして、

「いったい、誰が最初にこいつに女装させたんだ？」

などと苦々しげに言う。そこを指摘されると発案者の夏樹はつらかった。だが、行く先々でいらぬ騒ぎを起こさぬためにも、こうするしか仕方なかったのだ。

さらに念を入れて、三人は昨日からひとどおりの多い街道筋は避けて通ることにしていた。当然、困難な場所をたどることになる。

今日はうっそうと樹木の茂る森の中を進んでいた。道なき道を歩くため、馬は駅に置いてきていた。苦労は増えるが、落ち葉を踏みしめ、色づいた蔦《つた》や紅葉《もみじ》を掻き分けていくのも、それはそれで風情《ふぜい》がある。

秋は次第に深まっていく。初めて滝夜叉と出逢った頃は、野に壱師《いちし》の花が咲き乱れていた。もう壱師の花は風景から消えてしまったが、紅葉した山々を見上げれば、その鮮やかな赤色に彼女を思わずにいられない。

が、夏樹がもの思いに沈みそうになると、決まってあおえがはしゃぎ始めるのだ。

「いやぁ、冥府を追い出されたのは、わたしも非があることですから仕方ないんですが、せめて都の近くに飛ばしてくれればよかったのにと、ずいぶん閻羅王さまを恨んだものでしたよ。でも、遠く離れたこの東国で、こうして夏樹さんや一条さんにばったり出逢えたのは、やはり、閻羅王さまのご配慮だと思うんですよね」

上司の気持ちをわかってはいたらしい。そこのところは感心だなと夏樹がうなずいていると、何を思ったか、あおえが青空に向かって唐突に吼えた。

「閻羅王さまぁぁ、ありがとうございますぅぅぅ！」

すかさず、あおえの後頭部に一条の扇が炸裂《さくれつ》した。ぱーんと小気味よい音が森中に響き渡る。

「いくら街道から離れてるからって、吼えるんじゃない！」

これで何度目だろうか、扇はすでにぼろぼろである。

「ひどい……。わたしはただ嬉《うれ》しくて……」

女装した馬頭鬼に泣きつかれても、一条は冷ややかな態度を崩さない。夏樹はといえば、一条の扇攻撃の威力を身をもって知っているため、あおえに同情しつつも沈黙を守っている。

「少しは自重しろよ。こっちはまわりに知られたくない用向きで東国くんだりまで来てるんだからな。ちゃんと説明してやっただろうが。わかってるのか？」

「わかってますよぉ。ですから、せめてものご恩返しに、こうしてついてきてるんじゃないですか。このあおえ、絶対、おふたりに損はさせません。必ず、お役に立ちますってば」

「何がお役に立ちますだ。こっちが知りたいことには何も応えられないくせに」

自覚はあるらしく、あおえは分厚い舌をちろりと見せる。

「ああ、つい最近、良門さんていうひとが死んだかどうかですね。何度も言いましたけど、御役御免になってからは、冥府の情報が入るはずもないし、あっちのことはなんにもわからないんですよね」

「そういうのを役立たずというんだ」

一条は言われたくない台詞《せりふ》を適確に選んで攻撃する。言い争いになれば、あおえに勝ちはあり得ない。

今回もまた言い負かされて、あおえはしゅんと肩を落とした。一条から離れて夏樹にすり寄ると、長い顔を近づけて、ひそひそとささやきかける。

「あの、わたしの気のせいかもしれませんけど、どうも一方的に一条さんの鬱憤《うっぷん》晴《ば》らしに使われているようなんですが、何かあったんですか？」

心当たりのある夏樹は、後ろめたさに言葉を濁らせた。

「ああ……うん、いろいろとね」

一条に晴らしたい鬱憤があるとしたら、都を旅立ってからの十日あまりの間に蓄積されたものに違いない。

さすがに、神経質になっている夏樹には、それを手加減なしにぶつけることができなかったのだろう。そこにあおえが加わって、一条は溜《た》まりに溜まったものをぶつけられる、ちょうどいい相手を手に入れたというわけだ。

(すまない、あおえ)

夏樹は心の中で手を合わせ、声を出さずにそっと詫《わ》びて、あおえを人身御供《ひとみごくう》に差し出した。胸が痛まぬわけではなかったが、この馬頭鬼が、また実に、期待に背かぬ人身御供ぶりを発揮してくれるのである。

懲りずに何度も馬鹿をやり、その度に一条の扇がうなりながら飛んでいく。夏樹は悲鳴と罵声《ばせい》を聞かぬふりをし——そんなふうに珍道中は続いた。

三人とも、それなりに自分の役どころを楽しんでいるふしがあった。だからだろうか、行く手に夕霧が深くたちこめてきても、なかなかそのことに気づかない。

それでも、木立ちの間からの視線を、真っ先に感じ取ったのは、やはり一条だった。唐突に歩みをとめ、小さくつぶやく。

「誰か……いる」

その瞬間、夏樹は身体を硬直させた。

(滝夜叉か⁉)

ためらいの呪縛を振りきって、さっと太刀の柄に手をやり、あたりを見廻す。いったい、どこに誰がいるのか。濃くたちこめる霧のおかげで視界は悪く、夏樹にはまだ第三者の気配すら感じとることができない。

だが、気は抜けなかった。一条が誰かいると言うなら、きっといるはずだ。それも、警戒すべき誰かが。

「誰がいるんだ？」

小声でそっと一条に問うが、応えは返ってこない。霧の彼方を見通すことは、彼にとっても難しいのか。あるいは、これは普通の霧ではないのか。

夏樹は全身の神経を尖《とが》らせて、目前の霧を凝視した。あおえも危険を感じたのか、梟の垂衣の間から油断なく目を光らせる。

息づまるような静けさの中、微《かす》かに馬のひづめの音が聞こえてきた。どこから聞こえてくるのか、方向を定めることはできないが、こちらに近づいてきているのは確かだ。

やがて、霧のむこうから白い馬に乗った女が現れた。

豊かな黒髪には金の釵子《さいし》が光り、葡萄染《えびぞめ》の唐衣《からぎぬ》が華やかさを際立たせる。これに腰から後ろへ垂らす裳《も》を着用すれば、女性の最上級の正装となる。とても馬に乗るような格好ではない。だが、女は馬上でも、なんの不自由も感じていないようだった。

そして、あでやかに微笑《ほほえ》む。華麗さの底に残酷さをにじませて。こんな笑みを作れるのは、滝夜叉たちの姉の、七綾姫以外にあり得ない。

初めて彼女を見るあおえが、息を呑《の》んだのが聞こえた。その美しさは冥府の鬼すらも幻惑されるほどだったのだ。

「まさか、この森に自分から入ってきてくれるとはな」

女にしてはやや低めの声が、不思議な色香を漂わせる。その声にも、その容貌にも、ひとを酔わせるに足る魔力がある。だが、この華には強烈な毒がひそんでいた。七綾の髪を飾る釵子がそれを夏樹に思い出させる。

金の細い鎖が下がった釵子を、彼女は以前ふたつつけていた。そのひとつを武器にして、彼女は一条が放った式神《しきがみ》の目をえぐったのである。

そのときに釵子も駄目にしてしまったのだろうか。いま、髪に差しているのは一本きりだ。

夏樹も一条も、あの釵子の切っ先がどれほど鋭かったかを知っている。とても彼女の美しさに酔うゆとりは持てない。しかも、七綾は蟇仙という仙人から授けられた妖術を使うのだ。外見に惑わされていては、とり返しのつかないことになりかねない。

警戒する夏樹たちを嘲笑《あざわら》うように、七綾は目を細める。

「せっかく、ここまで来てくれたのに、もてなしもないでは無礼かと思うてな」

「おれたちが追ってきていることは知っていたわけか」

一条は驚きもしなかった。確かに、七綾が妖術使いであれば、こちらの動きをどこからか術を使って見ていたとしても、けしておかしくはない。

「……なら、話が早い」

夏樹は頭を切り替えることにした。この旅の目的は、七綾たちと闘うことではないのだ。むこうが積極的に仕かけてくるならともかく、滝夜叉の説得を円滑にするためにも、下手《へた》に七綾を傷つけたりはできない。

「もうわかっているだろうが、こちらはたったの三人だ。たいした武器も持っていない。良門を追討しに来たわけじゃないことは、はっきりしてるだろう？」

七綾は夏樹の顔をしげしげとみつめる。

「では、なぜ、ここにいる」

「滝夜叉に逢わせてほしい。それだけだ」

「滝夜叉に？」

七綾の唇がくっと歪む。

「都に戻るよう説得しろとでも、帝に言われてきたか？」

ずばり言い当てられて、夏樹の顔色が変わった。

「図星か」

七綾は楽しそうに、こちらの反応を眺めている。その自信に満ちた態度が、夏樹の張りつめた神経をいやおうなしに刺激する。

「あの男、よほど滝夜叉に心を奪われたらしいな。だが、逢わせたところで滝夜叉はけして応じまいに」

「彼女は本当はこんなこと、望んでいないはずだ！」

夏樹は自分でも驚くほど声を荒らげていた。

相手を怒らせてはまずいとわかっているのに、一度口火をきってしまうと、もうとまらない。この十日あまりに胸に積もった想《おも》いが、叫びになってあふれてくる。

「彼女は、主上《おかみ》をだましていたことに罪悪感をいだいていた。ましてや、気味の悪い物の怪を使って脅すなんて、本当はやりたくなかったんだ。姉妹なら、謀反の片棒かつぎを妹に無理強いするな！」

「無理強いなどと、とんでもない。われら三人は思いをひとつにしている」

「同僚だった弘徽殿《こきでん》の女房が証言しているんだ。滝夜叉の心の声を聞いたってな。主上を襲ったあの夜、彼女は本当は泣いていたって――」

深雪《みゆき》からその話を聞かされたときは、正直言って信じられなかった。だが、いまはそれが真実であってほしいと思う。滝夜叉は謀反など望んでおらず、ひとを殺すことをためらっていたのだと。

「滝夜叉はいつも悲しそうな顔をしていた。あれは演技なんかじゃなかった。滝夜叉は……」

「なるほど、そうか」

夏樹の訴えをさえぎって、七綾は小さく首を傾《かし》げる。釵子の金の鎖がさらさらと揺れる。

「新蔵人《しんくろうど》どのは滝夜叉に懸想《けそう》しているな？」

もちろん、その応えはありありと顔に出てしまった。どれほど言葉を尽くして打ち消そうと、もう無駄だった。

（嘲笑うに決まっている……）

しかし、予想に反し、七綾は唇を結んで笑みを消した。

「哀れな」

本気で同情しているような柔らかい口調に、夏樹はどうしていいのかわからなくなってしまった。

「新蔵人どのは真の滝夜叉を知らぬ」

「どういう意味だ」

「なるほど、滝夜叉は謀反など望んではいない。それでいて、同時に強く望んでいる。

そういう矛盾こそが滝夜叉なのだ」

「詭弁《きべん》はやめろ」

「詭弁ではない。だが、信じぬのなら、それでもよい」

七綾は再びあでやかに笑った。夏樹の脳裏に浮かぶ。それを言ったのは誰だったか――『おそろしいもののほうがより美しい』といった台詞が、夏樹の脳裏に浮かぶ。それを言ったのは誰だったか――

「滝夜叉へのその想いに免じ、ひとつ教えよう。ここは、父、将門が奇門遁甲《きもんとんこう》の呪法を行った場所。近くの里の者は〈八幡《やわた》の藪《やぶ》知らず〉と呼ぶそうな」

それまで口を挟むのを差し控えていた一条が、はっと息を呑んだ。

「奇門遁甲だと⁉」

あおえまでもが垂衣のむこうで、びくっと震える。

その隙をついて、七綾は素早く馬を方向転換させた。脇腹を蹴り、疾走させる。葡萄染の袖がはためき、霧の中に呑まれる。見事な手綱さばきだ。

「待て、七綾」

夏樹はすぐさま、あとを追おうとした。

「良門は生きているのか⁉　右馬助《うまのすけ》の邸を襲ったのは、おまえだったんだろう⁉　七綾――応えろ、七綾！」

が、一条の叱責が飛んできて、夏樹の動きを封じる。

「やめろ、追うな！」

その激しさに、夏樹の足は反射的にとまった。

「奇門遁甲が施されているんだ。下手に動くとまずい」

夏樹にとって、それはなんの意味もない単語だった。なぜ、これほど一条が驚き、あおえがおびえるのか、彼に理解できるはずがない。

「しかし……！」

「いいから、戻れ」

その間にも、七綾を乗せた馬のひづめの音は、森の奥に吸いこまれていく。そして、いくらも経たぬうちに、聞こえなくなってしまった。

夏樹は唇を噛《か》みしめて、一条を振り返った。

「なぜ、とめた。なんなんだ、その奇門遁甲ってのは」

「本来は方位の吉凶を占う術なんだが、使いようによっては罠《わな》にも応用できる。たとえば、敵を凶の方位でぐるりと囲み、一種の迷路を作りあげるとか」

「迷路？」

「わかりやすく言えば、おれたちはここに閉じこめられたってわけだ」

あたりを見廻すが、行く手を阻む壁のようなものはない。霧のせいで何も見えないが、ひたすら歩けば、やがて外に出られるはずだ。

が、一条の厳しい表情がその楽観的な思考をつき崩す。呪術的なことは何も知らない夏樹にも、遅ればせながら危機感が押し寄せてきた。

「本気で、この森から出られないっていう気か？」

「出口はある。だが、そのほとんどがただじゃ通れない出口だ」

「ただじゃ通れないって……」

あおえが馬づらを青ざめさせて、補足説明する。

「最悪の場合、死にます。よくても怪我をします」

「そういうことだ」

一条はうなずき、暗い笑みを浮かべた。

「怪我といっても、いろんな段階があるからな。瀕死《ひんし》の重傷だったりしたら、とても笑えないぞ」

「ええ。あのまま行ってたら、夏樹さんの身が無事だったかどうか……」

あおえの真剣な口ぶりに、夏樹は自分がどれほど無謀だったかを改めて思い知った。確かに、この状況で笑える神経は持ち合わせていない。夏樹は自分の顔から血の気がひいていくのを感じた。

湿気を吸って、装束が重く身にまといつく。気のせいか、霧はより深くなってきたようだ。周囲の木々の輪郭すら定かではなくなる。

いつの間にか、乳白色の牢獄《ろうごく》は完成していた。この霧は永遠に晴れないと言われても、いまなら信じられる。七綾なら、死んで遺体がひからびるまで、夏樹たちをこの森に閉じこめることもやりかねない。それが妹を誑《たぶら》かしに来た不埒者《ふらちもの》への当然の罰だとでも思っていそうだ。

森に転がる自分の死体を、霧が包んでいるさまが夏樹の脳裏に浮かび、彼は必死にその想像を退けようとした。

「なんとかならないか。さっき、ほとんどがただじゃ済まない出口だって言ってたな。なら、無事に出られる出口もあるにはあるんだろう？」

「あるはずだが少ない。無事じゃないほうが断然多い」

せっかくの希望の芽を、一条はためらいもなく摘みとる。だが、夏樹も諦めない。

「七綾が逃げた方向がそれじゃないのか？　あっちへ行けば、きっと……」

「それはよしたほうがいい。あれこそ罠の可能性が高い」

「じゃあ、式神を呼んでみたらどうだ。あいつらは鬼神なんだから、そう簡単には傷つかないんだろ？　いつか、そう言ったよな。だったら、式神にかたっぱしから出口を通らせて、無事で済む出口をみつけてもらえば……」

「さっきから呼んでいる。だが、反応がないんだ」

一条は淡々と事実だけを述べる。

「よくしたものだな。獲物が一度かかったら、罠は閉ざされるようになっているらしい。外からの応援は期待できない」

「じゃあ、占いでちゃんとした出口を当てるとか！」

一条は渋い顔で首を横に振る。

「ここで占っても、その結果は信用しないほうがいい」

「なぜ……!?」

夏樹の問いに、あおえが代わって応える。

「この霧のせいでしょうね」

「この霧？」

いくら目を凝らしても、呪術に関してまったくの素人である夏樹の目には、霧は霧としか見えない。だからといって、一条やあおえの言うことを否定するつもりもない。

（ただの霧じゃない……）

一条とあおえが指摘するように、霧は迷路を作るだけではなく、術者の集中力を妨げる働きを持っているのかもしれない。だとしたら、どうやってここから脱するのか。それとも、この霧は永遠に晴れないのか——

「わたしのせいですね……」

突然、あおえが情けない声を喉から絞り出す。

「わたしがふざけてばかりいたから、一条さんが異変に気づくのが遅れたんです」

「おまえのせいじゃない。油断したおれが未熟だっただけだ」

都を出てからというもの、七綾たちは妨害はおろか、接触すらしてこなかった。一条が油断したからといって、責められはしない。気を抜いていたのは夏樹も同じなのだから。

「しかし、この術を施したのが本当に将門なら、やつは武力のみならず、相当な呪力も持ち合わせていたんだな。娘の七綾があれほどの呪力を使えるのも、これで納得できる。蓁仙とやらから学んだと言っていたが、あれはおそらく天性のものだ。そもそも、学ぶ必要さえなかったんじゃないのか？」

「感心してる場合じゃないぞ。いつまでも、ここにいるわけには……」

「わかっている」

一条はぶっきらぼうにつぶやくと、霧の彼方を睨みつけた。琥珀色《こはくいろ》の瞳が剣呑《けんのん》な光を帯びる。霧のもたらす影響力を意志の力でねじ伏せようとしているかのようだ。

微かに色づいた形のよい唇が、細かく動いて何かの呪文を紡ぎ出す。夏樹には泡のはじけるような音としか聞こえない。夏樹とあおえは期待して待ったが、その効果はなかなか顕《あらわ》れない。

苦戦する一条の背中をみつめながら、夏樹は自分自身へのもどかしさを感じていた。

太刀が通じる相手なら、夏樹でも闘える。だが、呪術でこられたら、呪術で返すしかない。敵の罠に嵌《はま》ったこの状況では、一条の呪力に頼るしかない。それが申し訳ないと同時にくやしくてたまらない。

やがて、呪文を中断して、一条が低くささやいた。

「道をいくつかに絞ってみた」

とは言いつつも、一条の表情は依然として暗い。

「大丈夫か」

「保証はできないが」

その言葉とは裏腹に、踏み出した彼の一歩は確信に満ちているように見えた。これなら大丈夫だ。訊くまでもないことだった。——と、夏樹は思った。

「おれのあとにぴったりついてこい。わずかたりとも外れるなよ」

夏樹はごくりと喉を鳴らし、小さくうなずいて一条の背後についた。さらに夏樹の後ろに、あおえが続く。大きな身体を一生懸命に縮こめ、夏樹の背にしがみついてくる。ずっしり重たいが、拒む気にはなれない。

「うまくいけば、この森を出られる。うまくいかなくて、失敗したら……」

「失敗したら？」

「おれに構わず、すぐに後退しろ」

「そんな！」

抗議の言葉は、一条が歩き出したために喉の奥へひっこんでしまった。

（一条の精神集中を妨げてはいけない）

そう、自分に言い聞かせる。無力な自分が、彼にかけてやれるような言葉は何もないのだと。いま、夏樹にできるのは、祈ることだけだった。

じゃりっと小石を踏んで、一条は静かに歩を進める。一歩、また一歩と。

霧の牢獄はなんの反応も示さない。脱獄者たちを柔らかく押し包むばかりだ。

それでも、一条の肩の線はぴんと張りつめていた。夏樹も、彼の後ろに続いているだけなのに、口の中はからからに乾き、額にいやな汗をかき始めていた。すぐ後ろにいるあおえの緊張も、背中にひしひしと伝わってくる。

奇門遁甲なる術の威力を本当に理解していたわけではなかった。むしろわからないがゆえに、恐怖感は募っていくようだった。同時に、こうして一条に頼るしかできない自分が、歯がゆくてたまらなくなる。

（どうか……正しい道であってくれ……）

心の中で念仏を唱えるばかりでなく、思いつくかぎりの神仏に祈りながら、霧の中を歩く。だが、夏樹の願いを聞き届けてくれる神仏は、この世にはいなかった。

一条の歩みが突然とまる。次の瞬間、ひゅんと空を切る音を発して、風の刃《やいば》が彼に襲いかかってきた。

　腕に、脚に、顔に、細い線状の傷が走る。狩衣《かりぎぬ》が裂けて、その下の皮膚をも傷つける。たちまち傷口から血がにじみ、狩衣や指貫《さしぬき》に赤い染みを散らせていく。

「一条！」

　構わず後退しろと言われたのも忘れて、夏樹は一条の後ろ襟をつかんだ。その手の甲に、すっと横一文字の傷が生じる。

　風に斬りつけられた痛みに顔をしかめつつも、夏樹はつかんだ後ろ襟を放さなかった。そのまま、力いっぱい引き寄せる。なんの抵抗もなく、一条の身体は糸の切れた傀儡《くぐつ》のように夏樹の腕に倒れこんできた。

　夏樹は手の甲のかすり傷ひとつで済んだが、一条はそうはいかなかった。白い肌を横切る傷は数知れず、特に左腕に負った傷が深い。

「まずったな……」

　一条はため息混じりにつぶやき、目を閉じた。

「一条！」

「一条さん！」

　一条は長いまつげを小刻みに震わせた。何かを言おうとするも声は出ず、苦しげに胸が上下する。

「大丈夫か、しっかりしろ!!」

夏樹は必死に呼びかけた。が、ついに一条は応えることなく、夏樹の胸にがくりと頭を落としてしまった。


後宮《こうきゅう》の殿舎《でんしゃ》のひとつ、弘徽殿。その中の一室で、深雪は脇息《きょうそく》にもたれかかり、ぼんやりと虚空《こくう》をみつめていた。

弘徽殿から新参女房の常陸《ひたち》の君《きみ》が物の怪にさらわれて、十数日。尾ひれのたっぷりついた物騒な噂がさんざんささやかれたが、それもひと段落ついた感があった。

女房たちの興味はもうすでに違う話題へと移っている。誰それが誰それと別れて、誰それと付き合い始めたといった定番物から、承香殿《しょうきょうでん》の女御《にょうご》が筍《たけのこ》の食べすぎで体調を崩したといったものまで、話のネタは尽きない。

が、おしゃべり大好きな深雪も、いまは噂話に加わる気力さえ枯渇していた。用を言いつけられたとき以外は、自分の局《つぼね》に籠もってもの思いにふける。その手には、あの金の釵子が必ず握られていた。

指先から微かな振動が伝わって、金の鎖がさらさら揺れる。

賀茂《かも》の権博士《ごんのはかせ》は、この釵子が遠く離れたいとこの危機を知らせるだろうと告げた。

いまのところ、そのような気配はない。この状況はいとこが無事であることを表しているのか、あるいは権博士が嘘《うそ》をついたのか。

後者はまずあり得ない。あれから何度か、権博士は様子を見に、こっそり弘徽殿へ来てくれた。そのたびに彼は深雪を励まし、反応がないのは旅がつつがなく続いている証しだと言ってくれたのだ。

(だからきっと、権博士の言うとおり、夏樹は無事なのよ。まだ滝夜叉姫とめぐり逢えていないかもしれないけど、きっと元気でいるのよ。だって、一条どのがついているんだもの……)

一条が独断であとを追ったという話も、権博士から聞いている。そのまま帰ってこないところを見ると、ちゃんと合流できたに違いない。

彼がついていれば、危険はかなり少なくなるはず。夏樹の武力で対処しきれない場面は、一条が呪力で解決してくれるだろう。だから、きっと、釵子は変化を見せないのだ。無闇に案じる必要はない。

何度もそう言い聞かせ、あとからあとからこみあげる不安をなんとか打ち消そうとする。それでも、不安はけして消えはしない。

(早く帰ってきてよ、夏樹。そして、無事な姿を見せてよ。このままじゃ、こちらの身体ももたないわ)

ふと、視線を釵子に落とせば、先端についた飾りの小さな花の花弁に、自分の顔が映っていた。心労が招いた不眠の影響が、そのまま出てしまっている顔だ。こんなくすんだ顔色をしていては、同僚たちが心配するのも当然だった。

弘徽殿の中で唯一、事情を知っている女御は、日に日に憔悴《しょうすい》する深雪に、いろいろと気を遣ってくれた。ぐっすり休むようにも勧めてくれる。

本当に感謝しているが、その言葉に甘えて眠っている間に何事かが夏樹の身に起こったりしたら、悔やんでも悔やみきれない。それに、眠っても不吉な夢にうなされることがしょっちゅうなのだ。

よく見るのは、あの異様な物の怪たちに追われる夢だ。だが、それならまだ耐えられる。夏樹の身に災厄が降りかかる夢を見ようものなら、正夢かもと思ってしまい、最低でもその日一日は憂鬱の淵《ふち》から浮上できない。

気になるのは夏樹のことだけではなかった。

（この釵子を、滝夜叉姫がわたしのために残していってくれたのだとしたら……。やっぱり、彼女はわたしにとめてもらいたかったのじゃないかしら……）

いまでも、滝夜叉は主上を害したくはなかったのだと断言できる。彼女はそんなひとではない。絶対に。

夏樹が彼女の説得に成功し、ともに都に戻ってきてくれたら、やはり嬉しい。そうなったらなったで、いろいろと困った事態が発生するだろうが、それはまた別の話だ。

彼女とは友達になりたいと思っていた——いまでも、その気持ちは変わらない。あの心の叫びを聞いてしまったからには、たとえ、どんな面を見せられても、自分は滝夜叉に手をさしのべてしまうだろう。

（この釵子が彼女のことも教えてくれるといいのに）

賀茂の権博士の言うとおり、自分が歩き巫女《みこ》であった祖母の血を色濃くひいているならば、それくらいは可能ではないかと思う。なにも一条のように、術を自在に使いたいとは言わない。式神もいらない。たったひとりの男を守り、たったひとりの女の消息を知る、それだけの力でいいのに……。

深雪は小さな吐息を洩《も》らすと、釵子を軽く揺らしてみた。金の鎖の鳴る音が高くなる。緻密な細工や、金のきらめきも魅力的だったが、深雪はこの繊細な音色がいちばん好きだった。

（彼女もそうだったのかもしれない）

微かな音をもっとよく聞こうと目を閉じる。その刹那《せつな》——不思議な浮遊感が深雪の身体を包んだ。

驚いて、すぐさま大きく目を見開く。だが、すでにもう、そこは見慣れた自分の局ではなかった。

頭上には暮れなずむ空。遠くに紅葉した山々が連なり、黄金色の太陽がその稜線《りょうせん》に触れている。つま先のはるか下方にはうっそうと茂った森が広がっている。ずっと都で育った深雪には、まったく見おぼえのない風景だ。

（なんなの、これは？）

自分の身体なのに、重みをまったく感じない。肉体を脱ぎ捨て、魂だけの存在になったかのように、虚空にふわりと浮かんでいる。何枚も重ねて着こんだ袿《うちぎ》や菊の襲《かさね》（表白、裏紫）の唐衣はそのままだが、まるで天女の羽衣のように軽い。

理解を越える状況だったが、それでも、恐怖や不安はなかった。あるのは戸惑いばかりだ。

（わたし……どうして、こんなところに来てしまったの？　わたしはただ、鎖の音を聞いていていただけだったのに）

掌《てのひら》を広げる。そこにはちゃんと、あの釵子があった。気のせいか、いつもよりまばゆく光っているように見える。

（この輝きかたは、もしかして……）

どう考えても、この釵子が自分をこの場所に運んだとしか思えなかった。そう――とうとう、想いは通じ、夏樹を守りたいという願いの仲立ちを、これがしてくれたのだ。

深雪は釵子をぎゅっと握りしめ、感動に身を震わせた。しかし、いつまでもひたっているわけにはいかない。釵子が反応したということは、同時に、夏樹の身に何かが起こったという意味でもあるのだから。

急ぎ行かなくてはならない。彼のもとへ。

深雪は釵子を懐に入れ、夏樹の姿を求めてあたりを見廻した。

(夏樹……どこ?)

こうして中空に浮かんでいると、空も大地も果てしなく感じる。この中からいとこを探し出すのは、かなり困難なように思えた。

どこから手をつけたものかと悩んでいると、唐突に、足もとに広がる森から白い馬が飛び出してきた。馬上には葡萄染の衣装をまとった女が乗っている。この広大な風景の中で、初めてみつけた人間だ。

あの馬を追おう。そう思っただけで、身体は自然にその方向へ移動する。文字どおり、飛ぶように速い。早足で駆けていく馬にたちまち迫っていく。

が、近づくにつれ、深雪は奇妙な胸騒ぎをおぼえた。その原因は、女が髪に飾っている一本の釵子だった。

(そんな、あれはまるで……)

滝夜叉が弘徽殿に残していったこの釵子と、まったく同じ物に見える。意匠はもとより、金の鎖の長ささえ、いっしょだ。

おそるおそる、女の顔を覗《のぞ》きこんだ深雪は、はっと息を呑んだ。全体の雰囲気はまったく異なる——太陽と月ほどに——だが、鼻や顎の線、他にも細かなところが、滝夜叉にそっくりなのだ。彼女に姉がいるとは聞いていたが、まさか……。

（まさか、この人が七綾姫？）

そのとき、急に女は顔を上げ、まともに深雪と視線を合わせた。

（見えているの⁉）

このときまで、自分は風のように目に見えない存在になったのだと、深雪は思いこんでいた。なのに、女は頭上を漂う深雪を確かに見上げた。あまつさえ、懐から下がっている釵子の鎖に目をとめて、微笑んだのである。

その刹那、深雪は滝夜叉が微笑みかけてくれたように感じた。優しく、穏やかに。それは、内気な常陸の君の名残を感じさせるものだった。

しかし、たちまち笑みは変わる。実に、華麗にあでやかに。

女はすっと片手を上げると、いましがた飛び出してきた背後の森を指差した。釣られてそちらを見ると、森は妙に白っぽく霞《かす》んでいた。

まわりの景色は夕焼けに赤く染められているのに、なぜかそこだけが不自然に白いのだ。

（もしかして、あの森のどこかに……）

葡萄染の唐衣の女も気になったが、いまは夏樹の安全のほうを確かめなくてはならない。後ろ髪を引かれる思いですっと彼女から離れ、いったん高度を上げると、深雪は上空から森の中へと進入した。

いちばん高い木の頂きを越えた途端、あたりは濃い霧で埋め尽くされる。霧は重く、この森にだけ沈殿していたのだ。

(なんなの、この霧は?)

絶対に変だ。あの女の態度といい、ここにはきっと何かある。それは、たぶん――

視界の悪さに苦労はしたが、幹や枝をうまくよけていくうちに、ほどなく、深雪は前方に人影をみつけることができた。

(夏樹!)

夏樹と一条がいる。そのそばにもうひとり、市女笠を被った、女とは思えぬほど大柄な誰かがいる。

三人目の存在が心を騒がせたが、とにかく夏樹をみつけられて、深雪はホッと安堵のため息をついた。しかし、近づくにつれ、彼らの様子がおかしいことに気づく。

(一条どのが……怪我をしているの?)

夏樹の腕の中に、血まみれになった一条が横たわっている。息はあるようだが、端整な顔は青ざめ、その瞳は堅く目を閉ざされていた。

（まさか、あのひとが……七綾姫がこれをやったの？）

だが、七綾は武器を帯びてはいなかった。一条の顔や手足に無数に刻まれた傷は、刃物によるものでもない。それでも、七綾がこの事態を引き起こしたのだと深雪は確信した。

（夏樹、わたしよ！　夏樹!!）

深雪は大声でいとこに呼びかけた。だが、彼には聞こえない。

「一条！　おい、しっかりしろ!!」

夏樹は一条の身体を揺さぶって、なんとか彼を目醒《めざ》めさせようとしている。夏樹自身も手の甲を深く切り、血を流しているのに、まるでそのことに気づいていないかのようだ。

（わたしがここにいるのにも気づかないのね……）

きっと、気づいた七綾が特別なのだ。だが、それでは意味がない。せっかく駆けつけたのに、肝心の夏樹に想いが伝わらないとは……。

市女笠の大女はといえば、両手を握りしめて立ちすくむばかりだ。しかし、彼女のその立派すぎる肉体はどこも傷ついていない。

（いったい、何が起きたっていうのよ！）

じれったくなって叫んでしまう。大きく息を吸いこんで。その瞬間、深雪はふいに、森を包む霧の奇妙な質感を感じとった。

（もしかして、この霧のせい？　これのせいで一条どのは傷ついてしまったの？）

冷たくて、重くて、密度が濃い。それだけでなく、よく見れば、霧は生き物のようにうねっていた。さながら、見えない蛇身が十重《とえ》二十重《はたえ》に夏樹たちを取り巻いているかのようだ。

（罠なんだわ、これ……。霧が邪魔をして、正しい道をわかりにくくしているんだわ）

特殊な状態に置かれているせいか、深雪の直感はかつてないほどに研ぎ澄まされていた。そして、冴《さ》えきった頭脳は、適切な解決策を瞬時にはじきだす。

（道を教えてあげなくちゃ……）

目を凝らして森全体を見渡すと、霧の中に細い道が葉脈のように枝分かれしているのが見えた。実際にそういう道が土地に刻まれているのではなく、たくさんの可能性を視覚的な形で捉《とら》えているのだろうと、深雪は正しく理解する。

程度の差はあれ、道のほとんどは黒く濁っている。中には、あれを通ればただでは済むまいと思わせるような、毒々しいほど真っ黒な道もいくつかあった。

いま、夏樹たちがいる延長線上にも、灰色に染まった道がある。おそらく、一条は間違ってあの道に踏みこんでしまったのだろう。黒い道でなかったので、命まではとられずに済んだのだ。

（もう二度と、あんな道を通らせるわけにはいかない）

きっと、ひとつぐらいは被害を蒙《こうむ》らなくて済む安全な道があるはずだ。深雪はそう信じて、無数に張りめぐらされた道をひとつひとつ点検していった。

気持ちは焦っていた。一条の怪我の具合も心配だし、夏樹が堪忍袋の緒を切ってあえて危険な真似《まね》をしでかす怖《おそ》れもあったからだ。そうなってもおかしくないくらい、夏樹はとり乱している。

が、幸いにも、深雪のあせりは杞憂《きゆう》に終わった。

（あれだわ）

少し離れたところに、一点の曇りもない、真っ白な道がある。道は無意味に何か所か折れ曲がっていたが、その終点は間違いなく森の外にあった。

（夏樹、夏樹）

すぐ近くまで漂っていき、彼の耳もとでささやく。深雪の激しい気性を知る者が聞いたら、驚くほど優しく、しっとりと。

（わたしの声が聞こえる？）

が、いとこがすぐそばに来ているとも知らずに、夏樹は一条の身体を揺さぶり続けている。

「おい、しっかりしろってば!!」

（揺すっちゃ駄目よ。止血を先にしないと）

深雪がそう言った途端、夏樹ではなく、市女笠の大女がぴくっと身動《みじろ》ぎをした。

「いま、誰か、止血をしろって言いましたよ」

その重低音に驚いて、深雪は大女に近寄った。間近でよくよく見れば、馬のように長い顔が薄い垂衣越しに透けている。重ねた袿でも隠しきれない体格のよさと、全体からにじみでる気弱そうな雰囲気には、なぜか記憶を刺激されるものがあった。

「そうか、止血か！」

ハッとわれに返った夏樹は自分の袖を引き裂くと、一条の腕を縛り始めた。あまり、いい手際とは言えない。気持ちの高ぶりが治まらないらしく、何度もやり損ねては舌打ちをしている。

それでもどうにか応急処置を済ませて、もっと早く尋ねるべき疑問に、夏樹はようやく注意を向けてくれた。

「誰が止血をしろって言ったって？」

「はあ。女のひとの浮遊魂が、そう教えてくれたんですけど」

「浮遊魂？」

「ここらへんに浮いているんですけど、わかります？」

大女は深雪のいるあたりを指差す。が、夏樹は首を傾げるばかりだ。

せっかくここまで来たのに、この姿を夏樹はどうしても見ることができないらしい。仕方がないとは知りつつも、深雪は心底残念がった。

「さっきから近くにいたんですけど、一条さんが怪我したことにびっくりしちゃって全然気にしてなかったなぁ。それにしても、なんでまた、こんなところをさまよっているんでしょうか」

教えたほうが話は早いだろう。だが、相手の正体もわからぬうちに、こちらの素性を明かしたくはなかった。

「それになんだか、見おぼえがあるような気がするんですが。死霊《しりょう》ならともかく、生霊に知り合いなんていたっけかな……」

深雪も同感で、どこかで逢ったような気がしなくもなかった。が、女だと思いこんでいるせいもあって、どうしても該当する人物が浮かんでこない。

実際は、梨壺《なしつぼ》の更衣《こうい》がらみの事件のときに、彼らは一度だけ顔を合わせていたのだが……。

「おまえ、死霊と生霊との区別ってちゃんとつくのか」

「わたしは死霊の専門家ですから。まあ、いちおうは」

「元専門家だろうが。七綾の罠じゃないと言いきれるのか？」

夏樹は疑わしげな視線を、深雪のいるあたりに向けてきた。一条を傷つけられて、彼の気持ちが荒れているのは深雪も理解できる。だが、せっかく正しい道を教えたいのに、信じてもらえないのはつらい。

この大女には自分の声が聞こえ、姿が見えているらしい。ならば、正直に夏樹のいとこであると素性を明かせばいいのだろうが、それをするには深雪のほうにまだためらいがあった。自分こそがこの旅に同行したかったのに、正体不明の大女にその座を奪われているのが本気でくやしかったのである。

（夏樹……）

見えていないとわかればこそ、大胆にもなれる。深雪は思いきって、いとこの肩に手を置き、唇に唇をそっと重ねた。短く軽い口づけだったが、いまいだいているせつなさがこめられていた。

（あなたにわたしの声を聞いてもらいたいのに）

どうせ聞こえていないのだからと、いつもは隠していた想いのたけを、深雪は声にも表情にも素直に表した。

（無事に帰ってきてもらいたいの。だから、この森から出してあげる。正しい道を教えてあげるわ）

どんなに愛情をこめてささやいても、夏樹は全然見当違いの方向を向いている。その彼に、あの大女が深雪の意思を伝えてくれた。

「正しい道を教えてくれるそうですよ」

「信じていいのか」

「自信持って言いますけど、害意はありませんね、絶対に」

口づけするところを見ているから、断言できるのだろう。深雪は少し赤くなった顔を片袖で隠すと、夏樹の肩を軽く押し、その反動で宙高くに舞いあがった。

(こっちよ)

聞こえないとわかっていても、あくまで夏樹に向けて指示を送る。

(少し後ろに下がって。そこから右へ直角に行って)

「後ろへ下がってから、右へ直角に行け、だそうです」

大女に促され、夏樹はぐったりしている一条を肩に担ぐと、言われたとおりに後退した。右へ曲がるときは、少し顔が緊張していたが、踏みこんでも無事だとわかるとホッと息をついて表情をゆるめる。

(それから、もう十歩ほど行ったら、斜め左に折れるのよ)

「十歩ほど行ったら、斜め左だそうです」

大女は深雪の言うことを正しく伝え、夏樹もその通りに歩く。彼らにはわからなくても、深雪には真白き道を進むさまがはっきりと見えている。もう大丈夫だ。

いっしょに旅はできなかったけれど、こうして夏樹のために役立っている。嬉しくて

嬉しくて、深雪はこみあげてくる微笑と涙を抑えることができない。

（そこで右に行けば、じきに森を出られるわ。そのまま、まっすぐ行って。気をつけてね、夏樹……）

最後の指示をささやくと、深雪は薄紫の袖を翻《ひるがえ》し、天高く舞いあがった。

森から離れると、周囲は夕暮れの茜色《あかねいろ》にすっかり染まっていた。その真っ赤な夕空の中に、深雪の意識は静かに溶けていった。

霧に包まれた森から夏樹たちが出ようとしていたその頃、遠く離れた都の御所の、弘徽殿の一室で、深雪は脇息に置いた腕に頭を載せた形で眠っていた。

その手には、あの釵子がしっかりと握られている。唇にはくすぐったそうな微笑。目尻にはひとしずくの涙があふれて。

そして、釵子の金の鎖は、風もないのにさらさらと揺れて、微かな音を響かせていた。

第七章　相馬の古御所《ふるごしょ》

不思議なことに、夏樹たちが森を抜け出した途端、あれほど濃くたちこめていた霧が全部どこかへ行ってしまった。

振り返って森の中をうかがってみても、霧はない。やはりあれは、奇門遁甲《きもんとんこう》なる術が生み出した、この世ならざる現象であったのだろう。

あの霧に捕まったままだったら、どうなっていたことか。それを思うと、夏樹は背筋が凍りつくような寒さを感じて、頭を強く振った。

後ろを見れば、あおえが枲《むし》の垂衣《たれぎぬ》を片手で押しあげ、心配そうな顔を覗《のぞ》かせている。

「あおえ」

「はい？」

「道を教えてくれた生霊はいま、どこらへんにいるんだ？」

「それが……最後の指示を出してすぐに、上のほうに上がっていっちゃいましたよ」

「成仏したってことか？」

「まさか。生霊なんですから、戻るべきところへ戻っていっただけですよ。たぶん、あれはわたしたちの窮地を救うためだけに天を翔《か》けてきた魂だったんですね。夏樹さんに縁《ゆかり》のひとだとは思いますけど」

あのとき――優しい香りに肩を抱かれたような気がした。あの感触にも、あの香りにも、なんとなくおぼえがあった。だが、いまそれを確かめる術《すべ》はない。

「礼を言いそびれたな」

〈八幡《やわた》の藪《やぶ》知《し》らず〉を出られたのは、ひとえに姿のない声の導きのおかげだった。が、まだホッとひと息というわけにはいかない。傷を負った一条を、どこかで休ませ、きちんと手当てをしなくてはならないのだ。

駅《うまや》を使えればいちばんいいが、街道から離れたせいで駅からも遠ざかってしまっていた。せめて民家があれば、事情を話して宿を借りるのだが、見渡す限り山ばかりで、それらしき影はない。

陽《ひ》もだいぶ暮れかかっていた。怪我人《けがにん》がいて、このまま野宿というのだけは絶対に避けたい。

そんな焦りが顔に出ていたのだろう。あおえが突然、

「夏樹さんはここに一条さんといてください。わたし、夜露のしのげそうなところをみつけてきますから」

と、言い出した。ありがたいが、いくら市女笠《いちめがさ》を被《かぶ》せているとはいえ、あおえをひとりで行動させるのには不安がある。物《もの》の怪《け》呼ばわりされて、そのまま退治されてしまっては、やはりかわいそうだ。

「いや、ぼくが行くから、あおえこそ一条を見ていてくれよ」

「いえいえ、わたしが行くほうが効率いいと思いますよ。それじゃあ、待っててくださいね」

とめる間もなく、あおえはくるりと背を向け、野を疾走し始めた。その速さたるや、顔だけでなく脚力も馬同様だったのだと感心させるほどだった。

なるほど、あおえが行くほうが効率はよかろう。しかし、身の丈七尺近いような大女が、乱れる裾も構わずに足音を轟《とどろ》かせて駆けていくところなど、できればもう二度と見たくはなかった。

（一生のうちに、一度見ればもう充分だと思うぞ）

二度、目撃する羽目になった光景から目をそらすと、夏樹は一条を肩から下ろし、木の根もとに横たえさせた。その際、うっかり傷に触れてしまったが、一条は低くうめいただけで目をあけなかった。

彼のこんな痛々しい姿は見たくなかった。それくらいなら、いっそわが身が傷ついたほうがどれほどましだったか。

（自分のせいだ……）

この旅は、自分自身の手で完結させるつもりだった。なのに、一条の力を頼り、彼に甘える気持ちがいつの間にか生じていた。

それでいて、一条への嫉妬も意識の奥底にしつこく居すわっていた。彼を滝夜叉《たきやしゃ》に逢《あ》わせたくないと、どこかでまだ思っていたのだ。

滝夜叉の説得を頼もうとしていながら、その一方では協力を拒んでいる。矛盾していると知っていながら、どうにもならない。どちらも本当の気持ちだから。

（滝夜叉も、こんなふうに、ふたつの思いをいだいているんだろうか）

――滝夜叉は謀反など望んではいない。それでいて、同時に強く望んでいる。そういう矛盾こそが滝夜叉なのだ。

と、七綾《ななあや》は言っていた。あのような悪女の言葉を鵜呑《うの》みにはできないが、あり得るかもしれないと、夏樹は考え始めていた。

滝夜叉自身、他の姉弟たちにいやいや従っているようには見えなかった。だが、彼女は帝《みかど》を脅しこそすれ、簡単に殺せる状況でも、すぐにそうしようとはしなかった。夜盗《やとう》の群れにも実際には加わってはいない。おそらく七綾と違って、まだひとを殺した経験がないのではなかろうか。

ならば、まだ望みはある。要は、彼女がどちらの気持ちにより大きく傾いているかだ。

それを見極めることができたら——

ふと、わずかな間とはいえ、自分が完全に一条を忘れていたことに気づき、夏樹は恥ずかしさに真っ赤になった。

（この期に及んでも、まだ諦めきれないなんて……）

罪滅ぼしではないが、せっかくの美貌が汚れているのがもったいないといった思いもあって、一条の顔についた血を布で拭きとってやる。そのとき、何気なく触れた彼の頬は驚くほど冷たかった。

あわてた夏樹は一条の上半身を起こさせ、少しでも温かくなるように、ぴたりと身を寄せた。右手で肩を抱き、左手で彼の手を包む。特に手の冷たさはひどく、夏樹は盛んにさすって、なんとか熱を起こそうとした。

「一条、おい、しっかりしろ！」

耳もとで怒鳴るが反応はない。血の気の失《う》せた顔は、よくできた人形のように見える。

（まさか、このまま……）

夏樹はぞっと身震いした。一条に限ってそんなはずはないと、強く否定する。しかし、こうして弱りきった彼を前にすると動揺は抑えきれない。

冷えきった身体《からだ》を、さらにきつく抱きしめる。体温ならいくらでも与えるつもりだった。いや、命すらあげてもいいと思った。心の底から。

「おい、一条」

たまりかねて声をかける。もちろん、一条は応えないが、夏樹は構わず呼びかけた。

「頼むから、こんな死に……くたばりかただけは、してくれるなよ」

いささか荒っぽい言いかたにはなったが、それは彼の切なる願いだった。


秋の野に馬頭鬼《めずき》の豪快な足音が、どすどすと轟いていく。

いつの間にか市女笠を落としてしまい、その馬づらが露《あら》わになっていたのだが、当のあおえはそのことにすら気づいていない。

頭上の空は夕暮れの色に染まっている。すぐにも夜になろう。その前に、夜露と寒風を防げる場所をみつけて一条を移さないと、あの傷では命にもかかわりかねない。

（ああ、一条さん。どうか、どうか、ご無事で……）

走りながら、ぐすんと鼻をすすり、涙をぬぐう。おかげで前方への注意がおろそかになってしまった。その間隙をつくように、あおえの目の前に唐突に人影が現れる。

「あっ」

あおえは声をあげ、あわてて速度を落とした。足もとの小石や砂をはじきながら、相手とぶつかる寸前でどうにか急停止に成功する。

「大丈夫でしたか！」

優しいあおえは真っ先に、相手の無事を大声で問うた。

彼の前に立ちすくみ、目を大きく見開いているのは十歳くらいの少女だった。髪は尼そぎ（おかっぱ）で、紅色の衣をまとっている。それなりの家の子のようだったが、供は連れていない。

こんなところに幼い女童《めのわらわ》がたったひとりで——となれば、狐《きつね》が化けて出たかと疑いたくなるのが普通だ。

いや、少女の側からしてみれば、黄昏《たそがれ》の野で袿《うちぎ》姿の筋骨たくましい馬頭鬼と突然遭遇するなど、それこそ血も凍る恐怖の出来事だったに違いない。

しかし、少女は驚きこそすれ、おびえてはいなかった。それどころか、愛らしい声でおずおずとあおえに訊《き》いてきた。

「もしかして、馬頭鬼……冥府《めいふ》の獄卒《ごくそつ》さん？」

「はいはい、その通り。冥府の獄卒さんですよぉ」

賽《さい》の河原《かわら》で水子たちと戯れるときによくやる、はきはきした口調で、あおえは明るく名乗りをあげた。怖いひとではありませんよと伝えるために、太い両腕を大さく広げ、長い首をおどけたふうに傾《かし》げてみせる。

意図は伝わったのだろう、少女は目を細めて、うふふと笑ってくれた。

意識のない一条を、夏樹はたったひとりで見守っていた。そんな苦しい時間が四半刻《しはんとき》（約三十分）ほど経《た》ったろうか。やっと、遠くのほうから、あおえの声が聞こえてきた。

「夏樹さん、夏樹さん」

声の明るさに、夏樹は心底ホッとする。きっと、一条の手当てができるような場所がみつかったに違いない。

顔を上げ、だいぶ濃くなってきた夕闇の彼方《かなた》に視線を向ける。次の瞬間、想定外のものを目撃して夏樹は顔を強《こわ》ばらせた。

市女笠をかぶっていない……。おおかた、どこかで落としてきたのだろう。だが、それはまだいい。あおえはこともあろうに、小さな女の子を背におぶっていたのだ。

どこかでさらってきたかと夏樹は咄嗟《とっさ》に思った。一条がいなければ、係《かか》わり合いを避けるべく、すぐにも背を向け、この場から逃走していたかもしれない。

夏樹の狼狽《ろうばい》ぶりにも気づかず、あおえは元気よく声を張りあげる。

「この先に、この子のおばあさんの庵室《あんしつ》があるそうですよ。今夜はそこに泊めてもらいましょう！」

思いもよらぬ展開に、夏樹の頭の中は真っ白になる。

「ほらほら、行きましょうよ。一条さんを早いところ、あったかい場所に連れていかなくちゃ」

あおえは女の子を下ろすと、代わりに一条を肩に担ぎあげた。そのまま歩き出しかけるのを、夏樹は袿《うちぎ》の裾をつかんで引き戻す。

「ちょ、ちょっと待った！」

「はい、なんでしょう？」

「なんなんだよ、この子は」

「御代《みよ》よ」

名前を訊いたわけではなかったが、少女は大人びた口調ではっきりと名乗った。ただの村娘ではあるまい。賢そうな顔立ちをして、光沢のある練絹《ねりぎぬ》の衣を身に着けている。色はきれいな紅、夏樹の胸を痛くさせる色だ。

馬頭鬼にさらわれてきたというのに、少女は全然怖がっていなかった。むしろ、傷だらけの一条のほうが怖いらしく、なるべくそちらを見ないようにしている。

「どうして、この子、おまえの顔を見ても怖がらないんだ？」

夏樹の当然の疑問に、少女ははきはきと応える。

「だって、馬頭鬼は地獄で悪い人を懲らしめる鬼なんでしょう？　おばあさまがよく話してくださったわ。わたし、大嫌いなひとがいるの。そのひと、悪いひとなの。だから、そのひとを懲らしめるために、わざわざ馬頭鬼が地獄から来てくれたんだって思ったのよ。それとも、違うの？」

夏樹はあんぐりと口をあけた。少女の論理にとてもついていけなくて、言うべき台詞《せりふ》もみつからない。

あおえは照れくさそうに頭を掻《か》いている。

「実は、めちゃくちゃ走っていたもので、市女笠を落としちゃいましてね。それに全然気がつかないまま、この子に声をかけちゃったんですよ」

「なんでそんなことをしたんだよ……！」

夏樹の剣幕に、あおえは思わず逃げ腰になった。

「だって、やっとひとに会えたんですよぉ。しかも、薬草摘みしてたんですよぉ、この子。だから、これで宿が借りられるし、きっと手当てもしてもらえるはずだって思って、すぐに飛びついちゃったんですよぉ」

馬の目尻が哀《かな》しげに垂れ下がっている。いきなり腹を向けられ、全力で降参されそうな雰囲気だ。もちろん、そうなったら力いっぱい踏んでやる気でいた。が、険悪な雰囲気を和らげようとしてか、少女がふたりの間に割りこんできたので、そうはならずに済んだ。

「宿なら貸してあげるわ。そのひとの手当てもしてあげる。おばあさまはそういうことがとてもうまいのよ」

少女は得意げに胸を張った。

「弁《べん》の尼君《あまぎみ》って呼ばれてて、近くの里に傷の手当てをしてくれって頼まれて行くこともあるわ。ごくたまにだけれど、〈八幡の藪知らず〉から怪我をして出てくるひともいるし……」

〈八幡の藪知らず〉と聞いて、夏樹の顔色が変わる。

「〈八幡の藪知らず〉を知っている……？」

「このあたりじゃ、誰だって知っているわ。一度入ったら無事では出られない森だって。前《さき》の戦乱のときに、将門さまがそういう術をあそこにかけたんですって」

「将門さま……」

反乱者のことを語っている口ぶりではない。まるで、かつての英雄に対し敬意をはらっているように聞こえる。

（そういえば、以前、一条が将門の反乱を擁護するような発言をしなかったか？）

都と東国《とうごく》では、もしかして将門への評価が違うのかもしれないと、夏樹は初めて思い至った。だが、その考えを容認できるところまでは、まだいっていない。東国や将門のことを、彼はそれほど理解したわけではないのだ。

「何がなんだか、わからない……。わかるのは、この子、頭はよさそうだが、ちょっとその、変わって……」

冗談でなく本気でそう思ったのだが、あおえに「夏樹さん、夏樹さん」と咎《とが》められてしまった。

「そんな身も蓋もない言いかたをしちゃだめですよ。せっかく、助けてくれるって言ってくれてるんですから、ここは素直にお願いしちゃいましょうよ」

「しかし、迂闊《うかつ》についていくのもどうかと思うが」

「さっきの生霊さんの例もあるでしょう。あんまりひとを疑っちゃいけませんって。この際、頼れるものには頼っちゃいましょうよ」

そう言って夏樹を宥《なだ》めると、あおえは少女に向き直って微笑《ほほえ》みかけた。

「お嬢ちゃん、実はわたしたち、その〈八幡の藪知らず〉から命からがら逃げ出してきたところなんだよ」

「じゃあ、なおさら来てよ。おばあさまはそんなひとたちを助けるために、こんなところに庵《いおり》を開いたんだもの」

「ほらほら、願ったり叶《かな》ったりじゃないですか」

賛同できる気分ではなかったが、ここは気分よりも、一条の手当てを優先させなければならない。見たところ、この少女に邪気はなさそうだし、もし、罠《わな》だとしたら、今度こそ自分が盾となって一条を守ればいいのだ。

「……わかった。とにかく、今夜はきみのおばあさんの庵室にお世話になろう。どうか、よろしく頼む」

夏樹が深く頭を下げると、少女は初めてにっこりと笑った。

「よかった。久しぶりのお客さまですもの、おばあさまもきっと喜ぶわ」

馬頭鬼や怪我人の来訪を喜んでもらえるとは思えなかったが、夏樹はあえて口を閉ざした。

「じゃあ、さっそく行きましょう」

そう言って、あおえが先頭に立つ。男ひとり担いでいながら、その足どりは速く、とても小さな女の子がついていけるはずがない。

「待ってよ。ねえ、待ってってば」

かわいらしい声で抗議され、結局、あおえは空いているほうの肩に御代をも乗せていくことになった。それでも、足どりに影響はなく、夏樹が何度か速度を落とすよう頼んだほどだった。

やがて、暮れなずむ空のもと、茅葺《かやぶき》屋根の小さな庵が見えてきた。檜垣《ひがき》に囲まれ、いかにも世捨てびとが暮らしていそうな落ち着いたたたずまいである。

「あそこよ」

御代はあおえの肩から降りると、率先して庵に飛びこんでいった。

「おばあさま、お客さまよ」

大きな声が外にまで聞こえる。

夏樹はだんだん胸がどきどきしてきた。ちらりと、あおえの様子をうかがうが、こちらはまったく心配していない様子だった。あれやこれやと気を揉《も》んでいるのは夏樹ばかりだ。

(あの子の祖母だから、桂より少し上の年齢だよな。もしかして、あおえの顔を見た途端、心臓がとまったりしないだろうな)

考えたところで、どうなるものでもない。ここまで来たからには運を天に任すしかないのだ。

「おばあさま、早く早く」

祖母の鈍色《にびいろ》(灰色)の袖をひっぱって、御代が外に出てくる。

上品そうな老婦人だった。孫と同じくらいの長さしかない髪は出家の標《しるし》だが、白髪交じりとはいえまだ充分につやがある。若い頃は、さぞや美人だったろう。

最初、弁の尼は夏樹たちに温かく微笑みかけた。が、その目があおえの馬づらに向いた途端、夏樹が予想していたとおりの表情に変わる。

「そ、その物の怪は⁉」

「冥府から来てくれた馬頭鬼のあおえさんよ」

孫娘は屈託のない笑顔で説明する。

「御代のために、尼姫君をさらった悪いひとを懲らしめに来てくれたのよ」

もちろん、弁の尼がそれで納得するはずもない。急にその場にしゃがみこみ、歯をがちがちと噛《か》み鳴らしながら、必死に念仏を唱え出す。当然の反応だ。

「そんな目で見られると、わたしだって傷つくんですけど……」

むくれるあおえを押しのけ、夏樹は声を大にして訴えた。

「落ち着いてください、尼君。心配いりませんから、この物の怪のことはどうか、しばし忘れて――」

「誰が物の怪ですって？」

あおえはすこぶる不満げだった。冥府の獄卒たる馬頭鬼として、そこらの物の怪と同列扱いには承服しかねるものがあるらしい。

が、ここで彼の自尊心に構っている暇はない。夏樹はその足を力いっぱい踏んで、なんとか黙らせることに成功した。

「驚かれるのは致しかたないが、こちらは〈八幡の藪知らず〉から辛くも脱出してきたばかり。このように、怪我人も抱えております。どうか、傷の手当てを……」

怪我人という言葉を耳にすると、弁の尼は念仏を唱えるのをぴたりとやめて顔を上げた。初めて気づいたかのように、あおえの肩に担がれた一条をまじまじとみつめる。ためらいは、ほんのわずかな間だけだった。

「で、では、怪我人を早く奥へ……」

夏樹とあおえは同時に頭を下げ、「ありがとうございます!」と声もきれいに重ね合わせた。

〈八幡の藪知らず〉から負傷して出てきた旅人を救うため、森の近くに庵室を開いたという御代の話は、真実だった。ならば弁の尼の気の変わらぬうちにと、彼らは急いで庵室に上がりこんだ。

祖母と孫のふたりきりの生活に相応《ふさわ》しく、庵室内も実に質素な造りだった。夏樹たちが通されたのは小さな仏間だったが、建物の中ではそこがいちばん広いようだ。

弁の尼はそこに臥所《ふしど》を用意し、一条を寝かせると、さっそく傷の手当てを始める。清潔な布や何種類もの薬草を扱う、その手際は実に鮮やかで、怪我人の扱いにもよく慣れていた。

夏樹はすぐそばで、はらはらしながら見守っていたが、弁の尼に、

「ほら、あなたも手伝って」

と言われ、おっかなびっくり傷を拭き清める役を引き受けた。

が、顔の傷に濡《ぬ》れた布を当てた途端、一条が小さくうめき、夏樹はびっくりして飛び退《の》きそうになる。

「い、一条……？」

呼びかけに応じるように、長いまつげが震え、一条のまぶたがほんの少し上がった。琥珀色《こはくいろ》の瞳が夏樹を見据え、色味を失った唇は（ここは？）と動く。

「こちらにいらっしゃる尼君の庵室だ。いま、傷の手当てをしてる。わかるか？　あの森から出られたんだぞ」

夏樹がそう教えると、一条は再び目を閉じた。弁の尼を見てはいなかったが、森から出られたという事実だけで安堵《あんど》したらしい。

その間、御代はといえば、仏間に入ろうともせず、眉間に皺《しわ》を寄せて、離れたところから怪我人をみつめていた。馬頭鬼は怖がらなかったのに、怪我人は怖いらしい。

あらかた手当てが済むと、弁の尼は御代に声をかけた。

「あとは身体を温めないと。御代、火桶《ひおけ》を持ってきてちょうだい」

御代がうなずいて駆け出そうとする前に、あおえがひょいと立ちあがった。

「わたしが行ってきますよ。火桶みたいな重い物を、あんな小さな子に運ばせることはありませんって」

「えっ、ええ……」

「わたし、力仕事、得意なんですよぉ」

あおえとしては、自分が人畜無害であることを身をもって示したかったのであろう。

小首を傾げ、合わせた両手を頬に添えて、身体全体で愛想を振りまく。

（女物の袿を着た馬頭鬼なんかに、愛想を振りまかれてもなあ……）

夏樹はひそかに弁の尼に同情した。が、大きな火桶を片手で軽々と運んできたあおえを見て、利用法を思いついたのだろう、

「では、着替えの入った唐櫃《からびつ》も取ってきていただけますか。ついでに、薪《まき》の準備もお願いしたいのですけど」

と、弁の尼は次々に用事を言いつける。

あおえも労働がいやではないらしく、嬉々《きき》として指示に従う。はたで見ていた夏樹が、

（自分も何かしたほうがいいのかな……）

と、居心地悪くなったほどだ。

そんなときに、ふと御代と視線が合った。子守でもやろうかなと思って、手招きをする。が、御代は仏間の入り口でもじもじするばかりだ。夏樹がそばに行こうとすると、身を翻《ひるがえ》して逃げていってしまった。

（何がいけなかったんだ……？）

露骨な拒絶の態度に落ちこんでしまった夏樹を見て、弁の尼がくすっと笑った。かわいそうに思ったのか、孫のためらいの理由を短い言葉で説明してくれる。

「血が怖いのですよ」

「血が？」

まだ幼いのだから、それも仕方ないかと納得しかけたが、にしては、いっしょに住んでいる祖母がこれほど傷の手当てがうまいというのが、どうも引っかかった。

夏樹の疑問を表情から読んだのだろう、弁の尼がさらに言う。

「あの戦《いくさ》があったのは、九年前。あの子はそのときまだ乳飲み子で、何もおぼえていないはずなのにね……」

「九年前の戦？」

何気ない弁の尼のつぶやきに、夏樹はハッとして顔を上げる。

東国で起こった九年前の戦といえば、将門の乱しか考えられない。〈八幡の藪知らず〉といい、なぜこうも行く手に将門がらみのものがあるのか。

（もしや、この庵も七綾の罠か――）

一瞬、夏樹はそう危ぶんだが、すぐに否定した。弁の尼にもあの少女にも、敵意は微《み》塵《じん》も感じられなかったのだ。それでも、警戒しつつ、質問をしてみる。

「失礼ですが、尼君はその戦とどういうご関係が……」

話してはくれないかもしれない。そんな予想に反し、弁の尼は意外にもあっさりと応えてくれた。

「かつて、わたくしの息子は将門さまに仕えておりました。あの戦で、主君とともに闘い、ともに討たれたのです。その際に、御代の母親も巻き添えになってしまいました」

まるで遠い国の物語をするように、つらいはずの思い出を静かに語る。

「わたくしが探しにいったときには、数多《あまた》の遺体に交じって、もう冷たくなっていて……。でも、母親の腕に抱かれていた御代はまだ生きていたのですよ。仏さまが守ってくださったのだとわたくしはすぐに悟りました。そのときに出家を決めたのです。こうして、仏さまへのご恩返しと、戦乱で亡くなったひとびとの供養に残りの命を捧《ささ》げようと」

作り話には聞こえない。罠の匂いもしない。この老婦人には、肉親を次々に失った悲しみと、世俗を捨てて穏やかな時間に生きてきた清らかさが同時に存在していた。

「この近くの、あなたがたが迷いこんでしまった〈八幡の藪知らず〉は、将門さまが戦のために妖術を使われた場所なのです」

「……ああ、そうらしいですね。お孫さんからうかがいました」

本当は七綾から聞いたのだが、用心のため、そのことは伏せておく。

「いまでも、術の効力が残っていて、中に入ると無事では出られなくなるとか。この身でそれを体験してしまいましたからね、信じないわけにはいきませんが」

傷ついた手の甲に目を落とす。血はもうすでに乾ききっていた。

「あら、あなたも怪我をされていたのですね。さあ、こちらへお手をお貸しください」

「ありがとうございます」

夏樹は素直に手を差し出した。弁の尼への警戒心はもう完全に消えていた。それでも、最後の質問のつもりで訊いてみる。

「でも、そんなおそろしい術を使う男を、尼君はまるで敬愛なさっているようにお話しになるのですね」

少しためらってから、弁の尼は困ったような笑みを浮かべた。

「よそから来られたかたには……まして、あの森で迷ったかたには、ご理解できませんでしょうね。将門さまは、この地の英雄なのです」

「謀反人なのに？」

「謀反人？　中央の圧政を退け、自らで自らの国を作ろうとされた――そういうふうに言う者もおりますわ」

「そんな、圧政だなんて。いまの帝はそのようなことをなさるおかたではありません」

夏樹の脳裏には、常識破りを平気でやってのける、あの帝の顔が浮かんでいた。善政とまでは夏樹もさすがに言わないが、帝王としてやるべきことはきちんとやっている。少なくとも、私生活ほどめちゃくちゃではない。

「もしかして、あなたがたは都からいらっしゃったのですか？」

「ええ、そうです」

「ならば、ご存じないでしょうね。地方では、国司と領民の争いなどしょっちゅう起こっていますのよ。国司が飢饉《ききん》のときも例年と同じ租税をとりたてようとして、困窮した領民が抵抗する。そんなときでも、朝廷は国司の言い分しか聞きません。欲にかられ、赴任している間に搾れるだけ富を搾り取ろうと図る盗賊同然の輩《やから》を、それぞれの国に送りこんだのは朝廷ですからね。これを圧政とは言わないのですか？」

周防《すおう》の国司の息子である夏樹は、つい力説する。

「しかし、すべての国司がそんな輩ではないはずです」

「そうかもしれません。でも、この国で生まれ育った者はつい、そんな見かたをしてしまうのですよ。九年前にさんざん苦しめられましたからね……」

尼君は夏樹を責めるでもなく、淡々と語る。

都で謀反人の烙印《らくいん》を押された男が、東国で英雄に祀《まつ》りあげられている。都で耳にした話でしか、将門について知識のない夏樹には衝撃だった。が、どちらが正しいかなどと即断するのは、あえて避けた。考えたところで、どうしようもない——いま現在、行く手を阻んでいるのは将門ではないのだから。

（そう、自分の相手は将門じゃなく、良門と七綾なんだ。彼らが都でしでかした悪行のいくつかを、自分はこの目で見ている。少なくとも、彼らは英雄なんかじゃない。父の仇《かたき》を声高に謳《うた》って、幾度もむごたらしいことを……）

黙りこんでいる夏樹に、弁の尼は優しく声をかけた。

「はい、できましたよ」

「あ、すみません……」

きれいに布の巻かれた手を、じっと見ていると、あおえが汗をふきふき戻ってきた。

「薪の準備、終わりましたよ」

「まあ、ありがとうございます。ここは男手がないものですからねえ、おかげさまで助かりました」

弁の尼はにこやかに、あおえの労をねぎらう。馬づらにも、もうすっかり慣れたらしい。しげしげと眺めて感心したようにつぶやく。

「あなたは本当に本物の馬頭鬼なのでしょうか？　それは最初こそは驚きましたけれど……。こんなに穏やかなかたなのですもの、鬼とはとても思えませんわ」

「なんでしたら、お確かめくださいな」

そう言って、あおえは長い顔をぐいと弁の尼に近づける。いやがるかと思いきや、実はけっこう肝のすわった性格だったらしく、

「では」

ためらいもなく、あおえの頰に手を添えた。

「……温かい」

「これで、おわかりいただけましたでしょうか」

弁の尼は小さくうなずいて、手を離した。

「では、やはり冥府では獄卒を？」

「はい。けれども、いろいろと申しあげにくい理由がありまして、いまは現世を彷徨《さまよ》う身の上です。悪いひとを懲らしめてほしいという、お孫さんの願いを叶えるのは、ちと難しいですが……」

確かに、現世にいる理由なんて恥ずかしくて言えないよな――

夏樹はあおえの過去のあれこれをばらしてしまいたくなったが、ぐっと我慢して違うことを弁の尼に尋ねた。

「そういえば、尼姫君がさらわれたとかなんとか言っていましたけど、あれはいったい……？」

「ああ、あれですか」

弁の尼は複雑な吐息を洩《も》らした。

「単なる子供の空想ですのよ。気にしないでやってくださいませ。それよりも、おふたりともお疲れでしょう？　少し待っていただければ、お食事を用意いたしますわ」

まるで孫の話に触れられたくないかのように、弁の尼はそそくさと仏間を出ていってしまった。不審な態度に、夏樹はあおえと顔を見合わせたが、その理由が彼らに思いつけるはずもなかった。

頭の芯に鈍い痛みを感じて目を醒《さ》ます。どうやら、うたた寝をしていたらしいが、いったいどれくらい眠っていたのだろうか。

最近、なぜかよく眠るようになった。そのせいか、時間が過ぎるのがとても早いように感じる。そして時折、自分がどこにいるのかわからなくなる――

滝夜叉はゆっくりと顔を上げ、あたりを見廻《みまわ》した。

もう夜になっていて、灯台の周辺の他はひんやりとした闇が占領している。だが、心配することはない。ここは自分の部屋だから。

長い間、打ち捨てられていたために壁も床も傷み、往時の華やぎなど片鱗《へんりん》もない。それでも、ここは自分が少女時代を過ごした場所だ。あまりいい思い出のない場所ではあっても馴染《なじ》みは深い……。

思い返せば、自分はいつもいつも母親の気をひこうと、それだけを努力していた。父は優しかったけれど、いつも忙しそうだったし、他にも腹違いの子供がたくさんいて、父の愛情を独占するのは不可能だと幼いながらにも理解していた。

その点、母の子は自分ひとりだ。普通ならば、無条件に母の愛を与えられ育ったはずだった。だが、母の桔梗の前《ききょうのまえ》は夫を、わが子を疎《うと》ましく思っていた。

そもそも始まりからつまずいていたのだ。父、将門は、桔梗の前の美しさを伝え聞いて、強引に自分のものにしてしまった。彼女には言い交わした相手がいたのに。それでいて、将門にとって桔梗の前は結局、数多い愛妾《あいしょう》のひとりでしかなかった。

もとから感情的な波の激しい人だったが、不本意な人生を強いられたがために、その傾向は年を追うごとに強まっていった。

特に娘への態度にそれは顕著に現れた。たとえば、珍しく、ほんの少しばかりの笑顔を見せてくれたかと思えば、すぐに一転して、きつい目を向けてくるとか。

誰も見ていないと、手をあげることもしょっちゅうだった。激しすぎる折檻《せっかん》に、何度か、殺されるのではないかと思ったこともあった。だが、振りあげた手を突然下ろし、痣《あざ》だらけの娘を抱きしめて泣いて謝ってくれたこともあるのだ――

夫への感情も似たようなもので、将門を本気で憎んでいたが、同時に愛してもいた。自分だけを見てほしいと願う半面、彼の滅亡を望んでいた。

母は多くの矛盾をその身に孕《はら》んだひとだったのだ。その気質は、残念ながら娘にも受け継がれていた。滝夜叉自身、その自覚があった。

姉弟たちと同じ目標を追い求める半面、彼らから離れていきたいとも願っている。そんなことができるはずもないのに……。

不毛なもの思いを振りはらい、ふと背後を振り返ると、いつの間にか姉の七綾がすぐそばに立っていた。

薄闇の中に浮かびあがった美貌は、妹の滝夜叉がうっとり見惚《みと》れてしまうほど。葡萄《えび》染《ぞめ》の唐衣《からぎぬ》や、金の釵子《さいし》や、そんな華やかなものがこよなく似合い、さらに内からの自信にも輝きあふれている。

七綾の美しさも強さも、滝夜叉の憧れがそのまま具現化したような完璧さだ。

「姉上」

幼いときの記憶で、思い出したくなるようなものは、ほとんどがこの異母姉に関係していた。忙しい父や、無関心な母に代わって、自分を慈《いつく》しんでくれたのが七綾なのだ。

滝夜叉は微笑み、両手をさしのべる。が、七綾はその手をとろうとはしない。

「都からの追っ手がこの国に来ている」

と、いきなり告げる。

滝夜叉は火傷《やけど》をしたかのように急いで手をひっこめると、胸の前できつく握り合わせた。そのおびえようを見て、七綾はすっと袿の裾をさばき、妹のそばに屈《かが》みこんだ。

「だが、案ずるな。相手はたったの三人。それも、〈八幡の藪知らず〉に自分から入っていったわ」

「〈八幡の藪知らず〉に……」

無事には戻れぬ、あの森は、父の強大さを語り伝える遺跡だ。滝夜叉でさえ、あえて踏みこむ気にはなれない。敵があそこに踏みこんだのは、こちらにとっては幸運といえる。しかし、追っ手にしては頭数が少なすぎる気もした。

「本当にたった三人なのですか、姉上?」

「確かだ。美しい陰陽生《おんみようしよう》どのと、新蔵人《しんくろうど》どの、それから見おぼえのない大女がいた」

「陰陽生? 姉上、もしやそれは……」

「名は一条とかいったか」

鋭利な刃物を突き立てられたように、胸がずきりと痛む。冷たく睨《にら》んでいた、あの琥珀色の瞳を思い出すと、滝夜叉の心は引き裂かれんばかりに乱れた。

「まさか、あそこから無理に出ようとしたりは……」

「無理に出ようとしたらしいぞ」

滝夜叉は息をあえがせると、震える両手で顔を覆った。そのまま前のめりに倒れそうになり、七綾に抱きとめられる。

「姉上……、姉上……」

「大事ない。怪我はしたが、弁の尼の庵に向かうのを見た。それに、あの程度で死ぬような相手ではない」

死に至るような最悪の出口を選んだのではないと知って、滝夜叉は安堵のため息をついた。それでも、震えはなかなかとまらない。なんとか落ち着こうと、彼女は姉の腕にしがみついた。

「かわいそうな滝夜叉」

「姉上、わたくしは……」

「よい。何も言わずとも、そなたの気持ちはこの七綾こそがよく知っている」

七綾はそうつぶやくと、小さな子供にするように滝夜叉の髪を優しくなでた。

「都からの追っ手がどうして三人だけか、わかるか？」

滝夜叉は頭を小さく横に振った。

「帝はよほどそなたが愛《いと》しいらしい。戻ってきてもらいたいのだよ。良門の討伐ではなく、そなたの説得のためなら、小人数のほうが警戒もされまい」

それを聞いて、滝夜叉はほろ苦い笑みを浮かべた。

愛していない者に愛されて、嬉《うれ》しかろうはずもない。しかも、本当に想《おも》っている相手をその使者によこすとは。そのことは同時に、一条の眼中に自分の姿がないことをも意味していた。

（初めは、あの容姿に魅《ひ》きつけられたのだけれど……）

そのうちに、あのひとならば、もしかしてこの胸の隙間を埋めてくれるかもと思うようになった。同類の匂いを敏感に感じとったせいかもしれない。きっと彼も、愛情に飢えているのに、それをどう表していいのかわからないひとだと、滝夜叉は直感したのだ。

だが、一条にはとりつくしまも、機会もなかった。滝夜叉自身にもどうしてもやらなくてはならぬ使命があった。どちらにしろ、何かを育《はぐく》むには出逢った時点で遅すぎたのだ。

滝夜叉は姉の胸の中で、涙まじりのため息をついた。

「わたくしには七綾姉上や良門がおります。どうして、主上《おかみ》のもとへ戻れましょうか」

「あの陰陽生の甘言にも耳を傾けないでいられるか?」

「ええ。あのかたの心に、わたくしはおりませんもの」

「新蔵人どのの誘いにも?　あの者はいまだ、そなたを慕っているが……」

「新蔵人どのが?」

その想いに気づかなかったと言えば嘘《うそ》になる。だが、自分が前常陸介《さきのひたちのすけ》の娘などではなく、将門の娘だと知れば、きっとその恋も冷めるはずだと思っていた。なのに、そうはならなかったのか。

叶わぬ恋をしている点では、自分も彼と同じだった。その苦しさも、誰よりもよくわかっている。だからといって、どうにもなりはしない。

残酷なようだが、滝夜叉にとっての夏樹は、帝の文《ふみ》を何度も届けに来てくれた、伊勢の君のいとこどの。それ以上でも以下でもなかった。彼の誘いに応じるなど、どう考えてもあり得ない。

「もう、どうにもなりません……」

小声でつぶやくと、七綾は冷たい頬を寄せてきた。

「かわいい滝夜叉。そなたの苦しみはすべてこの七綾が肩代わりしよう。父のためでも、良門のためでもなく、そなたのためにわたくしはここにいるのだから」

「姉上……」

間近で見る姉は本当に美しかった。ただ美しいばかりでなく、何物にも動じない強さもある。その姉から「そなたのためにわたくしはここにいる」と言われて、嬉しくないはずがない。波立っていた心も自然と穏やかになっていく。

七綾を見上げていた滝夜叉は、ふと、彼女がいつも髪に飾っている釵子が一本でなく一本なのに気づいた。

「姉上、釵子はどうされたのですか?」

七綾はこともなげに応える。

「どこかでなくしてしまった。だが、きっといまも大事にされているだろう」

滝夜叉はなんの疑問もいだかず、その言葉を信じた。七綾を疑う必要などどこにもなかった。

「おまえはもうお休み」

七綾の手がまぶたに触れる。滝夜叉はされるままに、そっと目を閉じた。きっと、またすぐに眠れるだろう。姉の声を聞いているときが、滝夜叉はいちばん安らげた。

あの戦乱から長い間、離れ離れになっていたのが嘘のよう。突然、現れた蟇仙《ひきせん》が、死んだと思っていた姉に引き逢わせてくれたとき、どれほど喜んだことか。

あのときの自分は、戦乱で死んだ父や母の霊を慰めるため、すでに出家の身となっていた。そこに突然、蟇仙が現れて、弟の良門が反乱軍を募っていると教えてくれたのだ。さらに、姉もその加勢を望んでいるという話を聞き、もういてもたってもいられなくなってしまった。

七綾が良門のために働くなら、自分もともに働きたい。もう、たったひとりで離れてはいられない。

そう思ったからこそ、自分は還俗《げんぞく》し、姉とともに良門のもとへ駆けつけたのだ――

滝夜叉がまどろみかけていると、唐突に簀子縁《すのこえん》から声がかかった。

「滝夜叉姫さま？」

身のまわりの世話をしている女房だ。彼女らのほとんどが、かつて将門の家臣であった者の妻や娘だった。

「どなたとお話しになっていたのですか？」

御簾《みす》越しにそう言われて目をあけると、七綾の姿はもうなかった。ついさっきまで、彼女の抱擁をこの身に感じていたのに。

「……姉上がここにいたのだけれど」

滝夜叉がそう言うと、女房は納得いかないといった口調で応えた。

「どなたもこの部屋に近づいてはおりませんが」

「そう……？」

滝夜叉は顔に重くかかった髪をけだるげに掻きあげた。七綾なら、こんな小物に気配を悟られはしないとわかっていたので、特に不思議には感じなかった。

「そろそろ、お食事をお持ちしましょうか？」

「いいえ。休みたいから、さがっていて」

「けれど、お帰りになられてから、あまりお食べになっておりませんのに……」

濁した語尾に、心配しているというよりは詮索するような響きがあった。滝夜叉はそれを敏感に察し、口調をきつくする。

「いいから、好きにさせて」

「はい……。では、御用がおありでしたら、いつでも呼んでくださいませ」

そうは言ったものの去りがたいらしく、簀子縁で何度も立ち止まっているのが足音で察せられた。

（わずらわしいこと……）

女房の態度が気に入らず、眉をひそめていると、屏風《びょうぶ》の後ろで衣《きぬ》ずれの音がして七綾が現れた。

「姉上」

滝夜叉は心底ホッとする。

「やはり、近くにいてくださったのですね」

「あんな小物に感づかれるようなことはしない」

七綾はすっと近寄ってくると、声を落としてささやいた。

「気をつけよ。あの女房、真熊《さねくま》の息がかかっている」

「真熊の？」

九年前、乱が鎮圧されたときに、下野国《しもつけのくに》へ逃れ、山賊にまで落ちぶれ果てていた男だ。良門が兵を集めていると知って馳《は》せ参じた者のひとりだが、滝夜叉はその名を口にするのも厭《いと》わしく感じていた。

理由は簡単だ。こちらを見る目がいかにもいやらしく、ぞっとするほどだから。あんな男に見張られていると思っただけで、嫌悪感はさらに拍車がかかる。

「良門がまだ臥《ふ》せりがちで、たやすく対面できぬのが気にくわぬらしい。小太郎ともやりおうたそうだ。自分より若い者に出し抜かれるのが、そうとう我慢ならぬらしいな」

「そういえば、良門の傷の具合はどうなのですか？」

「じきによくなる」

東国に戻ってから、まだ一度も弟と顔を合わせていなかったが、滝夜叉は七綾の言うことを無条件に信じた。姉の言葉は彼女にとって、それほど重かったのだ。

「気に病まずともよい。良門のことも、真熊のことも」

七綾に再び抱擁されて、滝夜叉はうっとりと目を閉じた。

「姉上がそうおっしゃるなら……」

姉の腕の中にいれば、不安も嫌悪もたちまち消えていく。滝夜叉は今度こそ、安らかな眠りにつくことができた。


その夜、夏樹とあおえは、一条と同じく、仏間に寝かせてもらえることになった。旅が始まってからいままで、駅の宿舎に泊まり、野宿も何度かしたが、なぜか今夜がいちばん緊張する夜だった。

もっとも、あおえはそうでもないらしく、地を揺るがすようないびきをたてている。それも、ずっとではなく、間欠泉のように突発的に放ってくれるのだ。

なかなか寝つけない夏樹は、臥所の中で、今日起きたもろもろの出来事を思い返していた。

（〈八幡の藪知らず〉で七綾に遭遇したのに、肝心のことは何も聞き出せなかった……。森はなんとか出られたが、将門が過去に行った妖術のために一条が負傷してしまった……）

その一条は、騒音が時折こだまするにもかかわらず、隣でぐっすり眠っている。寝息も穏やかで規則正しい。

この分なら、きっとすぐに回復するだろう。血の気の戻ってきた一条の寝顔を見るたびに、本当によかったと夏樹は胸をなでおろした。

一条が動けるようになったら、また滝夜叉を追う旅が始まる。それまでに、あの弁の尼からいろいろ聞き出しておかなくてはならない。

（あのひとは将門に詳しい。もしかしたら、将門の遺児らのことも知っているかもしれない）

根掘り葉掘り尋ねれば警戒されるだろうが、時間をかければ有意義な情報が得られそうな感触はあった。東国にたどりついてこれから先は、滝夜叉の居場所をこそつきとめなくてはならない。その情報を弁の尼から得られればいいのだが、

（どうやって聞き出そう……）

と、あれこれ思考をめぐらせる。

運良く居場所をつきとめられたら、どうするか。あるいは、つきとめられなかったらどうするか。そこで滝夜叉に逢えたらどうするか。逢えなかったらどうするか。

夏樹はくり返し、くり返し、考えた。そうすることでしか、いまの彼は滝夜叉に近づけないから。

(彼女はいまどこにいて、何をしているのだろう。何を思っているのだろう……)

考え疲れ、ようやくうとうとしかかったそのとき、カタンと物音がした。夏樹は反射的にハッと目をあける。

風か、あるいはネズミか。あるいはもっと凶悪なものか。気のせいだと言い聞かせて眠ることはできたが、もしもを考え、夏樹はこっそりと起きあがった。

枕もとに置いていた太刀《たち》を手に取る。足音を忍ばせて遣戸《やりど》に近寄り、少しだけあけて隙間から外の様子をうかがう。

外は闇が広がるばかりだった。これほど暗くては、天と地の区別もつきそうにない。

(なんでもなかったのかな……)

そう思って遣戸を閉めた途端、また音がした。今度は、カサッという音だ。夏樹は咄嗟に遣戸に耳を押しつけた。

息を殺し、外の物音に全神経を集中させる。この暗闇では、目で追うよりも耳で感じるほうが確かなはずだった。

じっと待ち構えていると、またあの音が聞こえた。今度はそれが、落ち葉を踏む音だとわかった。どうやら、誰かが――それも複数の誰かが、この庵に近づいているらしい。弁の尼の客人と解釈するより、盗賊の類《たぐ》いと考えたほうが自然だろう。だが、こんな小さな庵室を襲っても仕方あるまい。それよりも、七綾が放った刺客と考えるほうが、もっとあり得る。

夏樹は太刀を鞘《さや》から放って身構えた。が、不審な足音は仏間の前を通りすぎ、弁の尼が寝ている部屋へと向かう。

では、狙いは弁の尼のほうか？　それとも、夏樹たちが仏間にいると知らなかったのか。どちらにしろ、やつらが何をするつもりなのか確認しなければならない。

夏樹は遣戸から離れると、あおえの枕もとに忍び寄った。小声で名を呼び、肩を揺する。なかなか起きてくれないが、業《ごう》を煮やして耳を思いきり引っぱると、低くうなりながら微《かす》かに目をあけてくれた。

「……なんですかぁ……」

「しいっ！」

唇の前にひと差し指を立て、あおえの声を封じる。

「静かに。怪しいやつらが弁の尼の部屋のほうに行った。やつらに気づかれたくない」

「怪しいやつら……？」

あおえはまだ理解できていないようで、眠そうに目をごしごしこすっている。その馬づらを張り飛ばしてやろうかと夏樹は拳《こぶし》を握ったが、それを使う前にあおえの両耳がぴんと立ちあがった。

「怪しいやつら？」

「しいっ」

二度同じことをやられて、やっとあおえも声を落とす。

「どんな怪しいやつらなんです？」

「暗くて見えなかった。だから、確かめに行こう」

危険の匂いを感じとったのか、あおえはすぐに承知して臥所から起きあがってくれた。馬頭鬼の馬鹿力はもう何度も証明されている。正体不明の相手に立ち向かうのに、その力はきっと役に立つはずだ。一条の呪術ほどかどうかはともかく。

こんこんと眠る一条の枕もとをふたりは忍び足で通り抜け、仏間を出た。あたりに気を配りつつ、背を屈め、低い姿勢で簀子縁を渡る。

弁の尼の部屋からは明かりが洩れていた。こんな真夜中だというのに、弁の尼はまだ起きているらしい。もしかして、彼女も実は七綾の息のかかった者で、あの足音は連絡係りのものだったのかもしれない……。

疑い深くなるのも無理はなかった。最悪の場合を想定し、夏樹は簀子縁から様子をそっとうかがうことにした。閉ざされた戸に耳を当てれば、はっきりとではないが中での会話が聞こえてくる。

「お久しぶりですな、弁の尼君」

「そうですわね、真熊どの。あなたがこのようなところへお越しとは、本当に珍しいこと」

(真熊?)

初めて聞く名前だ。せめて顔が見えないものかと、夏樹は隙間を探していると、

「夏樹さん、ここ、ここ」

あおえが戸板に小さな穴をみつけて指差していた。

「でかしたぞ、あおえ」

さっそく、そこから覗かせてもらう。穴が小さくて見える範囲はとても狭かったが、うまい具合に弁の尼ともうひとり、熊の毛皮の皮衣を着こんだ壮年の男の姿を捉《とら》えることができた。

部屋には他にも数人がいるようだったが、どうやら、皮衣を着ているあの男が会話の相手の真熊らしい。ぱっと見ただけでは好きになれない、いかつい容貌だ。しかも、全身からよからぬ気配が——何人もひとを殺《あや》めたことのある者の瘴気《しょうき》がにじんでいる。

弁の尼は、相手の男をおそれることなく睨み返している。

「あなたは確か、逃げのびた先で山賊におちぶれ果てたと風の便りに聞いておりましたが」

真熊は歯を大きく見せて、獣じみた笑顔を作った。

「それは一年前までの話。いまは良門さまの家臣となり、中央を覆すための資金集めに奔走しております」

「やっていることは変わりないのではありませんか？」

弁の尼の皮肉に気づかないふりを装っているが、真熊のこめかみがひくひく動いているのを夏樹は見逃さなかった。

経過に何があったかは知らないが、真熊という男が以前は将門に仕え、いまは良門に仕えているらしい。なのに、将門の家臣の母だったという弁の尼は、彼に協力的ではない。少なくともふたりのやり取りから、弁の尼が将門の残党と距離を置いていることは窺《うかが》い知れた。

「ところで尼君、今宵《こよい》ここに客人が来ているはずだが、いったいどこにおられるのかな？」

「わたくしの客人に、真熊どのがなんのご用です？」

「隠さないでいただこう。そやつらは朝廷が送り出した間諜《かんちょう》なのだぞ」

（間諜？）

いつの間にそういうことになっていたのだろうと、夏樹は眉をひそめる。しかし、真熊は自信ありげだ。

「おれの手の者が仕入れてきた話だ。そいつらは滝夜叉と取り引きしようとしているらしいな。敵と通じて、平気で味方を売る……さすがにあの売女《ばいた》の娘よ。母親と同じことをするつもりらしい」

「真熊どの！」

真熊の暴言に弁の尼は非難の声をあげた。

「滝夜叉姫のことを、そのようにお疑いになさるとはどういうおつもりか。あのかたはさようなおかたではない。母君の桔梗の前さまのことで、最も苦しんでおられたのは姫さまぞ」

「だが、その桔梗の前のせいで、将門公は討たれ、われらは敗れたのだ！」

桔梗の前――

その名を聞いて夏樹が真っ先に思い出したのは、滝夜叉が桔梗の花を嫌っているという話だった。不仲だった母親の好きな花で、つらかった記憶に繋《つな》がるから――確か、深《み》雪《ゆき》はそう言っていた。

（滝夜叉の母親が、敵と通じて味方を売った……？）

つらかった記憶に繋がるどころではない。滝夜叉は秋になって桔梗の花が咲くたびに……いや、その名を聞くだけでも、母親の裏切りという事実に直面していたのだろう。ならば、彼女が姉弟たちと別れられないのは当然だ。帝の申し出など受け入れられるはずがない。もしも受け入れたなら、母親と同じく、敵と通じて味方を裏切ったことになってしまうから——

夏樹は小刻みに震えながら、唇をきつく嚙みしめた。

（滝夜叉は父親の野望と母親の裏切りに縛られ、姉と弟に利用されているんだ……）

そう思うと、彼女が哀れでたまらなかった。なんとかして救いたかった。彼女に、自分の人生を自分のためだけに使う機会を与えたかった。

嚙みしめた唇から血がにじみ、たちまち口の中が金臭《かなくさ》さで満ちる。そのときにはもう、夏樹の心は決まっていた。

なんとしても滝夜叉を都に連れ帰る。彼女が本心から七綾たちと同じ志をいだいていようといっこうに構わない。関係ない。無理やりさらってでも連れ帰る。そしてもう二度と、この東国の地は踏ませない。

「とにかく、都の者がここに来ているのは事実。認めずとも構いませんが、邪魔はしてくれますな。かつての同胞の母君を傷つけたくはありませんからな」

真熊は脅すように念を押すと、仲間たちに向かい、本来の凶暴さを剝《む》き出しにした。

「どうせ、こんな小さな庵だ。隠す場所などありはしない。みつけ次第、殺せ」

「いけません、真熊どの！」

弁の尼は真熊の腕をつかんで引きとめようとした。が、逆に、のばした腕を押さえられ、ねじりあげられてしまう。次の刹那《せつな》、嫌な音がして、弁の尼の腕は不自然な形に折れ曲がってしまった。

痛々しい悲鳴があがる。夏樹の頭に瞬時に血が昇る。怒りにわれを忘れた彼は、部屋の中に押し入ろうとした。

が、寸前で、小さな少女に先を越されてしまった。弁の尼の孫の御代が、夜着のまま飛び出してきたのである。

「やめて、おばあさまをいじめないで！」

彼女もひとの気配に目醒めて物陰から様子をうかがっていたのだろう。苦しげにうめきながらうずくまる祖母の背にしがみつき、大声で泣きわめいている。

さすがの男たちも少女の突然の登場に動揺したようだった。が、さすがと言うべきか、なんと言うべきか、真熊だけは違っていた。御代の首を鷲《わし》づかみにし、祖母から無理にひきはがして床に叩《たた》きつけたのである。痛みのために、少女の泣き声はさらに甲高くなる。

今度こそ、考えるより先に夏樹の身体は動いた。戸板に体当たりして押し倒し、怒鳴りながら部屋の中に飛びこむ。

「やめろ！　おまえたちのお目当てならここにいるぞ!!」

次から次へと乱入されて、男たちは完全に虚を突かれていた。この好機を逃す手はない。相手は六人いたが、夏樹は他の五人は捨て、真熊ひとりに的を絞って斬りかかった。が、すんでのところで跳びのかれてしまう。夏樹の太刀は目標を失って、床を浅く傷つけるにとどまった。大柄なわりに、真熊は俊敏だったのだ。

真熊がおのれの太刀を鞘から抜き放つ。夏樹は舌打ちとともに二撃目をくり出す。両者の太刀は薄青い火花を散らしてぶつかり合い、はじけ合った。

二度の攻撃の間に、真熊の手勢が驚きから醒め、自分たちも戦いに加わるべく武器を手に取った。

当然、そうなることを予測していたからこそ、夏樹も一撃必殺のつもりで真熊を襲ったのだ。が、いまや、不意打ちにも失敗し、彼は六人を一度に相手にしなくてはならなくなった。

(しまった)

視界の隅で、弁の尼と御代が固く抱き合っている。自分がいまここで背を向け逃走したら、彼女たちはどうなるか。仏間で眠り続けている一条はどうなるか。

怒りくるった男たちに血祭りにあげられることは想像に難くない。そうさせないためには、たとえ六人だろうと十人だろうと、こいつらを全員倒さなくてはならなかった。

（やってやるさ）

夏樹が無謀な賭けに出ようとしたまさにそのとき、いきなり、身の毛のよだつような咆哮《ほうこう》があがった。その場にいた全員が、意表を突かれて身を強《こわ》ばらせる。さらに、雄叫《おたけ》びの主を目撃して、真熊たちの顔に恐怖の色が走った。

夜の闇から躍り出てきたのは、まさに地獄の鬼。馬そのものの異相に、真熊よりさらに大きな身体。太い腕を振り廻し、異形《いぎょう》の馬頭鬼はいちばん手近にいた不幸な男を殴り飛ばした。

たった一撃で、大の男が軽くふっ飛んでしまう。馬頭鬼は再び咆哮を轟かせ、男たちを激しい恐慌に陥らせた。

すっかり打ちのめされた彼らは悲鳴をあげ、われ先に出口へと突進する。

「逃げるんじゃない、おまえら！」

真熊の罵声《ばせい》も仲間たちには届かない。意地が邪魔をして仲間と行動をともにできなかった真熊は、ひとり、とり残されてしまう。にわかに形勢は逆転した。

が、旗色悪しと見た彼は、卑怯《ひきょう》な手段に出た。弁の尼から御代をもぎ離し、その首に太刀を押し当てたのである。

「それ以上近寄ると、後味の悪い思いをすることになるぞ」

御代の細い首が、上下に震える。あおえはひるみ、弁の尼は涙まじりに孫の名を叫ぶ。

「御代!!」

夏樹は太刀を持つ手をぐっと握りしめた。

「つくづく卑怯者の集団だな、おまえらは」

真熊は凶悪な笑みを浮かべた。

「なんとでも言え」

おびえる御代を片手に抱いたまま、真熊はじりじりと後退していった。このまま逃げ出すつもりだ。行かせてしまえば、おそらく御代の命はない。逃走の邪魔になるとばかりに即、斬り捨てていくだろう。

(逃げられる前に——あの子が殺される前に、あいつを斬れるか?)

夏樹がためらっていると、突然、背後から凛《りん》とした声が響いた。

「バン、ウン、タラク、キリーク、アーク——」

振り返ると、乱れ髪の一条が柱にもたれて立っていた。彼がのばした指は、空中に五つの点を結んだ図形——五芒星《ごぼうせい》を描き終わったところだった。

次の瞬間、真熊がうっと苦痛の声をあげて、額を押さえる。指の隙間から見えるその額には、くっきりと五芒星の形の傷が生じていた。

締めつける腕が緩んだすきを、御代は逃さなかった。どんと真熊の胸を突き飛ばして離れると、すかさず、あおえの腕の中に飛びこむ。

「おのれ!!」

真熊は屈辱に歯嚙みしたが、もう遅かった。人質を取り戻され、たったひとりで三人——しかも、そのひとりは凶暴そうな鬼、もうひとりは不気味な妖術使い——を相手にしなければならないという、絶体絶命の状態に置かれてしまったのだ。

仲間たちと同様、恥も外聞もなく逃げ出す以外に生き延びる道はない。真熊はすぐにためらいを捨て、夏樹たちに背を向けて逃走した。

「待て!」

追おうとする夏樹の肩を一条が押さえる。

「深追いするな。ここは敵の本拠地だぞ」

確かに、〈八幡の藪知らず〉のような罠が仕かけられていないとも限らない。いまいましげに唇を嚙んで、夏樹は真熊を追うのを諦めた。代わりに、再び振り返って、一条の顔をしげしげと眺める。

「もういいのか?」

一条はうなずき、口に手をあてて、大あくびをする。

「ぐっすり眠らせてもらえたからな」

だが、あれほどの傷を負って、痛まないはずがあるまい。確かに見た目だけなら、もうすっかりいつもの一条に戻っていたが、きっと痩せ我慢だろうと夏樹は思った。

「それはともかく、尼君の手当てをしないと」

そう言うと、一条はすっと弁の尼に近寄り、床に膝をついた。

「たぶん、腕が折れてる。あおえ、添木になるようなものを探してきてくれないか」

「はい！」

あおえは泣きじゃくる御代を夏樹に預けると、すぐさま部屋を飛び出していく。

弁の尼は痛みに顔を歪《ゆが》めつつ、一条を、それから夏樹を見上げた。

「あなたがたは……なぜ、滝夜叉姫のことをご存じなのですか？　まさか」

「ご安心を。あの男が言ったような間諜ではありません」

夏樹は弁の尼の不安を取り除くべく、真摯《しんし》な表情で言い聞かせた。

「わたしたちは滝夜叉姫を救うために都からやってきたのです」

「姫を救うために……」

「嘘偽りはございません」

夏樹は早口で、帝の命を受けて東国に赴いたことを弁の尼に打ち明けた。弁の尼はただただ目を見開き、戦《おのの》きながら夏樹の話に耳傾けていた。

「――わたしたちは滝夜叉姫を害しはいたしません。ですから、姫のためにも、姫にまつわるすべてを、わたしたちに教えてほしいのです。そう、あのかたの母君のことも……」

弁の尼は息を詰め、じっと夏樹の目を覗きこんだ。彼が真実を語っているかどうかを見極めるように。

夏樹もその目をまっすぐにみつめ返す。先に目をそらしたのは弁の尼だった。

それでも、なかなか口を開こうとしない弁の尼の袖を、孫の御代が引っぱる。

「おばあさま、お願い、話してあげて。尼姫君のことを……」

目に涙をいっぱいにためた孫の訴えが、最後のためらいを打ち崩した。やがて、弁の尼は静かに昔語りを始めた。滝夜叉姫の物語を。

夢を見ていたような気がする。が、目が醒めるとその内容を思い出すこともできない。幾重にも重なった複雑な夢だという印象しか残っていない。

（なぜだか、いつもそんな夢を見る――）

滝夜叉は上半身を起こし、夢のかけらをかき集めようとしたが、どうにもうまくいかなかった。諦めてふらりと立ちあがり、蔀戸《しとみど》に近づく。

東の蔀戸をそっと押しあげると、彼方の山の端《は》が心持ち淡く色づいているように見えた。しかし、空のおおかたはまだ暗く、数多の星々が瞬《またた》いている。夜明けはまだ遠い。

蔀戸を閉めようとして、滝夜叉は途中で手をとめ、さっと鋭い視線を外に向けた。

「誰！」

しかし、反応はない。いま確かに誰かの、あまり好意的でない視線を感じたのに……。

滝夜叉は強く頭を振って、その考えを追いはらおうとした。きっと疲れているせい、そう言い聞かせるが、胸のうちに起こったさざ波は消えない。

もう一度眠ろうと蔀戸を閉め、臥所に戻ったが、目を閉じるのがなぜか怖かった。仕方なく、また起きあがって灯台に火を入れる。

（明かりがついていれば落ち着くはず……）

そういう意味ではまったくの逆になった。灯台の明かりが、御簾のむこうにひそんでいた人影を浮き彫りにしたのだ。

滝夜叉は再度、声をあげた。

「誰なの!?」

返事はやはりなかったが、御簾を乱暴に押しのけて、その男はぬっと部屋に入ってきた。

「真熊……」

灯台の火を反射して、目が異様に光っている。服は夜露に濡れ、脚は泥だらけで顔は青ざめている。どこかで、よほどのおそろしい目に遭ってきたような顔だ。

滝夜叉はただ一点、真熊の額だけを見つめていた。そこには、五つの点を結んだ傷が

——赤い五芒星が刻まれていた。

彼女は以前にもそれによく似たものを見たことがあった。姉、七綾から一時譲り受けた物の怪の額に、火傷のように浮きあがっていた五芒星を。

あれは、陰陽生、一条がその優美な指を空中に走らせて描いた星だった。

「一条どのが——」

「ほう、それがあの男の名ですか」

真熊は歯を剝き出して、壮絶な笑みを浮かべる。

「ご白分から白状されましたな、滝夜叉姫。朝廷からの間諜と通じておられると」

「間諜？」

その不快な響きに、滝夜叉は眉をひそめた。

「いったい、何を言っているのです？　このような夜も明けぬ刻限に押しかけてきて、無礼だとは思わないのですか？」

しかし、真熊は笑みを崩さない。滝夜叉の胃の底に冷たい恐怖が生じた。それを気取《けど》られまいと、彼女は声に怒気をにじませる。

「早々に出ていきなさい。出ていかねば小太郎を呼びますよ」

「ほう。つまり、あいつも仲間なんだな」

「仲間？」

　真熊は、良門に影のごとく付き従っている小太郎をよくは思っていない。憎んでいると言ってもいい。滝夜叉は彼に正気を取り戻させようと小太郎の名を出したのだが、逆効果となってしまった。

「もうわかっているのだ。良門さまはいまはもうおられない。古御所《ふるごしょ》の女房がそう言っている。良門さまは小太郎に唆《そそのか》され、都で盗賊の真似事《まねごと》をなさっているときに検非違使《けびいし》だかに斬られた……。いや、それとも、小太郎のやつが手にかけたのか？」

　灯台の光が真熊の顔に不気味な陰影を作る。さながら、地獄の悪鬼にも等しく——あるいはそれ以上に。

「何を根拠にそのようなことを！　良門は確かに瀕死《ひんし》の重傷を負ったが、七綾姉上の術でからくも命をとりとめた。傷ついた身体をおして、ともに都を脱出し、いまはこの古御所の一室で傷の回復を待っている。それに、良門は戻ったその日に、皆の前に姿を見せているはず！」

　滝夜叉は矢継ぎ早に叫んだが、真熊はまったくひるまない。

「あのとき、部屋は暗く、要した時も短かった。小太郎が、良門さまはお疲れだからこれで謁見は終わりだなどと、高飛車に宣言して終わりよ。おおかた、あれはおまえか七綾さまかが良門さまになりすまし、皆の目を欺いたのであろう」

「そんな馬鹿な。よくも、そこまでねじ曲がった考えかたができる。女のわたくしや姉上が良門に化けるなど、そんなことができるはずもなかろうに」

「七綾さまの幻術を使えば、たやすい」

「話にもならない。そもそも、おまえは妖術など好かぬと、常日頃言っていたではないか。なのに、姉上の妖術は認めると言うのか？」

滝夜叉はしゃべりながら目の隅で武器を探していた。護身用にいつも身につけていた小柄《こづか》は枕もとにある。だが、真熊が腰の太刀を抜く前に、あれを手に取れるかどうか、正直なところ自信がない。

下手《へた》に動いて刺激をすれば、真熊は躊躇《ちゅうちょ》せず自分に斬りかかってくるだろう。そんな気迫が真熊の眼光から感じられた。額の赤い星も、彼の獣性の証《あか》しのように濡れた輝きを放っている。

「確かに妖術は好かぬ。だが、裏切り者はもっと好かぬ」

吐き捨てるように言うと、真熊は一歩、滝夜叉に近づいた。滝夜叉も釣られて一歩下がる。その分、枕もとの小柄から余計に遠ざかる。

「良門さまも七綾さまも、肉親の情に惑わされておられる。だが、この真熊は騙《だま》されんぞ。おまえが裏切ったのだ。母親と同じに、都から来た者と通じようとしている、おまえが。あのとき、戦乱に乗じて、おまえも母親と同じく殺してやればよかった！」

「真熊……!!」

真熊の告白は滝夜叉を激しく打ちのめした。めまいがして倒れそうになるが、すぐ後ろの壁にもたれかかり、なんとかおのれを保とうと口から大きく息を吸う。

「母上は朝廷の者に利用されつくし、挙げ句の果てに殺されたと……」

「どちらにしろ同じことだ。おれが殺さねば、やつらが片づけていただろう。裏切り者の末路など、そういうものだ」

滝夜叉は目を閉じた。まぶたの裏に浮かぶ母の面影は、美しく、哀しい。運命に、ただただ流されていったひとだからか。

（母上……）

悲しみにひたる間も与えず、真熊の無骨な手がのびてくる。その手は滝夜叉の細い首にかけられた。

「冥途《めいど》で良門さまに詫《わ》びるがいい。そして、お伝えしろ。真熊が七綾さまをもりたて、将門さまの悲願を果たすと」

真熊の両手が滝夜叉の首を締めつける。振りほどこうにも、その力は並ではない。滝夜叉の細腕で、武器もなしでは真熊を押さえることなど最初から無理なのだ。

「誰か……」

叫ぼうとしても、滝夜叉の喉からは風の洩れるような音しか出てこない。真熊の胸を拳で叩き、腹を蹴りつけるが、なんの成果もない。

「小太郎や都の者どもも、ほどなく送ってやろうからな……」

真熊の声が次第に遠くなる。苦しさもだんだん遠のき、頭の中がカッと熱くなるばかりで、他は何も感じなくなる。上下の感覚も消え失せて、まるで宙に浮いているような感覚に陥る。

目で見たわけでもないのに、足もとのはるか下に暗闇がぽっかりと口をあけているのがわかった。暗闇は滝夜叉が落ちてくるのをじっと待っている。その底知れぬ深淵《しんえん》に、すべてが呑《の》みこまれていきそうになる――

だが、その直前で闇は退き、代わって視界に光が射《さ》しこんできた。首にかかっていた真熊の手が離れたのだ。

目をあけると、血まみれの真熊が横向きに倒れていた。傷からすると、背中から斜め上に太刀を突き立てられたのだろう。切っ先が胸を突いて出てきたらしく、背中ばかりでなく、胸の真ん中からも血を流している。

誰にやられたかは一目瞭然だった。死体を挟んで、血刀をひっさげた小太郎が目の前に立っている。

「ご無事で……」

「大事ない」

そう応えた声は、声変わりの済んだ少年の声にも似ていた。少なくとも、滝夜叉の声ではない。

瞳も違う。どこか悲しげだった印象は拭ったように消え、いまは屈服を知らない意志が力強く輝いている。口もとに浮かぶのは魅力的だが残忍な笑みだ。

「良門さま……」

小太郎は床に膝をつくと、滝夜叉の姿形をした良門の手を取った。相手もその手をぎゅっと握り返す。

「また、おまえに助けられたな」

「もったいない仰せ。この小太郎は常に、良門さまのために命を投げ出す覚悟でおります」

顔の半面を覆う火傷《やけど》の痕。それも、過去に良門を守り抜いたとき、受けたものだった。

あれは九年前の戦の最中《さなか》、幼い良門は母親や女房たちとともに別邸へ避難していた。しかし、女子供しかいない邸《やしき》に、朝廷軍は火をかけたのだ。

燃え盛る業火の中を、まだ少年だった小太郎の腕に抱かれて脱出し、良門はなんとか難を逃れることができた。その代償に小太郎は顔を焼かれたが、彼にとってそれは良門への忠誠の証しとして、誇るべきものだった。

「むしろ、真熊ごとき山賊あがりを、良門さまにやすやすと近づけさせてしまった罪科は……」

「もうよい。そんなことより、厄介な連中がこの東国に来ているぞ」

小太郎はちらりと真熊の額の五芒星に視線を走らせる。

「存じております」

「滝夜叉姉上を都に連れ戻すのが目的らしい。だが、そんなことをさせるわけにはいかない」

「滝夜叉姫はいまや良門さまの憑坐《よりまし》。失うわけにはまいりません」

「小太郎、おまえはまだわかっていないな」

良門は少年らしい明朗な笑い声をあげる。ひとしきり笑ってから、彼は長い髪を後ろへ掻きやった。

「とにかく、はるばるやってきた労をねぎらうぐらいはしてやろう。この、相馬の古御所でな」

「御意《ぎょい》」

畏《かしこ》まる小太郎に、良門はにやりと笑いかける。彼と滝夜叉はけして似た姉弟ではなかったのに、その顔はもはや滝夜叉ではなく、良門以外の何者でもなかった。

第八章　忍夜恋曲者《しのびよるこいはくせもの》

折れた腕を首に吊《つる》した痛々しい姿で、弁《べん》の尼《あま》は滝夜叉《たきやしゃ》にまつわる話をしてくれた。

「滝夜叉姫の母君の桔梗《ききょう》の前《まえ》さまが、将門さまを裏切ったというのは本当です」

口調には癒しきれない悲しみが漂うが、その表情は最後まで語ろうという強い意志を覗《のぞ》かせている。

「桔梗の前さまはいろいろと難しいご気性のかたで、将門さまに対してもご不満をお持ちでしたから、敵の言葉に乗せられてしまい、こちらの軍勢の動きや規模をすべて洩《も》らしてしまったのです」

それでこそ、滝夜叉が桔梗の花を嫌う理由もわかるというもの。だが、それが事実だからといって、真熊《さねくま》のような男に裏切り者呼ばわりされるのは、滝夜叉にとって屈辱に他ならないだろう。

「桔梗の前さまは戦《いくさ》の最中《さなか》に亡くなられてしまいました。朝廷側が利用し尽くしたために殺《あや》めたとも、将門さまの手の者に恨みのために斬られたとも言われております」

滝夜叉の気持ちを思うと、夏樹はたまらなくなって、膝の上でぎゅっと拳《こぶし》を握りしめた。隣にすわった一条がその拳を見ていたが、彼は何も言おうとはしない。

「将門さまは桔梗の前さまの裏切りをお知りになって、最期のときに『桔梗絶えよ』と叫ばれて……。そのため、このあたり一帯、桔梗は根づいても花は咲かなくなりました。むしろ、〈咲かず桔梗〉が咲いたときは不吉なことが起こるとも領民たちは申しております」

あおえの膝に抱かれていた御代《みよ》が、急に子供らしい高い声をあげる。

「〈咲かず桔梗〉の伝説は本当のことよ。一年前の秋に桔梗が庭いっぱいに咲いたの。そうしたら、悪いひとが来て、尼姫君をさらっていったの」

「その尼姫君とは、もしや……」

夏樹の問いに、弁の尼はうなずき返す。

「滝夜叉姫です。姫は母君のなさったことをたいそう気に病まれ、出家なさって戦乱で命を落としたかたがたの供養を望まれたのです」

「この庵室《あんしつ》に滝夜叉姫がいたのですか？」

「一年前の秋までは……」

そのときのことを思い出すと後悔の念がこみあげてくるのか、弁の尼は袖でそっと目頭を押さえた。

「いったい一年前に何が起こったんです？」

　はやる気持ちを抑えかねて尋ねる夏樹に、御代が祖母に代わって応える。

「尼姫君のお部屋に変なひとが来たの。頭からすっぽり被衣《かずき》で覆って、しなびた茶色の手足しか見せないひと。そのひとが現れた夜から、尼姫君はおかしくなってしまわれたの」

「わたくしはその者の姿を見ていないのですが、滝夜叉姫は蟇仙《ひきせん》なる者の来訪があったと翌日話してくださいました」

「蟇仙⁉」

　夏樹と一条はさっと視線を交わし合った。彼らはその名を、七綾《ななあや》に妖術を教えた人物として知っていた。

「何が目的か解せませぬが、追っ手の目を逃れて隠れ住んでいらした良門《よしかど》さまのもとにも、その蟇仙は現れたとか。その頃からです。良門さまがひそかに手勢を集められて……」

　一条の琥珀《こはくいろ》色の瞳が鋭く光る。

「守りに徹していた良門を攻撃に転じさせたのが蟇仙だと？」

「良門さまのお心に復讐《ふくしゅう》の意志がまったくなかったとは、わたくしも申しません。けれど、くすぶっていた火を紅蓮《ぐれん》の炎に変えさせたのは、その蟇仙かと思われます」

弁の尼は言葉を切ると、ふっとため息をついた。

「滝夜叉姫も蓁仙の話に心動かされたのでしょう。そのすぐあとに、この庵室を去っていかれました。一度は仏に仕える尼の身となられたのに、よもや、あのような修羅の心を秘めておられたとは……」

「尼姫君は悪くないわ！」

あおえの膝からパッと立ちあがり、御代は祖母の袖を握りしめた。

「悪いのはあの蓁仙よ。あのひとが尼姫君を無理やりさらっていったのよ。だって、尼姫君が黙っていかれるはずないもの！」

大粒の涙をぽろぽろこぼして、祖母に抗議する。きっと、滝夜叉のことを姉とも思って慕っていたのだろう。こんな荒野の庵室に祖母とふたり残されて、さぞや心細かったに違いない。

「その蓁仙とはいったい何者なのです？　将門公の家臣のひとりだったのではないのですか？」

夏樹の質問に、弁の尼は苦い表情で首を横に振る。

「それがわからないのです。将門さまは武人でありながら妖術も使われる不思議なかたでした。しかし、あのような者がおそばにいたという話は、まったく耳にしておりません」

「これといった理由もなく、混乱を楽しむ者もいますからねえ」

あおえが知ったかぶりをして、馬づらを上下に揺らす。その顔のど真ん中に、ばしんと一条の扇が炸裂《さくれつ》した。

「な、何するんですかぁぁ」

「おまえは少し黙ってろ」

一条に叱られて、あおえは部屋の隅にずるずると後退した。そこでひと差し指の先を合わせ、わかりやすく拗《す》ねてみせる。しかし、真面目《まじめ》な話の最中なので、誰も彼に構ってやらない。

「それで、いま滝夜叉はどこに？」

夏樹がいちばん聞きたかった質問を、一条が口にする。

「それを知ってどうされるのです？」

「引きずってでも良門たちから引き離します」

応えたのは夏樹だった。彼は両手を握りしめ、一言一句に熱意をこめた。

「滝夜叉は闘いを望んでいますが、同時に闘いを厭《いと》う気持ちも持っています。ならば、闘いを望む気持ちを捨てさせ、良門から引き離せば、女性《にょしょう》としての幸福を得る道も開けてきましょう。実はわたしたちは――」

そこで再度、夏樹は帝《みかど》の想《おも》いを説明した。とにかく弁の尼を味方につけねばならず、夏樹も必死だったのだ。

ややあって、弁の尼はぽつりとつぶやいた。

「確かに、あのようなところには姫さまの幸福はないでしょう」

「尼君……」

「真熊のように、桔梗の前さまの裏切りを忘れられぬ者が良門さまのもとには多くおります。何かあれば滝夜叉姫が疑われるはず。いくら、ご本人が望まれたこととはいえ、わたくしには耐え難いものがあります。この庵《いおり》で、畏《おそ》れながら孫とも娘とも思ってお育てしたのですもの……」

涙があふれ、弁の尼の頰を流れ落ちた。きっとこの一年の間に、何度もこんなふうに泣いてきたのだろう。

「おばあさま……泣かないで……」

そう言う御代も歯を食いしばって嗚咽《おえつ》をこらえてはいるが、涙をとめられない。あおえももらい泣きして、部屋の隅でぐしぐしと鼻をすすりあげる。

夏樹も泣きたい気分だったが、そんな暇はないと自ら言い聞かせた。あの真熊とかいう男が帰ってから何をやらかすか、それがとても気になっていたのだ。

「尼君、どうか。滝夜叉姫の身をそれほど案じておられるのなら、どうか、わたしたちを信じてください」

夏樹が再三、訴える。弁の尼も涙を押さえ、ようやく滝夜叉の居場所を教えてくれた。

「この北東に広がる相馬という土地に、将門さまのかつての居城があります。いまは荒れ果て、物《もの》の怪《け》の巣窟と化したとか。旅の者がそこに泊まりこんで、おそろしい目に遭ったという噂《うわさ》も聞いています。誰も近づく者はなく、相馬の古御所《ふるごしょ》と呼ばれているとか」

「相馬の古御所……」

なんとはなしに、その言葉の響きにぞくっとする。

御所と名がつくからには、かつては壮麗な御殿だったのだろう。将門は、われこそは平安京を創建した桓武帝の血統と主張して、乱を起こした男だ。それに相応《ふさわ》しい居城を求めたに違いない。

だが、いまや、その城は物の怪の巣窟と噂されるほど荒れ果てているという。廃墟《はいきょ》となった城に響き渡るのは、戦で死に絶えた幽鬼の慟哭《どうこく》か。良門や七綾にとっては、そんな幽鬼の叫びも、復讐心を鼓舞する鬨《とき》の声としか聞こえないのかもしれない。

「あそこなら、ひと目につきません。きっと、滝夜叉姫も良門さまも相馬の古御所にいらっしゃるはずです」

そうとわかれば、すぐにでもその古御所に向かわなくては。

すっと立ちあがった夏樹の脚に、御代がすがりついた。少女は思い詰めた目で、夏樹を見上げる。

「きっと、きっと、尼姫君を助けてあげてね」

夏樹は一瞬ためらったが、御代の頭に手を置いて微笑《ほほえ》みかけた。

「きっと、助けるよ。尼姫君をかどわかした悪者も懲らしめてくるから」

「本当に？」

「本当だよ」

嘘《うそ》をついている自覚はあったが、同時に、それが真実になってほしいと御代に劣らず切に願っていた。

「絶対、助けてあげてね。尼姫君は本当にお優しいかただから、弟君のために、やりたくもないひどいことをあえてなさるかもしれないけど……」

子供なりに、滝夜叉のしようとしていることを理解しているらしい。理解してなお、御代にとっては敬愛すべき存在なのだ。

「本当よ。亡くなったお母さまやお姉さまのために出家なさるような、お優しいかたなんだから……」

「亡くなったお姉さま？」

一条が御代のその言葉を聞き咎《とが》め、片方だけ眉をひそめた。弁の尼を振り返り、

「将門公の子らはいったい何人残っているのです？」

と尋ねる。

「側室が多くおりましたから、御子《おこ》もそれなりに多いほうでした。けれど、あの戦ではほとんどが亡くなられたはず。他にも生きておられるかたはいらっしゃるかもしれませんが、わたくしが存じていますのは、滝夜叉姫と良門さまだけです。御代が言っているのは、滝夜叉姫ととても仲のよろしかった七綾姫のことですよ」

「七綾姫⁉」

「七綾姫が亡くなった⁉」

夏樹と一条は同時に叫んで顔を見合わせる。

（そんなはずはない。七綾とは何度も遭遇している……！）

しかし、弁の尼は彼らの受けた衝撃に気づかず、

「ええ、九年前の戦で……。滝夜叉姫の発心《ほっしん》も、姉君の菩提《ぼだい》を弔おうというお気持ちから生まれたのですから」

と言って、新たに流れた涙をぬぐった。

「本当にお優しいかたなのです。滝夜叉姫は。ですから、どうか必ず、あのかたを救ってあげてくださいまし」

何度も何度も、弁の尼はそう願って頭を下げた。

弁の尼の庵室を離れ、夏樹たちは一路、相馬の古御所へ向かった。

夏樹と一条がふたりとも堅い表情をしているのに対し、あおえはいたって気楽そうだった。なくした市女笠《いちめがさ》の代わりに、弁の尼から借りた被衣を頭から被《かぶ》っている。どうも、女装にどんどん慣れていっているようだ。

それを横目で眺めつつ、夏樹が尋ねる。

「なあ、あおえ。おまえ、死霊《しりょう》の専門家だって豪語してたよな」

「ええ、元専門家ですけどね」

嫌味ったらしい返事に、夏樹は唇を歪《ゆが》めた。これからすることを思い、気が張り詰めている分、夏樹もいつにも増して余裕がない。それを感じ取ったらしく、

「や、やだなぁ、夏樹さん。冗談ですってば」

目尻を下げた情けない顔をして、あおえは必死に夏樹をなだめた。一条だけでも充分怖いのに、このうえ夏樹にまで怖い存在にはなってほしくないと、全身で言っているようなものだった。

「ええっと、はい、専門家ですよぉ。なんでも、どんどん訊《き》いてやってくださいなっと」

「……〈八幡《やわた》の藪知《やぶし》らず〉で、おまえも七綾に逢《あ》っただろ」

「ああ、あの凄《すご》みのある美人さんですね」

「あれをどう思う？」

「どうって？」

あおえは小首を傾《かし》げて、実に愛らしく瞬《まばた》きした。いや、馬そのものであったなら愛らしいと言えようが、筋骨たくましい人間の身体《からだ》がついているとなると、そういう形容は無理がある。

夏樹はあおえの所作を無視して、自分の訊きたいことを単刀直入に口にした。

「あれを幽霊だと思うか？」

「いいえ。あの美人さんにはちゃんと生きた肉体が備わっていましたよ」

「じゃあ、生きた人間に死霊がとり憑《つ》いて動かしていたのか？」

「そんなふうにも見えませんでしたけどねえ……」

「おまえ、本当に専門家か？」

「ひ、ひどい……」

わざとらしく涙ぐむあおえは抛《ほう》っておいて、今度は一条に訊いてみる。

「一条はどう思う？」

一条はあおえ同様、小首を傾げてみせた。当然ながら、同じ動作でも、こちらのほうがはるかに見栄えがする。青白い頬も、額にかかる乱れ髪も、なんとも言えず、なまめかしい。

「滝夜叉が七綾の霊魂の憑坐《よりまし》になっているなら、話はわかるんだが」

「やっぱり、そうか」

夏樹も実はそれを考えていた。だとすれば、もうひとつの謎にも、ある程度説明ができるようになる。

良門はすでに、夏樹が斬りつけた傷がもとで死んでおり、その後、右馬助《うまのすけ》の邸《やしき》に現れたのは良門に憑依《ひょうい》された滝夜叉だったという可能性が出てくるからだ。

少しは希望の光が見えてきたような気がした。憑坐にされているなら、良門や七綾の邪霊を退けさえすれば、滝夜叉も目を醒《さ》ましてくれるはずだからである。

こちらには陰陽生《おんみょうしょう》の一条もいるし、死霊の元専門家のあおえもいる。死んだ者がいくら滝夜叉をからめとろうとしても、このふたりがそうはさせまい。

「もっとも、楽観視するのはまだ早いぞ」

一条が冷たく言った。

「七綾は九年前、死んだと見せかけ、ひそかに逃げのびていたのかもしれない。同時に、良門がまだ生きている可能性も捨てるには早すぎる」

「ああ。どちらにしろ油断は禁物だな」

「そうだとも。仮に七綾や良門が死んでいたとしても、滝夜叉が憑坐ならば、死霊どもも大切な器を奪われまいと必死に抵抗するだろう」

「その場合、術を施しているのはやはり蟇仙か」

「だろうな。滝夜叉が進んで蟇仙に協力しているのなら、引き離すのも困難だ。それから、将門の残党たちもまだいるはずだから、用心はいくらしてもし足りない」

難題は山積みだ。それに対し、こちらの手勢はたった三人――

事態の困難さについて考えつつ、それから先、三人は口を閉ざして黙々と歩き続けた。

秋色に染まる山を越え、枯れすすきの原を横切り、厚く積もった落ち葉を踏みしめて。

やがて、彼らの前方、燃えるような紅葉《もみじ》の間に、荒れ果てた建物が見えてきた。

寝殿を中心に、左右対称に同じような殿舎《でんしゃ》が並び、それぞれが渡殿《わたどの》で結ばれている。

典型的な寝殿造りの邸である。

が、戸は外れ、壁はひび割れ、屋根は枯れ葉や雑草にまみれている。庭も同様の荒れようで、草木が勝手放題に生い茂り、池があったと思《おぼ》しきあたりは水が干上がって、風に葦《あし》が揺れるばかりだ。

「あれが……相馬の古御所か」

夏樹は何とも言えない気持ちでその名をつぶやいた。一条も不快そうに目をすがめて、古御所を観察する。

「なるほど、あれなら物の怪の噂も流れるだろうな。実際、いやな〈気〉がどっさり溜《た》まっているぞ」

「はいはい、本当ですねぇ。あそこに行かなくちゃいけないんですか？　やだなぁ」

一条やあおえが言うような〈気〉がどんなものか、素人の夏樹にはよくわからない。だが、肌をちくちくと刺激するいやな感じは彼もなんとなく察知していた。できることなら、夏樹とてあんなところへ踏みこみたくはない。しかし——

「行くぞ」

自分自身を奮いたたせるよう、力強く言って、夏樹は再び歩き出した。

古御所を囲む築地塀《ついじべい》はあちこちが雨風で崩れ落ちていたので、敷地内への侵入はしごく簡単だった。が、塀を越えたあたりから、肌を刺激するあの感じがいきなり強くなってきた。

夏樹にはそれが無数の視線のように思えた。床板の節目や壁の破れ目、戸の隙間から大勢の視線が注がれている——そんな気がする。まともな神経の持ち主なら、ここに長居をしたいとは思うまい。

三人は警戒を強めつつ、寝殿の簀子縁《すのこえん》に上がりこんだ。外れかけた妻戸《つまど》を蹴破ると、薄暗がりにむわっとほこりが舞いあがり、饐《す》えた臭いもいっしょに漂ってきた。ひとが住まなくなると家屋は急速に荒れていくというが、その見本のような邸だ。

しかし、一条がすぐに、つい最近ここにひとがいた形跡を探しあてた。部屋の片隅にあった灯台に、真新しい油が残っていたのだ。

「間違いないな」

そうつぶやく一条に夏樹はうなずき返し、いつでも攻撃に移れるようにと太刀《たち》を抜く。と同時に、鞘《さや》から太刀を抜きとる音と重なって、しゅっとまったく別の音が聞こえた。それは衣《きぬ》ずれの音だった。

音がしたほうを、三人は一斉に振り返る。そこには御簾《みす》で隔てられた、一段高くなった奥の間があった。

御簾のむこうで鬼火のように、ぽっと明かりがふたつ灯《とも》る。ゆらゆらと揺れる小さな火は、そこに座した人影をくっきりと浮かびあがらせた。

緊張する夏樹たちをからかうように、妙に穏やかな声が御簾越しに聞こえてくる。

「秋はきぬ……紅葉《もみぢ》は屋戸《やど》にふりしきぬ、道ふみわけてとふ人はなし」

御簾のむこうの人物が口ずさんだのは、古今集《こきんしゅう》におさめられている古歌のひとつだった。

寂しい秋になった。紅葉はわが家の庭にいっぱいに散っている。その紅葉にうずまった庭の小径《こみち》を踏みわけて、わたしを訪れるひとはひとりもいない――

そんな意味の歌だ。歌われているのは、落ち葉にうずもれたこの古御所に、ぴったりの情景である。

それに対し、歌を返したのは一条だった。

「ふみわけてさらにや訪《と》はむ、もみぢ葉のふりかくしてし道と見ながら」

きれいに散り敷いた紅葉の道を踏み分けてまで、やはりお訪ねしましょうか。わたしは紅葉が宿の主人の希望に従って、うずめつくした道だと思うのですが——

皮肉ともとれる歌に、御簾のむこうで鈴を振るような笑い声が起こる。男とも女ともつかぬ、中性的な響きだ。

「誰だ！」

耐えきれなくなった夏樹は、叫ぶと同時に御簾に斬りつけた。下半分が斜めにばさりと落ちる。そこから見える奥の間に座っていたのは、額に五芒星《ごぼうせい》の刻まれた真熊だった。

彼はとてもあんな声が出せるような男ではない。夏樹はハッと息を呑《の》んだが、それは相手が意外だったからだけではなかった。

真熊の身体がゆらりと傾ぎ、そのまま横に倒れこむ。投げ出される手足。大きく瞠《みは》った目は、どこも見てはいない。それも道理、胸を朱に染めて、彼はすでに息絶えていた。

「な……」

驚きのあまり、夏樹は呆然《ぼうぜん》と立ち尽くす。一条も、あおえも。

そこへ再び衣ずれの音がして、死体のむこうに置かれた屏風《びょうぶ》の陰から、今度こそ、あの笑い声の主が姿を現した。

まとうは紅葉襲《もみじがさね》の唐衣《からぎぬ》。表が赤で裏が濃い赤という、目にも鮮やかな配色である。その下に着こんだ重《かさね》袿《うちぎ》も、山吹色の濃淡、紅の濃淡、そして蘇芳《すおう》と、秋の色を組み合わせている。この、廃墟と化した古御所で、その姿はより妖《あや》しく、よりあでやかに映った。

「……滝夜叉……？」

そう呼びかけたが、夏樹の声は語尾が自信なさそうにかすれてしまった。

彼が滝夜叉の顔を見忘れるはずはない。壱師《いちし》の花の咲く野で初めて逢ったあの日から、面影がこの身から離れなくなってしまったのだから。なのに、彼女を前にしても、夏樹は胸の内に生じた疑問を消すことができなかった。

姿形は間違いなく滝夜叉である。しかし、彼女の瞳はあんなに強い光を放っていただろうか。あの憂いに満ちた表情はどこへいってしまったのだろう。あんな残酷そうな笑みを浮かべることが、はたして彼女にできただろうか。

「おまえは誰だ？」

滝夜叉によく似た——だが、まったく違う雰囲気を漂わせたその女は、夏樹のその問いに、くすっと微笑みかけた。そして、突然、大声をあげる。

「曲者《くせもの》ぞ！　皆の者、早《はよ》う、ここへ！」

その声を合図に、太刀を握った男どもがどっと駆けつけてきた。どうやら、罠《わな》に獲物がかかるのを見越して、物陰に待機させていたらしい。古御所の塀を越した途端、感じた視線は彼らのものだったのだ。

「こやつらは真熊を殺した、朝廷の間諜《かんちょう》ぞ！　生きて帰すな‼」

もちろん、こちらは朝廷の間諜でもなければ、真熊を殺してもいない。が、この女はそういうことにして夏樹たちを片づけてしまいたいらしい。おそらく、真熊を殺したのは……。

鬨の声をあげて、男たちが襲いかかってくる。紅葉襲の女も、背後に隠していたなぎなたを構えた。

負けじと、一条がひと差し指で空中に五芒星を描く。あおえも被衣を脱ぎ捨て、吼《ほ》えながら敵に突進していく。

一条の呪術やあおえの異相に驚いたものの、敵の大多数は果敢に立ち向かってくる。昨夜の連中とは質が違うらしい。さすがは音に聞く、坂東《ばんどう》武者だ。

たちまち大乱闘が始まった。額を星の形に焼かれ倒れる者もあれば、あおえの拳に顎を砕かれてふっ飛ぶ者もいる。はえぬきの武士に優るとも劣らない技を持つふたりだ。

しかし、優勢に見える彼らとて、向かってくる数の多さに息を乱しがちだった。

そして、夏樹は紅葉襲の女と斬り結んでいた。

華奢《きゃしゃ》な身体に動きにくい衣装をまとっていながら、女は夏樹相手に一歩もひかない。

粗削りだが女と思えぬ力強さで、なぎなたを操る。手にした得物《えもの》は違っていたが、その動きと尋常ならざる気迫には確かにおぼえがあった。

女のなぎなたと夏樹の太刀が、火花を散らしてぶつかり合う。まるで舞うように斬り結びながら、夏樹は信じ難い思いでささやいた。

「良門、なのか……？」

女はにやりと唇を歪めた。

「さあ、どうだか」

滝夜叉の身体に良門の霊が入っているのか。あるいは、生きている良門が座興として女のなりをしているのか。それとも七綾か？　――どれもあり得るため、ひどく混乱してしまう。

カキンとひときわ高く互いの武器が鳴り、嚙《か》み合ったまま止まった。間近に迫ったその顔をみつめて、夏樹はなおも問うた。

「滝夜叉姫か？　それとも七綾なのか？」

相手は夏樹の動揺ぶりを楽しむように目を輝かせた。

「あまり、大声をたててくれるな、新蔵人《しんくろうど》どの。小太郎以外の者はいまのおれを滝夜叉だと思っている。良門は傷を負って臥《ふ》せっており、その名代を七綾、滝夜叉の姉妹が交互に務めていると――」

「そうなのか？」

「いまはそういうことにしておきたいのだがな。棟梁《とうりよう》が倒れたと知られては、せっかく集めた兵の士気に関わる」

「おまえ、やっぱり死んでいたのか」

「誰もそんなことは言っていないぞ」

「戯《ざ》れ言《ごと》はいい。良門はあの傷がもとで死んだんだ。おまえも七綾も、滝夜叉にとり憑いている死霊なんだ」

「とり憑く？」

滝夜叉の顔に良門の表情を浮かべて、相手は馬鹿にしたように笑う。その笑いは夏樹の神経を逆撫《さかな》でした。

「滝夜叉の身体から出ていけ。でないと……」

「でないと？」

一瞬だけ、滝夜叉の面影が完全に消える。まるで、生きた本物の良門とあいまみえているような気になる。

「おまえにこの身体を傷つけることができるのか？　この、滝夜叉の身体を」

夏樹の想いを知って、それを嘲笑《あざわら》っているのだ。そのひと言に、夏樹の表情は変わった。

「きさま……！」

力いっぱい、なぎなたを押しのけて離れる。それから、太刀を横ざまに大きく振るい、その勢いで相手を斬ろうとした。

が、寸前で、太刀はぴたりと止まってしまう。

認めたくはないが、相手の指摘どおり、どうしてもその身体を斬ることができない。ほんの少し傷つけるのでさえ、駄目だ。

（そんなことができるくらいなら――初めから、こんなに苦しまない！）

夏樹のためらいを嘲笑《ちょうしょう》し、滝夜叉の姿をした良門は容赦なく、なぎなたを振るう。滝夜叉を傷つけずに気絶させられればいいのだが、そんな手加減のできる相手ではなかった。

防戦しかできない夏樹は、じりじりと追い詰められていく。その背中が、壁にぶつかった。もう、これ以上はさがれない。

「馬鹿、何をやっている！　闘え!!」

一条の罵声《ばせい》が聞こえた。彼のほうも数多い敵を相手にするのが精いっぱいで、夏樹の加勢に駆けつけることができない。それはあおえも同様だった。

夏樹とて、この相手だけは彼らの手を借りず自分でなんとかしたかった。だが、このままでは――

「滝夜叉姫!!」

血を吐くような絶叫を良門は一笑する。

「これでお終《しま》いだな」

最後の一撃とばかりに、彼はなぎなたを大きく振りかぶった。その鋭い刃《やいば》が、はずみをつけて迫りくる。

太刀を構えたものの、夏樹はそれを振るうことなく目をつぶった。最後のこの瞬間になっても、彼には滝夜叉を斬れない。

(駄目だ……!)

だが、その刹那《せつな》、無抵抗な夏樹を守るように、太刀はまばゆい白光をほとばしらせた。あまりのまぶしさに、良門は悲鳴をあげる。なぎなたは大きく進路を外れ、壁板に深く食いこむ。

まぶたを閉じていた夏樹でさえ、その光は目を射るように感じられた。それでも、この光が何かを知っているため、不安や恐怖はない。

これは、恨みのあまり死後、雷神になったという北野《きたの》の大臣《おとど》縁《ゆかり》の太刀。いままでも何度か光り輝いて、大臣の血をひく夏樹を守ってくれた。

しかし、良門の家臣たちはそういうわけにはいかなかった。ただでなくとも、鬼のごとき怪しげな敵を相手にさせられているのだ。さらに、まばゆい光に隙を突かれ、彼らは著しく戦意を奪われてしまった。

まず、ひとりが悲鳴をあげて逃げ出す。それが呼び水となって、彼らは一斉に外へ駆け出していった。わずかに残った殊勝な心がけの者も、一条とあおえの共同戦線のもと、倒されていく。

雑魚《ざこ》はふたりに任せ、夏樹は気を失って倒れている女に駆け寄った。その身を抱き起こし、強く揺さぶる。

「滝夜叉姫!!」

大声で愛《いと》しいひとの名を呼ぶと、彼女はうっすらと目をあけた。

ホッとした夏樹がさらに強く揺さぶると、滝夜叉は不思議そうに瞬きをくり返した。まだ夢の名残を引きずっているような表情をしている。

「新蔵人どの……？」

その声からは、良門特有の残酷さが消えていた。まぎれもなく、滝夜叉自身の声だ。

夏樹の心は天にも舞いあがらんばかりだった。

(滝夜叉を取り戻したんだ……)

彼女は突然悲鳴をあげると、夏樹の腕にすがりついてきた。反射的に、彼は震えるその身体をぎゅっと抱きしめる。

「真熊が、真熊がわたくしを殺そうと……！」

「大丈夫です。その真熊はもう死んでいます」

おそらく、滝夜叉に憑依《ひょうい》した良門が憑坐《よりまし》を守るために彼を殺したのだろう。ただ、いまはそれを彼女に語る必要はない。

「いったい、何が起こったのです……？」

不安げにあたりを見廻《みまわ》した滝夜叉は、一条に視線をとめ、はっと息を吞《の》んだ。その瞳に動揺の色が浮かんでくる。心をかなり搔《か》き乱されているらしい。一条のほうは、滝夜叉の様子を冷静に観察しているというのに。

（やはり滝夜叉は一条が……）

報われぬ想いに胸が痛んだが、夏樹はそれを表に出さぬよう注意しながら、優しい声をかけた。

「あなたはいままで、死霊に操られていたのです」

「死霊に？」

滝夜叉は虚《うつ》ろな表情になって小首を傾げる。

「でも、もう安心してください。良門も七綾の死霊も、あなたの身体から離れて……」

「違うわ」

滝夜叉は唐突に夏樹の言葉を遮り、きっぱりと断言した。

「姉上は死んでいないわ。七綾姉上は、ずっとわたくしのそばにいるわ」

「滝夜叉……？」

「わたくしのそばにいてくれると約束してくださったのよ……！」

滝夜叉の目が宙をさまよう。七綾の姿を探しているのだと、夏樹にもすぐわかった。ただ器にされていただけではなく、彼女が自分から望んで、姉弟のためにその身を投げ出したというのか――

絶句する夏樹の胸を両手で突き飛ばし、滝夜叉はふらつきながら立ちあがった。流れ落ちる涙がその頬を濡《ぬ》らす。

「姉上……！　七綾姉上!!」

夏樹が再び抱きしめようとするのを拒んで、滝夜叉はひたすら七綾の名を叫び続ける。もはや、その目には一条すら映ってはいない。すでに死んでいる姉を求めて、よろよろと歩く。

「かわいそうなひと……」

唐突に、あおえが滝夜叉を指差した。

「あなたは自分の心を砕いて、いくつものかけらにしてしまったんですね」

滝夜叉はびくっと震えて、あおえを振り返る。表情に異形《いぎょう》の鬼への恐怖が浮かびかけるが、それよりも彼の言葉のほうが気にかかる様子だった。

「心を砕く……？」

「いろんなつらいことがあったんですね。なのに、誰も守ってくれなかったんですね。だから、自分を守ってくれるひとを自分で作ろうとしたんですね」

「自分で作る……」

あおえが何を言おうとしているのか、夏樹にも、そして一条にも理解はできていなかった。だが、彼の言葉に滝夜叉が動揺しているのは確かだ。

「もう死んでしまっているお姉さんを、自分の中に蘇《よみがえ》らせて……」

「違う！　違う！」

滝夜叉は急に両手で耳をふさぎ、頭を激しく振った。

「姉上は死んでなどいない……。良門も生きている！」

そのとき、混乱する滝夜叉の袖が灯台にぶつかり、油を入れた小皿が転げ落ちた。たちまち、火はすぐそばにあった屛風に燃え移る。

屛風にとどまらず、火は生き物のように壁や床を這《は》っていった。一度勢いがつくと、火は瞬《また》く間にあたりを呑みこんでいく。壁を焦がし、柱を昇り、天井を舐《な》めて、そのすべてを炎と変えていく。

しかし、その紅蓮の炎すら滝夜叉には見えていなかった。途方に暮れた子供のような顔をして、誰かを探すようにあたりを見廻している。早く逃げないといけないのは、誰の目にも明らかなのに。

「滝夜叉、危ない！」

夏樹は手をのばして彼女を捕まえようとした。が、ふたりの間に突然、降ってわいたように男が割りこんでくる。

この男に邪魔をされるのは二度目だった。顔半分を覆った火傷《やけど》の痕を見ずとも、小太郎だとすぐにわかる。

「おまえは……！」

「滝夜叉姫は渡さん」

ひと言そう告げると、小太郎は太刀を抜いて斬りかかってきた。

「どけ!!」

鋭く叫んで、夏樹も太刀を振るう。しかし、一刀のもとに斬り捨てられるほど、小太郎も弱くはない。実戦に慣れた太刀さばきで、焦る夏樹を翻弄する。

彼の肩越しに、燃え盛る炎をものともせず、古御所の奥へと進んでいく滝夜叉の後ろ姿が見えた。まるで、誰かに呼ばれているかのように、その歩みにはためらいがない。

「姫、行くな!!」

すぐにも小太郎を倒して、滝夜叉のあとを追いたかった。だが、彼のほうもなかなかそうはさせてくれない。いま、このときに太刀が光ればいいのに——そう思うが、どうやら太刀は夏樹自身に真に危機が差し迫ったときにしか反応しないらしい。

頃合よしと見たか、小太郎は夏樹の太刀をはじき飛ばし、さっと背を向けた。滝夜叉を追って彼も火の中へと駆けていく。にやりと意味ありげな笑みを残して。

「待て！」

夏樹もすぐさまふたりを追おうとした。が、駆け寄ってきた一条に羽交い締めにされてしまう。振りほどこうにも、一条の腕は鋼のように固く、けして放そうとしない。

「何するんだ、放せ！」

暴れる夏樹の耳もとで一条が怒鳴る。

「馬鹿言え、早くここを離れるぞ!!」

煙がもうもうと立ちこめる中、炎に包まれた天井の梁《はり》がみしみしと音をたてている。早く逃げないと古御所が崩れる。それは理解していたが、夏樹はどうしても火の中に分け入りたかった。小太郎を追って、滝夜叉を追っていきたかった。

しかし、一条はそれを許さず、力任せに夏樹を引っぱっていく。

「滝夜叉姫！」

煙が目にしみて、涙がぽろぽろこぼれる。もう前が見えない。にじんだ炎の色しか目に映らない。

「滝夜叉――――!!」

業火《ごうか》に包まれた古御所に、夏樹の叫びは空《むな》しくこだましていった。

滝夜叉はひとり、炎の中をさまよっていた。

しかし、怖くはなかった。七綾が自分を呼んでいたから。彼女さえいれば、何もおそれる必要はなかった。

「姉上……どこにいらっしゃるのです？」

きっと、この古御所のどこかにいるはず。死んだなどと嘘に決まっている。

滝夜叉は何度も何度も、そう自分に言い聞かせた。そうしないと、見たくもない映像が脳裏に浮かびあがってくるからだ。

九年前の戦乱――

（七綾姉上とわたくしは、あの混乱の中で離れ離れになった）

血に酔って、より凶暴になった敵の兵士たち――

（でも、わたくしが生きていたように、姉上も生きていた）

捕らえられ、辱められ、殺されていった女たち――

（一年前に、弁の尼君のもとにいたわたくしのところへ、蟇仙が現れた）

打ち捨てられた七綾の死体――

（そして、再び姉上に逢わせてくれた。姉上は以前にも増して強く、美しかった）

押し寄せてくる戦乱の記憶を、滝夜叉は強引にねじ伏せ、作り変えた。と同時に、炎の中に七綾の姿が浮かびあがってくる。

丈《たけ》なす黒髪に光る、きらきらと輝く金の釵子《さいし》。あでやかな葡萄染《えびぞめ》の唐衣。誰よりも美しく、華やかな姉。

七綾はその白い手を妹にさしのべてくれた。

「滝夜叉、さあ行こう」

滝夜叉はうなずき、微笑みながら七綾に駆け寄る。

「姉上……」

七綾の胸に顔をうずめて、ホッと安堵《あんど》のため息をつく。

ふと顔を上げると、すぐそばに良門もいた。きりりとした若武者ぶりを身につけた、末頼もしい弟が。

「よかった、もう起きあがれるのね……。もしかしたら、新蔵人どのから受けた傷のせいで死んでしまうのではないかと心配していたのよ」

滝夜叉がそう言うと、良門はにっこりと笑った。もう何も心配いらない、と言いたげに。

さらに彼の隣には、被衣で全身を覆い隠した蘿仙がいた。被衣のせいで顔は見えないが、優しい表情をしているのがなんとなくわかる。

不気味な妖術を使ったりと、得体の知れないところはあるものの、七綾に逢わせてくれ、良門に兵を起こさせるなど、滝夜叉のひた隠しにしてきた願望を叶《かな》えてくれたのは彼だ。そのために苦しみもしたが、踏み出したことはけして後悔していない。

そのはるかむこう、炎が邪魔してよく見えないが、まだ誰か立っていた。ほっそりとした華奢な身体を桔梗色《ききょういろ》の装束に包んだ、女性らしき人影が。

滝夜叉は、えっと声をあげた。あのひとがあんなふうに温かな表情をしているところなど、いままで見たことがなかったから。

「母上、なの……？」

その人影は静かにこちらを振り返った。声は聞こえないが、その唇が「たきやしゃ……」と動いた。すっかり落ち着いているように見える。あの様子ならば、さっともう叩《たた》いたりぶったりはしないだろう。きっと優しくしてくれるはずだ。

その桔梗色の人影よりもさらにむこう、武人らしく、甲冑《かっちゅう》を着こんだ人影も霞《かす》んで見えた。

「もしかして――父上？」

遠い人影は黙していたが、代わりに七綾がうなずいてくれた。滝夜叉は表情をぱっと明るくする。

「みんな、いるのね。わたくしのそばにいてくれるのね」

「そうとも、滝夜叉」

七綾がささやく。

「永遠に、そなたをひとりにはせぬ。いいや、ひとりですべてなのだとも言えよう」

「ひとりですべて……」

「あの戦乱を生き抜いた。そなたは最初から強かったのだ。良門を失っても、また生み出すことができた。それはまた、この七綾も然《しか》り。そうやって、父の遺恨を晴らすために兵を集め、母の汚名をも雪《そそ》がんとした。これを強いと言わずしてなんとする」

思わぬ賛辞に、滝夜叉は何度も目をしばたたいた。

「わたくしが強い……」

「そうとも。さあ、いまこそ、すべてをひとつに戻そう。砕けたかけらを余さず集めて、今度こそ、われらは真に強いひとりとなるのだ」

「真に強いひとり――」

その言葉は、少しまだおそろしく感じられた。本当にできるのだろうかと心は震えるものの、澄んだ鐘の音のごとく、とても魅力的にも響いた。

炎の中の閉じた世界で、滝夜叉はおのれを囲む多くの分身たちをゆっくりと見廻した。

ぱちぱちと火が爆《は》ぜる音がいたるところから聞こえる。煙のにおいが周囲を満たしている。だが、もはや何も怖くはなかった。

最初から自分はひとりで、けれども、ひとりではなかった。

やっとそれを知った彼女は、かつてないほどの充足感に包まれていた。


相馬の古御所が炎上して十日ほどのち。夏樹と一条、そして被衣姿のあおえは、夜明け近くに逢坂の関へたどりついていた。

この山を越えれば、いよいよ都である。

しかし、夏樹の表情は暗い。東国《とうごく》を出てからというもの、彼は口数も少なく、ずっとこんな調子だったのだ。

「夏樹さん、ほら、ここからもう都が見えますよ。せっかく無事に戻ってきたんですから、元気出してくださいよぉ」

あおえに慰めの言葉をかけられるが、夏樹は浅くうなずいただけだった。表情の暗さもまったく変わらない。古御所の焼け跡に立ちつくした、あのときから、思い出されるのは、この手を振りはらって炎の中に駆けていった滝夜叉の後ろ姿ばかりで――

「結局、七綾の死霊に滝夜叉をさらわれてしまったようなものだな……」

彼の唇からこぼれ落ちた言葉は、もう何度も口にされたものだった。それを聞くたびに、あおえはぶつぶつと不満を洩らす。

「だけど、死霊の気配は全然なかったんですけどねえ」

しかし、夏樹たちの常識からすれば、滝夜叉の豹変《ひょうへん》ぶりは死霊による憑霊現象としか思えない。

古御所が焼け落ちてから、彼らはいったん庵室に戻り、弁の尼だけをそっと外に呼び出して事のあらましを語った。弁の尼も、滝夜叉の行動は死霊に操られたがためと解釈してくれた。なにしろ、彼女は七綾の死を九年前に確認していたのだから。

さらに、弁の尼は約束を守れなかった夏樹を責めようとはせず、逆に深々と頭を下げてくれた。

「滝夜叉姫を助けようとしてくださって、本当にありがとうございました」

「いえ……、ぼくは何もできませんでした。東国まで追ってきたのに、説得するどころか、何も……」

くやしがる夏樹を、弁の尼はなだめるように微笑んだ。

「皆さんが滝夜叉姫のために力を尽くしてくださったことは、よくわかります。ですから、もう嘆かないでください」

「でも、姫を救うという約束を破ったことになるんですよ」

それを思うと、とても御代と顔を合わせる勇気がなかった。弁の尼もその思いは汲《く》んでくれ、孫に彼らの来訪を告げなかったのだ。

「御代には頃合を見て、わたくしから説明しておきましょう。もちろん悲しむでしょうけれど、いつかは時が忘れさせてくれます……」

そうであってくれればいいと、夏樹も心から思った。そして、同じように忘れるに足るだけの時が、自分の上にも流れていってほしいと……。

夏樹が苦い回想にひたっていると、いきなり一条が後頭部に扇を叩きつけてきた。

「ほら、また考えてる！」

旅が始まってから、これで何度目だろうか。気のせいか、殴りかたも堂に入ってきたようだ。

「いいかげん、しっかりしろ。滝夜叉の死体はみつからなかったんだから、死んだとは限らないだろうが」

あおえも便乗して、夏樹の背中を拳で叩きつつ、慰めの言葉をかける。

「そうですよ。あの、小太郎さんっていうひとの死体もないんですから、きっとふたりで逃げおおせたんですよ」

だが、夏樹は弱々しく微笑み返すことしかできない。そうであってくれればいいとは願ってはいるが、あれほどの炎の中から脱出するのは困難だとも思う。自分たちも、あと少しでも長くあそこにいたら命はなかったのだ。

おそらく滝夜叉はもう生きてはいまい。七綾のもとへ行ってしまったのだ。あのひとは永遠に失われてしまった——

滝夜叉の面影と暗い気持ちをひきずったまま、夏樹は都に入った。まずは土御門大路《つちみかどおおじ》のそばの自宅へむかう。

自宅の門前までたどりつくと、夏樹は一条とあおえを振り返った。礼を言おうとするが、適切な言葉が出てこない。

「それじゃあ、また……」

われながら情けないほど素っ気ない言葉で、背を向ける。が、背後に感じる気配に、夏樹はいやな予感をおぼえつつ振り返った。

あおえが目をきらきらと輝かせて、視線で何事かを訴えているのである。両手を握り合わせて顎の下に添え、愛らしく首を傾げてまでいる。

「……どうかしたか?」

おそるおそる訊く夏樹に、あおえは満面の笑みを浮かべてみせた。

「わたし、冥府《めいふ》には戻れませんから、すみませんけど、夏樹さんのお邸にご厄介になりますね」

「はあ?」

「これからもどうぞよろしくお願いしますよ」

あおえはずうずうしくも、夏樹について門をくぐろうとした。が、呆然とする夏樹に代わり、そうはさせじと一条が被衣の上からあおえの耳を鷲《わし》づかみにする。

「ほらほら、おまえはこっちだよ」

「いたたた」

「夏樹の邸には、おまえの顔を見た途端に心臓がとまりかねないような、年とった乳母《めのと》がいるんだぞ。代わりにうちに置いてやるから、ありがたいと思え」

「ええっ、一条さんのうちにですか？」

あおえはものすごくいやそうな顔をした。

「なんだ、その顔は」

「だって、一条さんのところって、物の怪が出るじゃないですか。とてもじゃないですが、この繊細な神経の持ち主には耐えられ……」

みなまで言わせず、一条はあおえを殴りつけた。

「あ、あたたっ……！」

「その顔で物の怪を怖がってどうする。おまえだって似たようなものだろうが。それに、うちにいるのは物の怪じゃなく式神《しきがみ》だ」

じたばた暴れるあおえも、耳をつかむ一条の手を振りほどくことはできない。ずりずりとあおえの巨体をひきずって、一条は隣に建つ彼の邸へと足を運ぶ。

「おい、夏樹。気分がむしゃくしゃしたら、いつでもこいつをいじめに来いよ」

「そんな殺生《せっしょう》なぁぁぁ」

いつから呼び捨てされるようになったんだろう。そう思いながら、夏樹は彼らに手を振った。ほんの少しだけ、口もとに笑みを漂わせて。

自分の邸へと入ると、すぐさま乳母の桂が出迎えてくれた。関を越える前に先駆けの文《ふみ》は出していたのだが、どうやら、それからずっと、いまかいまかと待っていてくれたらしい。

「おかえりなさいまし、夏樹さま」

心底嬉《うれ》しそうに桂に言われると、やっと都へ帰ってこられたのだという実感がじわじわと湧いてきた。

「ただいま、桂……」

「お役目は無事に果たしてこられましたか?」

「うん、なんとか……」

それ以上は深く訊かずに、足を洗ったり、着替えの用意をしたりと、甲斐甲斐《かいがい》しく働いてくれる。

汚れた旅装束からこざっぱりした衣装に着替えると、夏樹はさっそく桂に筆と硯《すずり》を持ってきてくれるよう頼んだ。帝への旅の報告文を書くためである。

滝夜叉の行動は七綾と良門の死霊によるものだったこと、なのに燃える古御所から彼女を救い出せなかったことを、包み隠さず文に記す。

それから、厳重に封をして、御所の頭の中将《とうのちゅうじょう》のもとへ届けるよう、家人に頼んだ。

こうすれば、文は頭の中将経由できっと帝の手に渡るはずだ。

本当は直接出向いて帝に報告しなければならなかったのだが、いまはその気力がなかった。炎の中に消えた滝夜叉の後ろ姿を思い出しただけで、泣きそうになっているいまは。

文を託すと、夏樹はちょっとのつもりで横になった。が、一度目を閉じると、ちょっとというわけにはいきそうもない。

案の定、この旅の疲れが一気に出たように睡魔が押し寄せてくる。とても抵抗などできず、夏樹は夢もない深い眠りへと堕《お》ちていった。

――かなりの時間が過ぎてから、ぼんやりと目をあけると、いつの間にか枕もとにいとこの深雪《みゆき》がすわっていた。

櫨紅葉《はじもみじ》の襲（表が蘇芳、裏が黄色）の唐衣を着ているため、襲の表の蘇芳が滝夜叉を思い出させて、一瞬どきりとする。

「深雪……？」

「お帰りなさい、夏樹」

ずっと寝顔を見ていたのか、深雪はふふっといたずらっぽく笑った。

「ちゃんと目が醒めた？　もう夜よ」

「夜……？」

あけ放った蔀戸《しとみど》に視線を転じると、外には確かに夜の闇が広がっていた。庭木の間から は星空が覗《のぞ》いている。

「朝がた邸に着いて、主上《おかみ》に宛てた文を書いたあと、あなた、ばったり眠っちゃったのよ。わかってる？」

「ああ……」

「主上がね、いとこどのに感謝していると伝えておいてほしいっておっしゃったのよ。もう二、三日、ゆっくり休んで旅の疲れをとってくれって」

なるほど、それを伝えるために深雪がここに来たのかと納得する。

「もしかして、文を読んだのか？」

「わたしだって当事者のひとりよ。主上がこっそり清涼殿《せいりょうでん》に招いてくださってね。それで、文を読ませてもらったの」

「そう……」

いちばんに知らせなかったことへの非難の言葉を待ったが、深雪は何も言わなかった。それで、夏樹は深雪に逢ったら言わなくてはと思っていたことを切り出す。

「そういえば……〈八幡の藪知らず〉では、助けてくれてありがとう」

直感でしかないが、〈八幡の藪知らず〉で正しい道を教えてくれたのは、深雪だろうと夏樹は確信していた。しかし、恥ずかしいのか、それとも本当に心当たりがないのか、

「あら、なんのことかしら」

と、深雪はとぼける。

「でも、そういえば、そんな夢を見たような気もするわね。霧のかかった奇妙な森で、夏樹が立ち往生している夢よ。変な夢だったわ」

深雪は檜扇《ひおうぎ》の陰から、ちらりと気がかりそうな視線を投げて寄越《よこ》した。

「そのとき、七尺近い大女がいっしょにいたみたいだったけど、あれって誰だったのかしら」

「ああ、あれは……」

深雪はあおえを知っているから、話しても問題あるまい。そう思ったが、説明をするのも億劫《おっくう》になり、

「彼女なら、いま、一条の邸にいるから。そのうち、ちゃんと逢わせて説明するよ」

と、適当にごまかす。

「ふうん、一条どののお知り合いなわけなのね」

どこかホッとしたように深雪がつぶやいた。

「ああ、それとね、主上の伝言の他に、今日はこれを渡そうと思って来たの」

急に声の調子を変えて、深雪は懐から金の釵子を取り出した。それは夏樹にも見おぼえのある、七綾姫の釵子だった。

「これは？」

「滝夜叉姫の忘れ物……ううん、わざと置いていったんだと思うわ。きっと」

「わざと？」

「たぶん、言えなかった言葉をこの釵子にこめたんじゃないのかしら」

「言えなかった言葉……」

「実はね、わたし何日か前にすごくはっきりした夢を見たの。荒れ果てた大きな邸が炎に包まれていてね……。炎の中から、白い馬に乗った滝夜叉姫が走り出てきたのよ。紅葉襲の真っ赤な唐衣がまわりの炎に照り映えて、とてもあざやかだったわ。そのまま馬はどこかへ行ってしまって――それで夢も終わってしまったの」

夏樹は驚いて大きく目を見開いた。滝夜叉が燃える古御所に消えていったことは、文を読んで知り得ても、紅葉襲の唐衣のことはわかりようがないはずだ。

「たぶん、この釵子を持っていたから、滝夜叉姫の夢を見たんだと思うの。これを通じて、彼女は自分の消息を教えてくれたのよ。いらぬ心配をしないようにって」

さらさらと金の鎖が揺れる。深雪の言葉を肯定するように。

「本当にきれいだったわ。馬上から前をまっすぐみつめていて。自信に満ちていて。あのはかなげな彼女が、まるで生まれ変わったみたいに――」

小さく息をついてから、深雪は釵子を夏樹に差し出した。

「これ、あげるわ」

「いいのか？」

「わたしはもう充分すぎるくらい、滝夜叉姫の気持ちをもらったから」

差し出された金の釵子を、夏樹はためらいながらも受け取った。

七綾が髪に飾っていた釵子の対《つい》のようにも見えたが、もしかしたら滝夜叉が姉から授けられた品かもしれないと夏樹は想像した。きっと、これには姉妹ふたり分の想いがこめられているのだろう。

「落ち着いたら、いつか、東国での話を聞かせてね」

「うん……」

いつか落ち着いて話せる日が来ることを、夏樹も本気で願った。すべてを思い出話にして、滝夜叉の名を愛しげに口にできる日を……。

ふと、深雪が蔀戸のほうを見て、小さく声をあげる。

「あっ、雪……」

釣られて振り返ると、闇の中を白く小さな雪が花びらのように舞っていた。

「もう、冬なのね」

「うん」

滝夜叉も生きていれば、どこかでこの雪を見ているだろうか——

そうであればいいのにと思いながら、夏樹は音もなく降る雪を眺めていた。

赤く燃える秋は終わり、もうすぐそこまで、すべてを白く包みこむ冬が来ていた。

流浪の鬼

馬耳をぐいと強く握られ、あおえはあっと小さく声をあげた。

「あれ、何をなさいますか。いたたたた」

「ほらほら、おまえはこっちだよ」

あおえの耳を乱暴につかみ、ひっぱったのは一条だった。その様子を夏樹は口をあけて呆然《ぼうぜん》とみつめている。

いかなる神の采配《さいはい》か、あおえは東国《とうごく》でこのふたりとめぐり逢《あ》い、いろいろあった末に帰京まで同行してきた。

夏樹と一条の旅はこれで終わりを迎えたが、あおえの旅はまだ終わらない。冥府《めいふ》の獄卒だった彼は閻羅王《えんらおう》の怒りを買い、冥府から追放されてしまったのだ。帰還を許されるその日までは、あてどなく現世を彷徨《さまよ》うしかない……。

それでも、優しい夏樹ならば、この哀れで健気《けなげ》な馬頭鬼《めずき》を見捨てはしないだろうと、あおえもどこかで楽観視していた。

なのに、なんということだろうか。美々しい見た目と裏腹に性格のひどく荒い一条が、あおえを自分の邸《やしき》に引きずりこもうとしているというのに、夏樹はとめもせず、ただ見送っている。

「な、夏樹さん……！」

夏樹が何か言う前に、一条がおそろしい台詞《せりふ》を吐いた。

「おい、夏樹。気分がむしゃくしゃしたら、いつでもこいつをいじめに来いよ」

夏樹はそれに対し、弱々しい笑みを浮かべた。もしかしたら、「じゃれ合っている」「微笑《ほほえ》ましい」などと、とんでもない誤解をされてしまったのか。

「そんな殺生《せっしょう》なぁぁ」

あおえは思わず悲鳴を放った。

（夏樹さん、夏樹さん。わたしは夏樹さんのお邸にご厄介になりたいんです。ああ、夏樹さん……！）

そう訴える間もなく、あおえは一条にずるずると引きずられていく。夏樹は手を振って見送っている。

抵抗する気力もなくしたあおえは、一条邸の一室に抛《ほう》りこまれた。長らく留守にしていたせいで、室内は黴《かび》っぽいにおいが立ちこめている。朝だというのに屋内は薄暗い。

「ここでしばらく、おとなしくしていろ」

そう言い捨て、一条はいずこかへと行ってしまった。ひとり残されたあおえは、

（ああ……。まるで山賊にさらわれた、か弱き乙女《おとめ》のようなわたし……）

とおびえつつ、おのれの厚い胸板に掌《てのひら》をそっと押し当てた。

運命の荒波に弄《もてあそ》ばれて、とうとうこんなところにまで流れ着いてしまった。この先、一条にどんな目に遭わされるのか、考えただけでもぞっとして、「あん」と無意味に色っぽい声が出てしまう。

相手は人間なのだから、馬頭鬼の腕力をもってすればどうとでもなる——などと侮ってはならない。一条は若輩の身ながら陰陽師《おんみようじ》としての能力は特級だ。それこそ、陰陽の秘術の実験台にもされかねない。

しかも、この邸は物《もの》の怪《け》の巣窟でもある。以前、一条を訪ねてきたとき、風もないのに御簾《みす》が動いたり、火の玉がふらふらと庭先を漂っていくのをあおえは目撃していた。

「どうしましょう。わが身の行く末をあれこれ考えるだけでドキドキしてきらゃいました……」

おのれの心臓の鼓動を掌でじっと感じていたあおえは、視界の隅にひょっこり現れた影に驚き、はじかれたように馬面を上げた。

「ど、どなたですか？」

問いかけに応じ、柱の後ろから出てきたのは水無月《みなづき》だった。一条の式神《しきがみ》で、いつも童女の姿をとっている。そうとは知らないあおえは、

「一条さんの隠し子さんで？」

見当はずれの問いに水無月は目をしばたたかせた。その瞳は、中心が黒く周囲が赤い。

彼女の不思議な色彩の瞳に、あおえも遅ればせながら気がついた。

「ひょっとして、ヒトではないのですか？」

水無月は否定も肯定もせず、じっとあおえをみつめている。

「式神で？」

正解だったが、それにも水無月は応えない。

「どちらにしろ、おしゃべりはなさらないんですね……」

あおえは腕組みをして、ううんとうなった。

「もしかして、一条さんったら、夏樹さんと旅をしている間に誰かといっしょにいる楽しさを知ってしまい、旅が終わってからも話し相手が欲しくなったとか？」

自分で言っておきながら、「まさかねえ。あの一条さんに限って、そんなかわいらしいこと、ないないない」と、首を振って否定する。

そこへ、ふらりと一条が入室してきた。

「何をぶつぶつ言っているんだ？」

旅の装束から着替えてきたばかりか、一条の長い髪はしっとりと水気を含んでいる。

「水浴びを……？」

「ああ。井戸端で旅の汗を流してきた。おまえもやるか？　水はかなり冷たいが、さっぱりするぞ」

「さっぱり……。あ、じゃあ、いただきます」

水無月に案内してもらい、あおえはいそいそと井戸に向かった。言われていたとおり、水は冷たく、あおえは最初、ひゃあと悲鳴をあげた。が、その点を差し引いても、汗やほこりを洗い流すのはやはり心地よかった。旅の疲れもいっしょに落としてしまえた気がする。

しかも、水無月が新しい水干《すいかん》を用意してくれていた。着替え終わったところで、鏡まで持ってきてくれる。

あおえはしげしげと鏡を覗《のぞ》きこんだ。

梳《くしけず》る指の間を、さらさらと流れていくたてがみ。たくましい腕も脚もなめらかな肌つやを取り戻している。長いまつげに縁取られた瞳は、あいかわらず、森の中の静かな湖のごとき神秘性をたたえている。そんな自分に水干がなんと似合っていることよ——と、しみじみ思えてしまった。

一条の待つ部屋に向かうと、「着替えたか」のひと言だけで、彼はたいして褒めてもくれなかったが。

「朝餉《あさげ》の用意を頼む」

一条の命を受け、すぐさま水無月が食事をふたり分、運んでくる。やわらかい姫飯《ひめいい》と具材たっぷりの羹《あつもの》（汁物）と焼き魚の質素な朝餉だったが、あおえは喜んでかぶりついた。

「この羹、出汁《だし》が利いてておいしい。お魚の焼き具合も絶妙で。ほっこりした温かいご飯が、疲れた身体《からだ》にこれまた、とっても優しいですねぇ」

あおえが料理を絶賛しても、水無月は表情をほとんど動かさなかった。それでも、視線をそらす素振りに照れている様子が見えなくもない。

「口に合ったのならよかった」

水無月に代わって、一条がぼそりと言った。

「閻羅王の勘気が解けるのはいつになるか、わからないが、それまではこの邸に住まうといい」

「えっ。でも……」

わたしは夏樹さんの家のほうがいいんですけど、と言うより先に、一条が続けた。

「ここなら、その馬面が誰かに見られたとしても、『あれは陰陽師の使う式神に違いない』で穏便に済ませられる」

「あっ……」

なるほど、そういうことかと、あおえもやっと合点がいった。

「もちろん、ただ飯食らいをさせるつもりはないぞ。掃除洗濯はやってもらう。それから力仕事も。屋根が雨漏りして困っていたところなんだ」

「ああ、はいはい……」

あおえは薄暗い天井や、草むしりが必要そうな荒れた庭を見やって考えてみた。

夏樹の邸に移ろうとするなら、彼の乳母《めのと》など説得せねばならない相手が複数いる。しかし、一条の邸なら、その必要もなさそうだ。対外的にも「陰陽師の式神です」でどうにか乗り切れそうだし、そのための対価が家事その他だというのなら、対応できなくもない。このまま外に抛り出されて路頭に迷うよりは、屋根のある場所にいたほうがましに決まっている。

「――わかりました」

あおえは殊勝に三つ指をついて頭を下げた。

「不束者《ふつつかもの》ではありますが、どうぞよろしくお願いいたします」

「うん」

一条が満足そうにうなずく。

あおえは伏せた顔を上げ、うふふと笑った。

「なんだか、お嫁入りしてきたみたいですね」

言った途端、一条の拳《こぶし》が飛んできた。

「気色の悪いことをぬかすな！」

一発や二発殴られたところで、馬頭鬼の頑丈な体軀《たいく》にとってはものの数ではない。しかし、あおえは痛みうんぬんではなく、心情的な観点から悲鳴をあげた。

「ぼ、暴力反対ですよぉ」

「うるさい！」

たまらず逃げ出す馬頭鬼を一条が追いかける。どすんどすんと足音が響き渡り、床が揺れてほこりが舞い飛ぶ。水無月はカラになった膳をひょいと抱えて、その場から避難する。

主人の不在でこのところ、ずっと静かだった邸が急ににぎやかになった。そのせいで、得体の知れない何かが、もけもけと湧いて現れ、柱の陰から、天井の梁《はり》の上から、戸板の隙間から、何事かと顔を出す。

覗くほうもこの世のモノではなかったし、覗かれているほうも馬頭鬼であって、この世のモノではない。よって、一条の邸がどれだけ化け物であふれかえっていようとも、都は平穏であると称して、なんら差し支えはないのであった。

あとがき

本作『夜叉姫恋変化《やしゃひめこいへんげ》』は、前編が一九九五年三月、後編が同年七月の刊行であったものを、一冊にまとめている。

つまり、いつもの倍あったんだ……。道理で、直しても直しても終わらないわけだあ……。

そんな泣き言はともかく。

恥ずかしながら、訂正せねばならない点がふたつある。

旧作ではヒガンバナのことを「いちの花」と表記していた。これが実は間違いで、「壱師《いちし》の花」が正しい。方言で「イチバナ」と称すところもあるそうだから、それほど遠かったわけでもないが、間違いは間違いとして謝罪しなくてはと、けっこう長く気に病んでいた。やっと機会がめぐってきて、よかったよかった。

もっとも、「壱師の花」は本当にヒガンバナなのか、別の植物じゃないのかとの異説もあるらしい。そこのところは、もうあきらめよう。うん。あまり考えすぎると、一歩も前に進めなくなってしまう。

あともうひとつ。

今回登場してくる七綾。旧作ではこれを「しちあや」と読んだけれども、実は「ななあや」だったと、校閲さんの指摘で判明……。

「ええぇ、ななあや？　あのキャラの名にしては響きがちょっと甘すぎないか？　ナナアヤ、ナナーヤ。ええぇ、どうしよう、どうしよう」

と、けっこうのた打ち廻《まわ》った。実際にひっくり返ったらテーブルを蹴っ飛ばしてしまい、飲み物がこぼれて校正紙が濡《ぬ》れてもうた。

これはいかんと気を鎮め、「やっぱり、間違いは間違いとして認めなくては。正す機会がめぐってきたことをありがたく思おう……」と心を入れ替えた次第である。

そんなこんなの『暗夜鬼譚』新装版も、これで三冊目。次も読者のかたがたに手にとってもらえたらいいなと、心から願っている。

平成三十年一月

瀬川貴次

本書は一九九五年三月に『暗夜鬼譚　夜叉姫恋変化（前編）』、一九九五年五月に『暗夜鬼譚　夜叉姫恋変化（後編）』として、集英社スーパーファンタジー文庫より刊行されました。
集英社文庫収録にあたり、前後編を一冊として再編集し、書き下ろしの「流浪の鬼」を加えました。

この作品はフィクションであり、実在の個人・団体・事件などとは、一切関係ありません。

集英社文庫

暗夜鬼譚《あんやきたん》 夜叉姫恋変化《やしゃひめこいへんげ》

2018年2月25日 第1刷 定価はカバーに表示してあります。

著 者 瀬川貴次《せがわたかつぐ》

発行者 村田登志江

発行所 株式会社 集英社

東京都千代田区一ツ橋2-5-10 〒101-8050

電話 【編集部】03-3230-6095

【読者係】03-3230-6080

【販売部】03-3230-6393(書店専用)

印 刷 中央精版印刷株式会社 株式会社美松堂

製 本 中央精版印刷株式会社

フォーマットデザイン アリヤマデザインストア マークデザイン 居山浩二

ISBN978-4-08-745706-3 C0193